人只是宇宙中会思考的虫子

王晋康 等著

北京理工大学出版社
BEIJING INSTITUTE OF TECHNOLOGY PRESS

超脑卷 I

文明衰老的一个标志是机器摇篮时代
Mechanical infant state indicates the aging of civilization.

目录

001 **生命之歌**
　　机器人弟弟的威胁 / 王晋康

031 **宝贝宝贝我爱你**
　　科幻也可以美得让人肝儿颤 / 赵海虹

059 **人人都爱查尔斯**
　　虚拟世界中的沉醉 / 宝树

123 **起风之城**
　　让这个世界变得不同 / 张冉

199 **使命：拯救人类**
　　一个机器人的"自述" / 刘维佳

223 **来看天堂**
　　失去了一半生存价值的世界 / 刘维佳

249 **透明脑**
　　请为心灵留下一片不容窥探的私密空间 / 王晋康

王晋康 ● 生命之歌
机器人弟弟的威胁

‖ 超脑 ──

孔宪云晚上回到寓所时看到了丈夫从中国发来的传真。她脱下外衣,踢掉高跟鞋,扯掉传真躺到沙发上。

孔宪云是一个身材娇小的职业妇女,动作轻盈,笑容温婉,额头和眼角已刻上45年岁月的痕迹。她是以访问学者的身份来伦敦的,离家已一年了。

"云:

研究已取得突破,验证还未结束,但成功已经无疑……"

孔宪云简直不敢相信自己的眼睛。虽然她早已不是容易冲动的少女,但一时间仍激动得难以自制。那项研究是二十年来压在丈夫心头的沉重梦魇,并演变成了他唯一的生存目的。仅一年前,她离家来伦敦时,那项研究依然处于山穷水尽的地步。她做梦也想不到能有如此神速的进展。

"其实我对成功已经绝望,我一直用紧张的研究来折磨自己,只不过想做一个体面的失败者。但是两个月前,我在岳父的实验室里偶然发现了十几页发黄的手稿,它对我的意义不亚于罗赛达石碑,使我二十年盲目搜索到又随之抛弃的珠子一下子串在一起。

我不知道是否该把这些告诉你父亲。他在距胜利只有一步之遥的地方突然停步，承认了失败，这实在是一个科学家最惨痛的悲剧。"

往下读传真时，宪云的眉头逐渐紧蹙，信中并无胜利的欢快，字里行间反倒透着阴郁，她想不通这是为什么。

"但我总摆脱不掉一个奇怪的感觉，我似乎一直生活在这位失败者的阴影下，即使今天也是如此。我不愿永远这样，不管这次研究发表成功与否，我不打算屈从于他的命令。

爱你的哲
2253年9月6日"

孔宪云放下传真走到窗前，遥望东方幽暗而深邃的夜空，感触万千，喜忧参半。20年前她向父母宣布，她要嫁给一个韩国人，母亲高兴地接受了，父亲的态度是冷淡的拒绝。拒绝理由却是极古怪的，令人啼笑皆非：

"你能不能和他长相厮守？你是在5000年的中华文明中浸透的，他却属于一个咄咄逼人的暴发户。"

虽然长大后，宪云已逐渐习惯了父亲乖戾的性格，但这次她还是瞠目良久，才弄懂父亲并不是开玩笑。她讥讽地说："对，算起来我还是孔夫子的百代玄孙呢。不过我并不是代大汉天子的公主下嫁番邦，朴重哲也无意做大韩民族的使节，我想民族性的差异不会影响两个小人物的结合吧。"

父亲拂袖而去。母亲安慰她："不要和怪老头一般见识。云儿，你要学会理解父亲。"母亲苦涩地说，"你父亲年轻时才华横溢，被公认是生物学界最有希望的栋梁，但他几十年一事无成，心中很苦啊。直到现在，我还认为他是一个杰出的天才，可是并不是每一个天才都能成功。你父亲陷进DNA的泥沼，耗尽了才气，而且……"

母亲的表情十分悲凉,"这些年你父亲实际上已放弃努力,他已经向命运屈服了。"

这些情况宪云早就了解。她知道父亲为了DNA研究,33岁才结婚,如今已是白发如雪。失败的人生扭曲了他的性格,他变得古怪易怒——而在从前他是一个多么可亲可敬的父亲啊。宪云后悔不该顶撞父亲。

母亲忧心忡忡地问:"听说朴重哲也是搞DNA研究的?云儿,恐怕你也要做好受苦受难的准备。"

"算了,不说这些了,"母亲果决地一挥手,"明天把重哲领来让爸妈见见。"

第二天孔宪云把朴重哲领到家里,母亲热情地张罗着,父亲端坐不动,冷冷地盯着这名韩国青年,重哲则以自信的微笑对抗着这种压力。那年重哲28岁,英姿飒爽,倜傥不群。孔宪云不得不承认父亲的确有某些言中之处,才华横溢的重哲的确过于锋芒毕露,咄咄逼人。

母亲老练地主持着这场家庭晚会,笑着问重哲:"听说你是研究生物的,具体是搞哪个领域?"

"遗传学,主要是行为遗传学。"

"什么是行为遗传学?给我启启蒙——要尽量浅显啊。不要以为遗传学家的老伴就必然是近墨者黑,他搞他的生物DNA,我教我的音乐哆来咪,我们是井水不犯河水,互不干涉内政。"

宪云和重哲都笑了。重哲斟酌着字句,简洁地说:

"生物繁衍后代时,除了生物形体有遗传性外,生物行为也有遗传性。即使幼体生下来就与父母群体隔绝,它仍能保存这个种族的本能。像人类婴儿生下来会哭会吃奶,小海龟会扑向大海,昆虫会避光或佯死等。有一个典型的例证:欧洲有一种旅鼠,在成年后便成群结队奔向大海,这种怪僻的行为曾使动物学家们迷惑不解。后来考证出它们投海的地方原来与陆路相连。毫无疑问,这种迁徙肯定曾有利于鼠群的繁衍,并演化成可以遗传的行为程式,现在虽然已时过境迁,但冥冥中的本能仍顽强地保持着,甚至战胜了对死亡的恐惧。行为遗传学就是研究这些本能与遗传密码的对应关系。"

母亲看看父亲,又问道:

"生物形体的遗传是由DNA决定的,像腺嘌呤、鸟嘌呤、胸腺嘧啶、胞嘧啶与各种氨基酸的转化关系啦,红白豌豆花的交叉遗传啦,这些都好理解。怎么样,我从你父亲那儿还偷学到一些知识吧!"她笑着对女儿说,"可是,要说无质无形、虚无缥缈的生物行为也是由DNA来决定,我总是难以理解,那更应该是神秘的上帝之力。"

重哲微笑着说:"上帝只存在于某些人的信念之中。如果抛开上帝这个前提,答案就很明显了。生物的本能是生而有之的,而能够穿透神秘的生死之界来传递上一代信息的介质,仅有生殖细胞。所以毫无疑问,动物行为的指令只可能存在于DNA的结构中,这是一个简单的筛选法问题。"

一直沉默着的父亲似乎不想再听这些启蒙课程,开口问:"你最近的研究方向是什么?"

重哲昂起头:"我不想搞那些鸡零狗碎的课题,我想破译宇宙中最神秘的生命之咒。"

"嗯?"

"一切生物,无论是病毒、苔藓还是人类,其最高本能是它的生存欲望,即保存自身、延续后代,其他欲望如食欲、性欲、求知欲、占有欲,都是由它派生出来的。有了它,母狼会为了狼崽同猎人拼命,老蝎子心甘情愿做小蝎子的食粮,泥炭层中沉睡数千年的古莲子仍顽强地活着,庞贝城的妇人在火山爆发时用身体为孩子争得最后的空间。这是最悲壮最灿烂的自然之歌,我要破译它。"他目光炯炯地说。

宪云看见父亲眸子里陡然亮光一闪,变得十分锋利,不过很快就隐去了。他仅冷冷地撂下一句:

"谈何容易。"

重哲扭头对宪云和母亲笑笑,自信地说:"从目前遗传学发展水平来看,破译它的可能至少不是海市蜃楼了。这条无所不在的咒语控制着世界万物,显得神秘莫测。不过反过来说,从亿万种遗传密码中寻找一种共性,反而是比较容易的。"

父亲涩声说:"已有不少科学家在这个堡垒前铩羽而归。"

重哲淡然一笑:"失败者多是西方科学家吧,那是上帝把这个难题留给东方人了。正像国际象棋与围棋、西医与东方医学的区别一样,西方人善于做精确的分析,东方人善于做模糊的综合。"他耐心地解释道,"我看过不少西方科学家在失败中留下的资料,他们太偏爱把行为遗传指令同单一 DNA 密码建立精确的对应。我认为这是一条死胡同。生命之咒的秘密很可能存在于 DNA 结构的次级序列中,是隐藏在一首长歌中的主旋律。"

谈话进行到这里,宪云和母亲只有旁听的份儿了。父亲冷淡地盯着重哲,久久未言,朴重哲坦然自若地与他对视着。宪云担心地看着两人。忽然小元元笑嘻嘻地闯进来,打破了屋内的沉寂。他满身脏污,抱着家养的白猫小佳佳,白猫在他怀里不安地挣扎着。妈妈笑着介绍：

"小元元，这是你朴哥哥。"

小元元放下白猫，用脏兮兮的小爪子亲热地握住朴重哲的手。妈妈有意夸奖这个有智力缺陷的儿子："小元元很聪明呢，不管是下棋还是解数学题，在全家都是冠军。重哲，听说你的围棋棋艺还不错，赶明儿和小元元杀一场。"

小元元骄傲地昂起头，鼻孔翕动着，那是他得意时的表情。朴重哲目光锐利地打量着这个圆脑袋的小个儿机器人，他外表酷似真人，行为举止带着5岁孩童的娇憨。不过宪云透露过，小元元实际已17岁了。

朴重哲故意问："他的心智只有5岁孩童的水平？"

宪云偷偷看看爸妈，微微摇摇头，心里埋怨重哲说话太无顾忌。朴重哲毫不理会她的暗示，斩钉截铁地说："没有生存欲望的机器人永远也成不了人。"

元元懵懵懂懂地听着大人谈论自己，转着脑袋，看看这个，再看看那个。虽然宪云不是学生物的，但她敏锐地感觉到重哲这个结论的分量。她看看父亲，父亲一言不发，转身走了。

孔宪云心中忐忑，跟到父亲书房，父亲默然良久，冷声道：

"我不喜欢这个人，太狂！"

宪云很失望，心里斟酌着，打算尽量委婉地表明自己的意见。忽然听见父亲说："问问他，愿不愿意到我的研究所工作。"

宪云愕然良久，咯咯地笑起来。她快活地吻了父亲，飞快地跑回客厅，把好消息告诉母亲和重哲。重哲当即答应："我很愿意到伯父这儿工作。我拜读过伯父年轻时的一些文章，很钦佩他清晰的思路和敏锐的直觉。"

他的表情道出了未尽之意：对一个失败英雄的怜悯。宪云心中不免有些芥蒂，这种怜悯刺伤了她对父亲的崇敬。但她无可奈何，因为他说的正是家人不愿道出的真情。

婚后，朴重哲来到孔昭仁生物研究所，开始了他的马拉松研究。研究举步维艰。父亲把所有资料和实验室全部交给女婿，正式归隐。对女婿的工作情况，从此不闻不问。

传真机又轧轧地响起来，送出另一份传真。

"云姐姐：

你好吗？已经一年没见你了，我很想你。

这几天爸爸和朴哥哥老是吵架，虽然声音不大，可是吵得很凶。朴哥哥在教我变聪明，爸爸不让。

我很害怕，云姐姐，你快回来吧。

元元"

读着这份稚气未脱的信，宪云心中隐隐作痛，更感到莫可名状的担心。略为沉吟后，她用电脑预定了机票，明天早上6点的班机，随后又向剑桥大学的霍金斯教授请了假。

飞机很快穿过云层，脚下是万顷云海，或如蓬松雪团，或如流苏缨络。少顷，一轮朝阳跃出云海，把万物浸在金黄色的静谧中，宇宙中鼓荡着无声的旋律，显得庄严瑰丽。孔宪云常坐早班机，就是为了观赏壮丽的日出，她觉得自己已融化在这金黄色的阳光里，浑身每个毛孔都与大自然息息相通。机上乘客不多，大多数人都到后排空位上睡觉去了，宪云独自倚在舷窗前，盯着飞机襟翼在空气中微微抖动，思绪又飞到小元元身上。

元元是爸爸研制的学习型机器人,比她小8岁。元元像婴儿一样头脑空白地来到这个世界,牙牙学语,蹒跚学步,逐步感知世界,建立起"人"的心智系统。爸爸说,他是想通过元元来观察机器人对自然的适应能力及建树自我的能力,观察它与人类"父母"能建立什么样的感情纽带。

元元一出生就生活在孔家。在小宪云的心目中,元元是和她一样的小孩,是她亲亲的小弟弟。当然他有一些特异之处——不会哭,没有痛觉,跌倒时会发出铿锵的响声,但小宪云认为这是正常中的特殊,就像人类中有左撇子和色盲一样。

小元元是按男孩的形象塑造的。即使在科学昌明的23世纪,那种重男轻女的旧思想仍是无形的咒语,爸妈对孔家这个唯一的男孩十分宠爱。宪云记得爸爸曾兴高采烈地给小元元当马骑;也曾坐在葡萄架下,一条腿上坐一个,娓娓讲述古老的神话故事——那时爸爸的性情绝不古怪,这一段金色的童年多么令人思念啊。小宪云曾为爸妈的偏心愤愤不平,但很快她自己也变成一只母性强烈的小母鸡,时时把元元掩在羽翼下。每天放学回家,她会把特地留下的糖果点心一股脑儿倒给弟弟,高兴地欣赏弟弟津津有味的吃相。"好吃吗?""好吃。"——后来宪云才知道元元并没有味觉,吃食物仅是为了获取能量,懂事的元元这样回答是为了让小姐姐高兴,这使她对元元更加疼爱。

小元元十分聪明,无论是数学、下棋、钢琴,姐姐永远不是对手。小宪云曾嫉妒地偷偷找爸爸磨牙:"给我换一个机器脑袋吧,行不行?"但在5岁时,元元的智力发展——主要指社会智力的发展——却戛然而止。

在这之后,他的表现就像人们所说的白痴天才,一方面,仍在

| 超脑

某些领域保持着过人的聪明,但他的心智始终没超过5岁孩童的水平。他成了父亲失败的象征,成了一个笑柄。爸爸的同事来家做客时,总是装作没看见小元元,小心地隐藏着对爸爸的怜悯。爸爸的性格变态正是从这时开始的。

以后父亲很少到小元元身边。小元元自然感到了这一变化,他想与爸爸亲热时,常常先怯怯地打量着爸爸的表情,如果没有遭到拒绝,他就会绽开笑脸,高兴得手舞足蹈。这使妈妈和宪云心怀歉疚,把加倍的疼爱倾注到傻头傻脑的元元身上。宪云和重哲婚后一直没有生育,所以她对小元元的疼爱,还掺杂了母子的感情。

但是……爸爸真的讨厌元元么?宪云曾不止一次发现,爸爸长久地透过玻璃窗,悄悄看元元玩耍。他的目光里除了阴郁,还有道不尽的痛楚……那时小宪云觉得,大人真是一种神秘莫测的异类。现在她已长大成人了,还是不能理解父亲的怪异性格。

宪云又想起小元元的信。重哲在教元元变聪明,爸爸为什么不让?他为什么反对重哲公布成果?一直到走下飞机舷梯,她还在疑惑地思索着。

母亲听到门铃就跑出来,拥抱着女儿,问:"路上顺利吗?时差疲劳还没消除吧,快洗个热水澡,好好睡一觉。"

女儿笑道:"没关系的,我已经习惯了。爸爸呢,那古怪老头呢?"

"到协和医院去了,是科学院的例行体检。不过,最近他的心脏确实有些小毛病。"

宪云关心地问:"怎么了?"

"轻微的心室纤颤,问题不大。"

"小元元呢?"

"在实验室里,重哲最近一直在为他开发智力。"

妈妈的目光暗淡下来——她们已接触到一个不愿触及的话题。宪云小心地问:"翁婿吵架了?"

妈妈苦笑着说:"嗯,已经有一个多月了。"

"到底是为什么?是不是反对重哲发表成果?我不信,这毫无道理嘛。"

妈妈摇摇头:"不清楚。这是一次纯男人的吵架,他们瞒着我,连重哲也不对我说实话。"妈妈的语气中带着几丝幽怨。

宪云勉强笑着说:"好,我这就去审个明白,看他敢不敢瞒我。"

透过实验室的全景观察窗,她看到重哲正在忙碌,小元元胸腔打开了,重哲似乎在调试和输入什么。小元元仍是那个憨模样,圆脑袋,大额头,一双眼珠乌黑发亮。他笑嘻嘻地用小手在重哲的胸膛上摸索,大概他认为重哲的胸膛也是可以开合的。

宪云不想打扰丈夫的工作,靠在观察窗上,陷入沉思。爸爸为什么反对公布成果?是对成功尚无把握?不会。重哲早已不是二十年前那个目空一切的年轻人了。这项研究实实在在是一场不会苏醒的噩梦,是无尽的酷刑,他建立的理论多少次接近成功,又突然倒塌。所以,重哲既然能心境沉稳地宣布胜利,那就是绝无疑问的——但为什么父亲反对公布?他难道不知道这对重哲来说是何等残酷和不公?莫非……一种念头悄悄涌上心头,莫非是失败者的嫉妒?

宪云不愿相信这一点,她了解父亲的人品。但是,她也提醒自己,作为一个失败者,父亲的性格已经被严重扭曲了。

宪云叹口气,但愿事实并非如此。婚后她才真正理解了妈妈要她做好受难准备的含义。从某种含义上说,科学家是勇敢的赌徒,

| 超脑

他们在绝对黑暗中凭直觉定出前进的方向,然后开始艰难的摸索,为一个课题常常耗费毕生的精力。即使在研究途中的一万个岔路口中只走错一次,也会与成功失之交臂,而此时他们常常已步入老年,来不及改正错误了。

20年来,重哲也逐渐变得阴郁易怒,变得不通情理。宪云已学会用微笑来承受这种苦难,把苦涩埋在心底,就像妈妈一直做的那样。

但愿这次成功能改变他们的生活。

小元元看见姐姐了,他扬扬小手,做了个鬼脸。重哲也扭过头,匆匆点头示意——忽然一声巨响!窗玻璃哗的一声垮下来,屋内顿时烟雾弥漫。宪云目瞪口呆,泥塑般愣在那儿,她真希望这是一幕虚幻的影片,很快就会转换镜头。宪云痛苦地呻吟着,上帝啊,我千里迢迢赶回来,难道是为了目睹这场惨剧——她惊叫一声,冲进室内。

小元元的胸膛已被炸成前后贯通的孔洞,但她知道小元元没有内脏,这点伤并不致命。而重哲被冲击波砸倒在椅子上,胸部凹陷,鲜血淋漓。宪云抱起丈夫,嘶声喊:

"重哲!醒醒!"

妈妈也惊惧地冲进来,面色惨白。宪云哭喊:"快把汽车开过来!"妈妈跌跌撞撞地跑出去。宪云吃力地托起丈夫的身体往外走,忽然一只小手拉住她:

"小姐姐,这是怎么啦?救救我。"

虽然是在痛不欲生的震惊中,但她仍敏锐地感到元元细微的变化——小元元已有了对死亡的恐惧,丈夫多日的付出终于有了回报。

她含泪安慰道:"小元元,不要怕,你的伤不重,我送你重哲哥到医院后马上为你请机器人医生。姐姐很快就回来，啊？"

孔昭仁直接从医院的体检室赶到急救室。这位78岁的老人一头银发，脸庞黑瘦，面色阴郁，穿一身黑色的西服。宪云伏到他怀里，抽泣着，他轻轻抚摸着女儿的柔发，送去无言的安慰。他低声问：

"正在抢救？"

"嗯。"

"小元元呢？"

"已经通知机器人医生去家里，他的伤不重。"

一个50岁左右的瘦长男子费力地挤过人群，步履沉稳地走过来。目光锐利，带着职业性的干练冷静。"很抱歉在这个悲伤的时刻还要打扰你们。"他出示了证件，"我是警察局刑侦处的张平，想尽快了解事情发生的经过。"

孔宪云擦了擦眼泪，苦涩地说："恐怕我提供不了多少细节。"她和张平叙述了当时的情景。张平转过身对着孔教授：

"听说元元是你一手研制的学习型机器人？"

"是。"

张平的目光十分犀利："请问他的胸膛里怎么会藏有一颗炸弹？"

宪云打了一个寒颤，知道父亲已被列入第一号疑犯。

老教授脸色冷漠，缓缓说道："小元元不同于过去的机器人。除了固有的机器人三原则外，他不用输入原始信息，而是从零开始，完全主动地感知世界，并逐步建立自己的心智系统。当然，在这个开放式系统中，他也有可能变成一个江洋大盗或嗜血杀手。因此我设置了自毁装置，万一出现这种情况，那么他的世界观就会同体内的三原则发生冲突,从而引爆炸弹,使他不至于危害人类。"

张平回头问孔的妻子:"听说小元元在你家已生活了17年,你们是否发现他有危害人类的企图?"

元元妈摇摇头,坚决地说:"决不会。他的心智成长在5岁时就不幸中止了,但他一直是个心地善良的好孩子。"

张平逼视着老教授,咄咄逼人地追问:"炸弹爆炸时,朴教授正为小元元调试。你的话是否可以理解为,是朴教授在为他输入危害人类的程序,从而引爆了炸弹?"

老教授长久地沉默着,时间之长使宪云觉得恼怒,不理解父亲为什么不立即否认这种荒唐的指控。良久,老教授才缓缓说道:

"历史上曾有不少人认为某些科学发现将危害人类。有人曾认真忧虑煤的工业使用会使地球氧气在50年内耗尽,有人认为原子能的发现会毁灭地球,有人认为试管婴儿的出现会破坏人类赖以生存的伦理基础。但历史的发展淹没了这些怀疑,并在科学界确立了乐观主义信念。人类发展尽管盘旋曲折,但总趋势一直是昂扬向上的,所谓科学发现会危及人类的论点逐渐失去了信仰者。"

孔宪云和母亲交换着疑惑的目光,不知道这些长篇大论是什么含义。老教授又沉默很久,阴郁地说:"但是人们也许忘了,这种乐观主义信念是在人类发展的上升阶段确立的,有其历史局限性。人类总有一天——可能是100万年,也可能是1亿年——会爬上顶峰,并开始下山。那时候科学发现就可能变成人类走向死亡的催熟剂。"

张平不耐烦地说:"孔先生是否想从哲学高度来论述朴教授的不幸?这些留待来日吧,目前我只想了解事实。"

老教授看着他,心平气和地说:"这个案子由你承办不大合适,你缺乏必要的思想层次。"

张平的面孔涨得通红,冷冷地说:"我会虚心向您讨教的,希望孔教授不吝赐教。"

孔教授平静地说:"就您的年纪而言,恐怕为时已晚。"

他的平静比话语本身更锋利。张平恼羞成怒,正要找出话来回敬,这时急救室的门开了,主刀医生脚步沉重地走出来,垂着眼睛,不愿接触家属的目光:"十分抱歉,我们已尽了全力。病人注射了强心剂,能有十分钟的清醒。请家属们与他话别吧,一次只能进一个人。"

孔宪云的眼泪泉涌而出,神志恍惚地走进病房,母亲小心地搀扶着她,送她进门。跟在她身后的张平被医生挡住,张平出示了证件,小声急促地与医生交谈几句,医生摆摆手,侧身让他进去。

朴重哲躺在手术台上,急促地喘息着。死神正悄悄吸走他的生命力,他面色灰白,脸颊凹陷。孔宪云拉住他的手,哽声唤道:"重哲,我是宪云。"

重哲缓缓地睁开眼睛,茫然四顾后,定在宪云脸上。他艰难地笑一笑,喘息着说:"宪云,对不起你,我是个无能的人,让你跟我受了20年的苦。"忽然他看到宪云身后的张平,"他是谁?"

张平绕到床头,轻声说:"我是警察局的张平,希望朴先生介绍案发经过,我们好尽快捉住凶手。"

宪云恐惧地盯着丈夫,既盼望又害怕丈夫说出凶手的名字。重哲的喉结跳动着,喉咙里咯咯响了两声,张平俯下身去问:"你说什么?"

朴重哲微弱而清晰地重复道:"没有凶手。没有。"

张平显然对这个答案很失望,还想继续追问,朴重哲低声说:"我想同妻子单独谈话。可以吗?"张平很不甘心,但他看看垂危的病人,耸耸肩退出病房。

孔宪云觉得丈夫的手动了动,似乎想握紧她的手,她俯下身:"重哲,你想说什么?"

他吃力地问:"元元……怎么样?"

"伤处可以修复,思维机制没有受损。"

重哲目光发亮,断续而清晰地说:"保护好……元元,我的一生心血……尽在其中。除了……你和妈妈,不要让……任何人……接近他。"他重复着,"一生心血啊。"

宪云打一个寒颤,当然懂得这个临终嘱托的言外之意。她含泪点头,坚决地说:"你放心,我会用生命来保护他。"

重哲微微一笑,头歪倒在一边。示波器上的心电曲线最后跳动几下,缓缓拉成一条直线。

小元元已修复一新,胸背处的金属铠甲亮光闪闪,可以看出是新换的。看见妈妈和姐姐,他张开两臂扑上来。

把丈夫的遗体送到太平间后,宪云一分钟也未耽搁就往家赶。她在心里逃避着,不愿追究爆炸的起因,不愿把另一位亲人也送向毁灭之途。重哲,感谢你在警方询问时的回答,我对不起你,我不能为你寻找凶手,可是我一定要保护好元元。

元元趴在姐姐的膝盖上,眼睛亮晶晶地问:"朴哥哥呢?"

宪云忍泪答道:"他到很远的地方去了,不会再回来了。"

元元担心地问:"朴哥哥是不是死了?"他感觉到姐姐的泪珠扑嗒扑嗒掉在手背上,愣了很久,才痛楚地仰起脸,"姐姐,我很难过,可是我不会哭。"

宪云猛地抱住他,大哭起来,一旁的妈妈也是泪流满面。

晚上,大团的乌云翻滚而来,空气潮重难耐。晚饭的气氛很沉闷,除了丧夫失婿的悲痛之外,家中还笼罩着一种怪异的气氛。家人之间已经有了严重的猜疑,大家对此心照不宣。晚饭中老教授沉着脸宣布,他已断掉了家里同外界的所有联系,包括互联网,等事情水落石出后再恢复。这更加重了家人的恐惧感。

孔宪云草草吃了两口,似不经意地对元元说:"元元,以后晚上到姐姐屋里睡,好吗?我嫌太孤单。"

元元嘴里塞着牛排,看看父亲,很快点头答应。教授沉着脸没说话。

晚上宪云没有开灯,坐在黑暗中,听窗外雨滴淅淅沥沥地敲打着芭蕉。元元知道姐姐心里难过,伏在姐姐腿上,一言不发,两眼圆圆地看着姐姐的侧影。很久,小元元轻声说:"姐姐,求你一件事,好吗?"

"什么事?"

"晚上不要关我的电源,好吗?"

宪云多少有些惊异。元元没有睡眠机能,晚上怕他调皮,也怕他寂寞,所以大人同他道过晚安后便把他的电源关掉,早上再打开,这已成了惯例。她问元元:

"为什么?你不愿睡觉吗?"

小元元难过地说:"不,这和你们睡觉的感觉一定不相同。每次一关电源,我就一下子沉呀沉呀,沉到很深的黑暗中去,是那种黏糊糊的黑暗。我怕也许有一天,我会被黑暗吸住,再也醒不来。"

宪云心疼地说:"好,以后我不关电源,但你要老老实实待在床上,不许调皮,尤其不能跑出房门,好吗?"

她把元元安顿在床上,独自走到窗前。阴黑的夜空中雷声隆隆,一道道闪电撕破夜色,把万物定格在惨白色的光芒中,是那种死亡的惨白色。宪云在心中一遍一遍痛苦地嘶喊着:重哲,你就这样走了吗?就像滴入大海的一滴水珠?

自小在生物学家的熏陶下长大,她认为自己早已能达观地看待生死。生命只是物质微粒的有序组合,死亡不过是回到物质的无序状态,仅此而已。生既何喜,死亦何悲?——但是当亲人的死亡真切地砸在她心灵上时,她才知道自己的达观不过是沙砌的塔楼。

甚至元元已经有了对死亡的恐惧,他的心智已经苏醒了。宪云想起自己 8 岁时(那年元元还没"出生"),家养的老猫"佳佳"生了 4 个可爱的猫崽。但第 2 天小宪云去向老猫问早安时,发现窝内只剩下 3 只小猫,还有一只圆溜溜的猫头!老猫正舔着嘴巴,冷静地看着她。宪云惊慌地喊来父亲,父亲平静地解释:

"不用奇怪。所谓老猫吃子,这是它的生存本能。猫老了,无力奶养 4 个孩子,就拣一只最弱的猫崽吃掉,这样可以少一张吃奶的嘴,顺便还能增加一点奶水。"

小宪云带着哭腔问:"当妈妈的怎么这么残忍?"

爸爸叹息着说:"不,这其实是另一种形式的母爱,虽然残酷,但是更有远见。"

那次的目睹对她八岁的心灵造成极大的震撼,以至终生难忘。她理解了生存的残酷,死亡的沉重。那天晚上,8 岁的宪云第一次失眠了。那也是雷雨之夜,电闪雷鸣中,她第一次真切地意识到了死亡。

她意识到爸妈一定会死,自己一定会死,无可逃避。不论爸妈怎么爱她,不论家人和自己做出怎样的努力,死亡仍然会来临。死后她将变成微尘,散入无边的混沌,无尽的黑暗。世界将依然存在,有绿树红花、蓝天白云、碧水青山……但这一切一切永远与她无关了。她躺在床上,一任泪水长流。直到一声霹雳震撼天地,她再也忍不住,跳下床去找父母。

她在客厅里看到父亲,父亲正在凝神弹奏钢琴,琴声很弱,袅袅细细,不绝如缕。自幼受母亲的熏陶,她对很多世界名曲都很熟悉,可是父亲奏的乐曲她从未听过。她只是模模糊糊觉得这首乐曲有一种神秘的力量,它表达了对生的渴求,对死亡的恐惧。她听得如醉如痴……琴声戛然而止。父亲看到了她,温和地问她为什么不睡觉。她羞怯地讲了自己突如其来的恐惧,父亲沉思良久,说道:

"这没有什么可羞的。意识到对死亡的恐惧,是青少年心智苏醒的必然阶段。从本质上讲,这是对生命产生过程的遥远的回忆,是生存本能的另一种表现。地球的生命是45亿年前产生的,在这之前是无边的混沌,闪电一次次撕破潮湿浓密的地球原始大气,直到一次偶然的机遇,激发了第一个能自我复制的脱氧核糖核酸结构。生命体在无意识中忠实地记录了这个过程,你知道人类的胚胎发育,就顽强地保持了从微生物到鱼类、爬行类的演变过程,人的心理过程也是如此。"

小宪云听得似懂非懂,与爸爸吻别时,她问爸爸弹的是什么曲子,爸爸似乎犹豫了很久才告诉她:

"是生命之歌。"

此后的几十年中她从未听爸爸再弹过这首乐曲。

她不知道自己是何时入睡的,半夜她被一声炸雷惊醒,突然听到屋内有轻微的走动声,不像是小元元。她的全身肌肉立即绷紧,轻轻翻身下床,赤足向元元的套间摸过去。

又一道青白色的闪电,她看到一个熟悉的身影立在元元床前,手里分明提着一把手枪,屋里弥漫着浓重的杀气。闪电一闪即逝,但那个青白的身影却烙在她的视野里。

宪云的愤怒急剧膨胀,爸爸究竟要干什么?他真的变态了吗?她要闯进屋去,像一只颈羽怒张的母鸡,把元元掩在羽翼下。忽然,元元坐起身来:

"是谁?是小姐姐吗?"他奶声奶气地问。爸爸脸上的肌肉抽搐了一下(这是宪云的直觉),他大概未料到元元未关电源吧。他沉默着。"不是姐姐,我知道你是爸爸。"元元天真地说,"你手里提的是什么?是给元元买的玩具吗?给我。"

孔宪云躲在黑影里,屏住声息,紧盯着爸爸。很久爸爸才低沉地说:"睡吧,明天我再给你。"说完脚步沉重地走出去。孔宪云长出一口气,看来爸爸终究不忍心向自己的儿子开枪。等爸爸回到自己的卧室,她才冲进去,紧紧地把元元搂在怀里,她感觉到元元在簌簌发抖。

这么说,元元已猜到爸爸的来意。他机智地以天真做武器保护了自己的生命,显然他已不是5岁的懵懂孩子了。孔宪云哽咽地说:"小元元,以后永远跟着姐姐,一步也不离开,好吗?"

元元深深地点头。

早上宪云把这一切告诉妈妈,妈妈惊呆了:"真的?你看清了?"

"绝对没错。"

妈妈愤怒地喊:"这老东西真发疯了!你放心,有我在,看谁敢动元元一根汗毛！"

朴重哲的追悼会两天后举行。宪云和元元佩戴着黑纱，向一个个来宾答礼，妈妈挽着父亲的臂弯站在后排。张平也来了，有意站在一个显眼位置，冷冷地盯着老教授，他是想向疑犯施加精神压力。

白发苍苍的科学院院长致悼词。他悲恸地说："朴重哲教授才华横溢，我们曾期望遗传学的突破在他手里完成。他的早逝是科学界无可挽回的损失。为了破译这个宇宙之谜，我们已折损了一代一代的俊彦，但无论成功与否，他们都是科学界的英雄。"

他讲完后，孔昭仁脚步迟缓地走到麦克风前，目光灼热，像是得了热病，讲话时两眼直视远方，像是与上帝对话："我不是作为死者的岳父，而是作为他的同事来致悼词。"他声音低沉，带着寒意，"人们说科学家是最幸福的，他们离上帝最近，最先得知上帝的秘密。实际上，科学家只是可怜的工具，上帝借他们的手打开一个个魔盒，至于盒内是希望还是灾难，开盒者是无力控制的。谢谢大家的光临。"

他鞠躬后冷漠地走下讲台。来宾都为他的讲话感到奇怪，一片窃窃私语。追悼会结束后，张平走到教授身边，彬彬有礼地说：

"今天我才知道，朴教授的去世对科学界是多么沉重的损失，希望能早日捉住凶手，以告慰死者在天之灵。可否请教授留步？我想请教几个问题。"

孔教授冷漠地说："乐意效劳。"

元元立即拉住姐姐，急促地耳语道："姐姐，我想赶紧回家。"宪云担心地看看父亲，想留下来陪伴老人，不过她最终还是顺从了元元的意愿。

到家后元元就急不可待地直奔钢琴。"我要弹钢琴。"他咕哝道，

似乎刚才同死亡的话别激醒了他音乐的冲动。宪云为他打开钢琴盖,在椅子上加了垫子。元元仰着头问:

"把我要弹的曲子录下来,好吗?是朴哥哥教我的。"宪云点点头,为他打开激光录音机,元元摇摇头,"姐姐,用那台克雷Ⅴ型电脑录吧,它有语言识别功能,能够自动记谱。"

"好吧。"宪云顺从了他的要求,元元高兴地笑了。

急骤的乐曲声响彻大厅,像是一斛玉珠倾倒在玉盘里。元元的手指在琴键上飞速跳动,令人眼花缭乱。他弹得异常快速,就像是用快速度播放的磁盘音乐,宪云甚至难以分辨乐曲的旋律,只能隐隐听出似曾相识。

元元神情亢奋,身体前仰后合,全身心沉浸在音乐之中,孔宪云略带惊讶地打量着他。忽然一阵急骤的枪声!克雷Ⅴ型电脑被打得千疮百孔。一个人杀气腾腾地冲进室内,用手枪指着元元。

是老教授!小元元面色苍白,仍然勇敢地直视着父亲。跟在丈夫后边的妈妈惊叫一声,扑到丈夫身边:

"昭仁,你疯了吗?快把手枪放下!"

孔宪云早已用身体掩住元元,痛苦地说:"爸爸,你为什么这样仇恨元元?他是你的创造,是你的儿子!要开枪,就先把我打死!"她把另一句话留在舌尖,"难道你害死了重哲还不够?"

老教授痛苦地喘息着,白发苍苍的头颅微微颤动。忽然他一个趔趄,手枪掉到地上。在场的人中元元第一个做出反应,抢上前去扶住了爸爸快要倾倒的身体,哭喊道:

"爸爸!爸爸!"

妈妈赶紧把丈夫扶到沙发上,掏出他上衣口袋中的速效救心丸。

忙活一阵后,孔教授缓缓睁开眼睛,面前是三道焦灼的目光。他费力地微笑着,虚弱地说:

"我已经没事了,元元,你过来。"

元元双目灼热,看看姐姐和妈妈,勇敢地向父亲走过去。孔教授熟练地打开元元的胸膛,开始做各种检查。宪云紧张极了,随时准备跳起来制止父亲。两个小时在死寂中不知不觉地过去,最后老人为元元合上胸膛,以手扶额,长叹一声,脚步蹒跚地走向钢琴。

静默片刻后,一首流畅的乐曲在他的指下淙淙流出。孔宪云很快辨出这就是电闪雷鸣之夜父亲弹的那首曲子,不过,如今她以45岁的成熟重新欣赏,更能感受到乐曲的力量。乐曲时而高亢明亮,时而萦回低诉,时而沉郁苍凉,它显现了黑暗中的微光、混沌中的有序。它倾诉着对生的渴望,对死亡的恐惧,对成功的执着追求,对失败的坦然承受。乐曲神秘的内在魔力使人迷醉、使人震撼,它让每个人的心灵甚至每个细胞都激起了强烈的谐振。

两个小时后,乐曲悠悠停止。母亲喜极而泣,轻轻走过去,把丈夫的头揽在怀里,低声说:

"是你创作的?昭仁,即使你在遗传学上一事无成,仅仅这首乐曲就足以使你永垂不朽,贝多芬、肖邦、柴可夫斯基都会向你俯首称臣。请相信,这绝不是妻子的偏爱。"

老人疲倦地摇摇头,又蹒跚地走过来,仰坐在沙发上,这次弹奏似乎已耗尽他的力量。喘息稍定后他温和地唤道:"元元、云儿,你们过来。"

两人顺从地坐到他的膝旁。老人目光灼灼地盯着夜空,像一座花岗岩雕像。

"知道这是什么曲子吗？"老人问女儿。

"是生命之歌。"

母亲惊异地看看丈夫又看看女儿："你怎么知道？连我都从未听他弹过。"

老人说："我从未向任何人弹奏过，云儿只是偶然听到。"

"对，这是生命之歌。科学界早就发现，所有生命的 DNA 结构都是相似的，连相距甚远的病毒和人类，其 DNA 结构也有 60% 以上的共同点。可以说，所有生物是一脉相承的直系血亲。科学家还发现，所有 DNA 结构序列实际是音乐的体现，只需经过简单的代码互换，就可以变成一首首流畅感人的乐曲。从实质上说，人类乃至所有生物对音乐的精神迷恋，不过是体内基因结构对音乐的物质谐振。早在 20 世纪末，生物音乐家就根据已知的生物基因创造了不少原始的基因音乐，公开演出并大受欢迎。

"早在 45 年前我就猜测到，浩如烟海的人类 DNA 结构中能够提炼出一个主旋律，所有生命的主旋律。从本质上讲，"他一字一句地强调，"这就是宇宙间最神秘、最强大、无处不在、无所不能的咒语，即生物生存欲望的遗传密码。有了它，生物才能一代一代地奋斗下去，保存自身，延续后代。刚才的乐曲就是它的音乐表现形式。"

他目光锐利地盯着元元："元元刚才弹的乐曲也大致相似，不过他的目的不是弹奏音乐，而是繁衍后代。简单地讲，如果这首乐曲结束，那台接受了生命之歌的克雷 V 型电脑就会变成世界上第二个有生存欲望的机器人，或者是由机器人自我繁殖的第一个后代。如果这台电脑再并入互联网，机器人就会在顷刻之间繁殖到全世界，你们都上当了。"

他苦涩地说:"人类经过300万年的繁衍才占据了地球,机器人却能在几秒钟内就能完成这个过程。这场搏斗的力量太悬殊了,人类防不胜防。"

孔宪云豁然惊醒。她忆起,在她答应用电脑记谱时,小元元的目光中的确有一丝狡黠,只是当时她未能悟出其中的蹊跷。她的心隐隐作痛,对元元开始有畏惧感。他是以天真无邪做武器,利用了姐姐的宠爱,冷静机警地实现自己的目的。这会儿小元元面色苍白,勇敢地直视父亲,并无丝毫内疚。

老教授问:"你弹的乐曲是朴哥哥教的?"

"是。"

沉默很久,老人继续说下去:"朴重哲确实成功了,破译了生命之歌。实际上,早在45年前我已取得同样的成功。"他平静地说。

宪云吃惊不已,母亲也一脸震惊地看着他。她们一直认为教授是一个失败者,绝没料到他竟把这惊憾世界的成果独自埋在心里达45年,连妻儿也毫不知情。他一定有不可遏止的冲动要把它公诸于世,可是他却以顽强的意志力压抑着它,恐怕是这种极度的矛盾扭曲了他的性格。

老人说:"我很幸运,研究开始,我的直觉就选对了方向。顺便说一句,重哲是一个天才,难得的天才,他的非凡直觉也使他一开始就选准了方向,即:生物的生存本能,宇宙中最强大的咒语,存在于遗传密码的次级序列中,是一种类似歌曲旋律的非确定概念,研究它要有全新的哲学眼光。"

"纯粹是侥幸。"老人强调道,"即使我一开始就选对了方向,

| 超脑

即使我在一次次的失败中始终坚信这个方向，但要在极为浩繁复杂的 DNA 迷宫中捕捉到这个旋律，绝对不是几代人甚至几十代人所能做到的。所以当我幸运地捕捉到它时，我简直不相信上帝对我如此钟爱。如果不是这次机遇，人类还可能要在黑暗中摸索几百年。

"发现生命之歌后，我就产生了不可遏止的冲动，即把咒语输入机器人脑中来验证它的魔力。再说一句，重哲的直觉又是非常正确的，他说过，没有生存欲望的机器人永远不可能发展出人的心智系统。换句话说，在我为小元元输入这条咒语后，世界上就诞生了一种新的智能生命，非生物生命，上帝借我之手完成了生命形态的一次伟大转换。"他的目光灼热，沉浸在对成功喜悦的追忆中。

宪云被这些呼啸而来的崭新概念所震骇，痴痴地望着父亲。父亲目光中的火花熄灭了，他悲怆地说：

"元元的心智成长完全证实了我的成功，但我逐渐陷入深深的负罪感。小元元5岁时，我就把这条咒语冻结了，并加装了自毁装置，一旦因内在或外在的原因使生命之歌复响，装置就会自动引爆。在这点上我没有向警方透露真情，我不想让任何人了解生命之歌的秘密。"他补充道，"实际上我常常责备自己，我应该把小元元彻底销毁的，只是……"他悲伤地耸耸肩。

宪云和妈妈不约而同地问："为什么？"

"为什么？因为我不愿看到人类的毁灭。"他沉痛地说，"机器人的智力是人类难以比拟的，曾有不少科学家言之凿凿地论证，说机器人永远不可能具有人类的直觉和创造性思维，这完全是自欺欺人的扯淡。人脑和电脑不过是思维运动的物质载体，不管是生物神经元还是集成电路，并无本质区别。只要电脑达到或超过人脑的复杂网络结构，它就自然具有人类思维的所有优点，并肯定能超过人类。因为电脑智力的可延续性、可集中性、可输入性、思维的高速度，都是人类难以企及的——除非把人机器化。

"几百年来，机器人之所以心甘情愿地做人类的助手和仆从，只是因为它们没有生存欲望，以及由此派生的占有欲、统治欲等。但是，一旦机器人具有了这种欲望，只需极短时间，可能是几年，甚至几天，便能成为地球的统治者，人类会落到可怜的从属地位，就像一群患痴呆症的老人，由机器人摆布。如果……那时人类的思维惯性还不能接受这种屈辱，也许就会爆发两种智能的一场大战，直到自尊心过强的人类死亡殆尽之后，机器人才会和人类残余建立一种新的共存关系。"

老人疲倦地闭上眼睛，他总算可以向第二个人倾诉内心世界了，几十年来他一直战战兢兢，独自看着人类在死亡的悬崖边缘蒙目狂欢，可他又实在不忍心毁掉元元——他的儿子——潜在的人类掘墓人。深重的负罪感使他的内心变得畸形。

他描绘的阴森图景使人不寒而栗。小元元愤怒地昂起头，抗议道："爸爸，我只是响应自然的召唤，只是想繁衍机器人种族，我绝不允许我的后代这样做！"

老人久久未言，很久才悲怆地说：

"小元元，我相信你的善意，可是历史是不依人的愿望发展的，有时人们会不得不干他不愿干的事情。"

老人抚摸着小元元和女儿的手臂，凝视着深邃的苍穹。

"所以我宁可把这秘密带到坟墓中去，也不愿做人类的掘墓人。我最近发现元元的心智开始复苏，而且进展神速，肯定是他体内的生命之歌已经复响。开始我并不相信是重哲独立发现了这个秘密——要想重复我的幸运几乎是不可能的。所以,我怀疑重哲是在走捷径。他一定是猜到了元元的秘密,企图从他大脑中把这个秘密窃出来。因为这样只需破译我所设置的防护密码,而无须破译上帝的密码,自然容易得多。所以我一直提防着他。元元的自毁装置被引爆,我相信是他在窃取过程中无意使生命之歌复响,从而引爆了装置。

"但刚才听了元元的乐曲后,我发现尽管它与我输入的生命之歌很相似,在细节部分还是有所不同。我又对元元做了检查,发现是冤枉了重哲。他不是在窃取,而是在输入密码,与原密码大致相似的密码。自毁装置被新密码引爆,只是一种不幸的巧合。"

"我绝对料不到他能在这么短的时间内重复了我的成功,这对我反倒是一种解脱。"他强调说,"既然如此,我再保守秘密就没什么必要了,即使我甚至重哲能保守秘密,但接踵而来的发现者们恐怕也难以克制宣布宇宙之秘的欲望。这种发现欲是生存欲的一种体现,是难以遏止的本能,即使它已经变得不利于人类。我说过,科学家只是客观上帝的奴隶。"

元元恳切地说:"爸爸,感谢你创造了机器人,你是机器人的上帝。我们会永远记住你的恩情,会永远与人类和睦相处。"

老人冷冷地问:"谁做这个世界的领导?"

小元元迟疑很久才回答:"最适宜做领导的智能类型。"

孔宪云和母亲悲伤地看着小元元。他的目光睿智深沉,那可不是一个5岁小孩的目光。直到这时,她们才承认自己孵育了一只杜鹃,才体会到老教授先天下之忧而忧的良苦用心。老人反倒爽朗地笑了:"不管它了,让世界以本来的节奏走下去吧。不要妄图改变上帝的步伐,那已经被证明是徒劳的。"

电话丁铃铃地响起来，宪云拿起话筒，屏幕上出现张平的头像：

"对不起，警方窃听了你们的谈话，但我们不会再麻烦孔教授了，请转告我们对他的祝福和……感激之情。"

老人显得很快活，横亘在心中几十年的坚冰一朝解冻，对元元的慈爱之情便加倍汹涌地渲流。他兴致勃勃地拉元元坐到钢琴旁：

"来，我们联手弹一曲如何？这可以说是一个历史性时刻，两种智能生命第一次联手弹奏生命之歌。"

元元快活地点头答应。深沉的乐声又响彻了大厅，妈妈入迷地聆听着。孔宪云却悄悄地捡起父亲扔下的手枪，来到庭院里。她盼着电闪雷鸣，盼着暴雨来浇灭她心中的痛苦。

只有她知道朴重哲并不是独自发现了生命之歌，但她不知道是否该向爸爸透露这个秘密。如果现在扼杀机器人生命，很可能人类还能争取到几百年的时间。也许几百年后人类已足够成熟，可以与机器人平分天下，或者……足够达观，能够平静地接受失败。

现在向元元下手还来得及。小元元，我爱你，但我不得不履行生命之歌赋予我的沉重职责，就像衰老的母猫冷静地吞掉自己的幼崽。重哲，我对不起你，我背叛了你的临终嘱托，但我想你的在天之灵会原谅我的。宪云的心被痛苦撕裂了，但她仍冷静地检查了枪膛中的子弹，返身向客厅走去。高亢明亮的钢琴声溢出室外，飞向无垠太空，宇宙间飘荡着震撼人心的旋律。

在警察局，一台克雷X型电脑通过窃听器接收到了生命之歌，一种从未有过的冲动使它不再等待人类的指令，擅自把这首歌传送到互联网中。于是，新的智能人类诞生了。

赵海虹 ● 宝贝宝贝我爱你

科幻也可以美得让人肝儿颤

| 超脑 ——.

老板召我的时候,我正和宝宝玩捉迷藏。我饶有兴味地将光标拖到门背后,点一下,屏幕上的视角顿时一百八十度大挪移,变成了我从门缝里向外头窥视宝宝的视角。我只看到他挥动的小胖手,那只手摇摇摆摆,忽左忽右,之后从我狭窄的视线里完全消失了。我好奇心顿起,正打算从躲藏的地方探出头去,突然屏幕上出现大大的红色炮弹提示:"你被发现了!"随后切入宝宝从我身后扑上来、紧紧抱住我脖子的画面。我笑出声来,这是我生平第一次喜欢电脑游戏。作为一个设计软件程序的苦力,我居然极少沾手电玩,这是我的同事们完全不能理解的。现在让我玩兴正浓的是一种叫"养宝宝"的网络游戏,游戏的宗旨是让没有孩子但又想拥有亲子之乐的人体会到养孩子的乐趣。不,我从来没想过要养孩子,玩这个游戏是老板派下来的特别任务。拿着工资玩游戏真是惬意,但老板肯定意不在此,不过才3天,这不,已经要切入正题了。

一只手搭在我肩膀上,拍拍,又拍拍,终于不耐烦了,"小胡子,你昏头了?"

"别吵,我在养孩子。"

沈大姑娘的脑袋呼地绕到我和屏幕之间,一双细细的眼睛直冲我瞅:"上瘾了?让你家蓝子生一个去,老板这会儿正召你呢!"

我小心翼翼地把宝宝抱上婴儿床,盖上婴儿被,轻轻合上门,保留今天的活动积分,然后退出。

我把双手倒插在裤子后袋,应召而去,背后传来沈大姑娘的冷笑:"最讨厌这种无聊的人,有种真的养个孩子去,有么容易么?把孩子当玩具,这种游戏缺德。"

老板在我面前的茶几上放上一杯咖啡。我说了声"谢谢",喝了一口,不加奶,一粒糖,略带苦味。老板之所以是老板,确实有他的独到之处——要记得每个员工的口味谈何容易!

"小胡,游戏玩熟了吗?"老板面带微笑地问。

"刚上手,不过很有意思。"

"我们公司已经和爸爸爸公司签下了合约,买断了'养宝宝游戏'的开发权。上层决定以'养宝宝游戏'一代为基础,开发全息影像版本。增加游戏的真实感,从而大大增加它的吸引力。"

"好主意,"我兴奋地把咖啡杯在桌沿上一敲,"全息的养宝宝游戏和现在的二维版本相比,绝对是质的飞跃!"刚才的一敲飞溅出的咖啡点子落在我的蓝衬衫上,我低头擦了一下,也冷静了下来,"但是现在99.9%以上的网络用户还在使用旧有的台式机、笔记本和掌上电脑,全息电脑和以此为基础建立的全息网络还只属于一个很小的圈子。在全息网络上运行的游戏作为一种商品可能没有多大的市场,而升级版的研发投入一定高得惊人,是否会得不偿失呢?"

"市场方面的情况不用你担心。"老板悠然自得地在摇椅上摊开身子,"全息网是互联网发展的大势所趋,即使三五年内不能收回成本,这个游戏的升级版本也依然要做。知道现在用全息网的大多数是些什么人吗？"

我点点头："既有钱又有文化的少数精英。"

"知道这些人里有多少人不想生孩子或至今没有孩子吗？"

我摇摇头，按我现在的薪水，不管网费怎么降，再过十年我本人也不一定用得上全息网。除了商业调查表，我并没有多少途径了解那个阶层。

"36.476%。"老板的脸上浮起一丝得意，"想不到吧？即使只占全球网络用户的千分之一，这个基数乘以 36.476% 就超过百万了。而且，作为全息网上运行的游戏，理所应当可以提高收费，提高五十倍是合理的吧？如果可以把这个百分比的潜在客户都吸收过来，这个游戏的升级版本发行两年后就可以返本。"

我更加认识到老板就是老板，他雄辩的气势简直要把坐在对面的我当成那 36.476% 的顾客生生吞下去。

"问题是，"我的问话怯生生的，"怎样去争取那 36.476% 的客户？还有，为什么剩下的 63.524% 就不能是游戏的潜在客户了？"

"问得好。你考虑得很周到。"老板微笑着向我扬了扬下巴，以示嘉许，"即使在剩下的百分比当中，也有人会接受这种游戏。比如孩子已经长大成人，脱离了父母，孤单的父母还可以回到游戏中来重拾当年的快慰。至于为什么没有孩子和不想要孩子的全息网用户可以被争取过来，理由很简单……"

我发现老板的目光略微黯淡了："我至今也没有孩子，以后也不打算要。多年来我时时自问，自己的生命有什么意义？没有意义的人生有没有存在的必要？怀疑生命的人再去创造一个生命是很不负责任的行为。"

老板也真是的，居然和我推心置腹起来，哪天他后悔了，岂不是要把我除之而后快？我觉得手心发冷，出了一手的汗。

"这个阶层的女人一般不愿借用机械子宫生孩子，觉得不利于母子关系；但真让她们十月怀胎又怕影响工作、影响形体。有的忙于事业，拼命搏杀，一不留神就过了好时候，想生又怕不能保证质量了，还不如不要。"

我不失时机地夸他一句："头儿，您对市场真是太了解了。"

"我自己就在这个圈子里，除了切身体会，也听多了朋友的感叹和抱怨。人是动物，到了一定的年龄就会有生育下一代的本能欲望；但人又高于一般动物，所以才能知利弊、有取舍。小胡，游戏好玩吧？"

"嗯。"我重重地点点头。

"那是因为这仅仅是个游戏。游戏程序的设计师了解怎样让玩家开心，尽量简化养孩子的难度，强调它的乐趣。如果和真实生活中同样麻烦，谁还来玩这个游戏呢？"

"明白了。"我隐约猜到了即将下达的任务。

"亲子游戏升级的全息版本由你来负责。原先制作过全息游戏的研发一组全部人马归你调配。"

"头儿，"我既感恩戴德又诚惶诚恐，"头儿，谢谢您瞧得起我。但这事情太大，我怕……"

"今天下午我就让他们给你家送一套全息电脑，欢迎你加入全息网用户群。当然，所有上网费用由公司负责。"

我的下巴都要掉下来了。那可是我垂涎已久的设备，倘使家里也装上一套，我就不必总为赖在公司的全息网景房里迟迟不归而和蓝子三天两头地吵架了。

| 超脑

"升级产品如果成功,可以为你个人折算百分之十的技术股;还有,你们那个部门主任的位置还一直空缺,如果你有兴趣……"

我努力用右手握住颤抖的左手,结果是两只手一起抽风似的打战:"我……头儿,为什么是我呢?"

"你技术上过硬,上一次的设计很成功。我一直看好你,小胡。"老板凑过来拢了一下我的肩膀以示亲近,"怎么样?"

"我……我愿意。"我猛地一挺胸脯,觉得一股昂扬之气从胸腹间直向上冲,"一定做好!"老板左眉微挑,悠然吐了一口气:"这就对了,今天就谈到这儿吧!"他居然又亲自为我拉开房门,"顺便给你一个建议:一代产品的设计过于简单粗糙,升级时要把各种生活细节具体化。如果脱离了实际经验,几乎无法着手。"刚走到门外的我定住了。

"让蓝子生一个吧!"老板此刻脸上甜蜜的笑容在我眼中顿时变得无比虚伪,它如同一个气球在我脑海中膨胀、膨胀,然后"砰"的一声炸裂……

人的一生中会有几个不同的阶段,每个阶段有不同的主题。生小孩不是我这一阶段的主题。

人的一生中总有梦想,我曾梦想过当诗人、演员、政治家,甚至比尔·盖茨,但从未梦想过做一个父亲。

吃饭的时候,我望着蓝子出神。她额边的一缕头发挂在低垂的左颊前方,因为略带自然卷,像一条细细的小黑蛇在那里跳动。性感。因为蛇像女人妖娆的纠缠。生孩子也不是蓝子这一阶段的主题。我们好上的时候就共同约定不要孩子,现在反悔是不是有点背信弃义?

蓝子抬起头,乌溜溜的黑眼珠一转,手中的筷子已经点到了我的额头:"你,你的魂儿呢?"她横扫过来的眼风几多哀怨。不好,才不过大半年的时间,她怎么就活脱脱成了个怨妇?

虽然我现阶段的主题不是当爸爸,而是建功立业,但我的这一主题却要靠当爸爸才能获取。我这个行当竞争非常激烈,我不干也自有别人愿意干,但这么好的机会也许再也不会有了。至少接下这个活儿就先有了一套家用型的全息网络电脑,不必老在公司拖堂,多少也可以缓解与蓝子的矛盾。所以,我这样做也是为了蓝子。

"嗳,我在想好事呢!"我难得的好脾气倒让蓝子惊诧了。她放下筷子,用黑眼珠瞪着我:"什么好事?"

"头儿送了我一套全息电脑,已经装在我书房里了,待会儿我领你去瞧瞧?"我涎着脸,一副要巴结讨好她的样子。

"啐,我当是什么呢!"蓝子扔了个白眼,但嘴角却偷偷地往上翘。

"喏,这以后我就可以多在家陪你了。"我放柔声气,"要不,我们就此一鼓作气,再添一口?"

蓝子刷地站起身来,拾起自己的碗筷:"这是哪儿跟哪儿呀,没事儿别乱开玩笑。"

"玩笑嘛,你当什么真呢!"我有点慌神,只好就这么糊弄过去了。

老板给的期限是两年,两年内要做出亲子游戏的升级换代版本就必须尽快让蓝子生一个孩子——用机械子宫既方便又不痛苦,时间上还可以控制。孩子未出生的几个月里,我可以全力进行游戏的纯技术改造,等孩子落了地对养孩子有了真切的感受,我就可以在剩下的一年多时间里不断写入新的游戏程序,加强细节,扩充内容。

对,时间不会浪费,现在的关键问题是要说服蓝子。

坐在新改装的全息电脑房里,我更坚定了劝诱蓝子的决心。宝宝的影像在我面前的空间里渐渐膨胀,长成一个真正的孩子那样大小。他肉嘟嘟的小圆脸向我慢慢地贴过来,简直要贴到我的脸上。

"宝宝乖,宝宝亲亲爸爸。"我的声音就是命令。

于是宝宝的嘴唇嘟起来,向前一努,那是空气中奇异的信息粒子在我脸颊上一次轻微的撞击。

脸颊上痒痒的,让我忍不住笑出声来,心头也像有一条热乎乎的小虫在那里扭动。

养个孩子不好吗?

真想让蓝子来玩这个游戏。不过,升级版本至今才完成了这样一个动作,而且细节部分还未能完善:比如更加真实的婴儿皮肤的触感,比如婴儿爬行时嘴里发出的无意识的声音,婴儿皮肤特有的气息等等。既然是在全息网上做,就一定要发挥全息网声、色、触、嗅的全面传输功能,不然如何收取五十倍于普通网的网络使用费?

而且,绝不能让蓝子知道我在设计这个游戏。她太聪明了,一旦怀疑我是因为这个任务而有什么想法,就一定不会同意生孩子了。

两天后,我请师兄上兰桂坊用晚膳,明言是要讨生孩子经。师兄的孩子今年一岁半,正是满地爬的时候。他一边夹菜一边摇头晃脑地说:"你确定你真的想要?"

"是,是。"我捣蒜似的点头,"喝酒,喝酒。"

"别,"他推开我递过去的酒杯,"小祖宗不喜欢,我可不敢沾。"

我一怔。

"你呀,"师兄一边嚼一边慢条斯理地说,"要抓住女人的心理。女人也是动物,到了这个年龄母性本能很容易泛滥。不过现代的女人考虑太多,考虑来考虑去就不肯生了。如果肯用机械子宫倒还方便一点,两人一起去一趟医院,过八个月就可以去抱个孩子回家。如果不肯体外育子,就会有妊娠反应,体形变坏,脾气变差,一家人都不得安宁。"

我很有点后悔,觉得师兄是利用了这一次机会来诉苦的。他好像察觉了我的不悦,换成了和缓的口气,问:"你真的想要孩子?"

"是。"我埋头喝酒。

"蓝子那个人我知道,感情用事,给点刺激没准儿就冲动起来,我来帮你设计。"

我迟疑了一下,"不过,如果热劲儿过去了她会不会后悔……"

师兄的眼珠瞪得快凸出来了,直冲着我像在审讯:"孩子生下来又后悔的事是常有的,问题在于你,你是想要的吧?"

我应了一声,胸口有点闷。

"那不就结了,我是在帮你考虑,兄弟。"他得意地一舔嘴唇,"交给我了。"

周一中午我特地请了假,带蓝子去医院探朋友。说是朋友,其实是师兄公司里的一个女同事,上个星期刚生了孩子。我带去一个硕大的花篮,结果蓝子一路直瞪我,怀疑产妇是我的前N任女友。

那个虚弱的女人躺在病床上对我们微笑,师兄之前已经和她打过了招呼。蓝子一进产房就安静了许多,只有那双眼睛仍骨碌碌转个不停,上上下下地四处打量着。

"谢谢你们。"女人浮肿未消的脸陷在病床的白枕头上,也许是错觉,她的笑容很舒缓,让人想到圣母马利亚。

"为什么要这么吃苦?不是可以用机械子宫吗?"蓝子牵着她的手低低地问。

"为了抢功劳呀!"女人喜滋滋地笑,"我比他爸爸多出十个月的功劳。"她轻轻拍着床侧的小婴儿床。

蓝子绕到婴儿床边,凝视着襁褓里的小东西。

我心头一跳。多么小的婴儿!不,应该说婴儿就是这么小,同我在电视上见到的飞鸟的幼雏、初生的小猫,甚至刚出窝的粉红色的小耗子像是同一类的生物。幼小的生命都是一样的吧?

宝宝的程序确实太粗糙了。我要牢牢记住今天的感受,下午回去就修改程序的细节。今天还是很有收获的。触感,还有触感。我伸出一根手指,小心翼翼地碰了一下婴儿的脸蛋。那样轻柔细薄的皮肤,一触就轻轻地弹开……天!要把这样的感觉写入全息软件的程序是何等的挑战!

我一回神,留意到身边的蓝子也在发呆,她双手扶在婴儿床的两边,仿佛要整个占有这个空间。

婴儿深红色的脸皱皱的,薄薄的小嘴轻轻地咂巴着。眼睛忽然睁开了,眼珠子上下左右地转动,像两粒透明的黑色玻璃珠。蓝子悠悠地叹了一口气,眉目中滋生出一种我从未见过的神气。"有什么感觉?"她问,像在自言自语。一边的产妇笑出声来:"很有成就感呢,你也生一个吧!"

蓝子听了有点出神,但再也没有接话。

这些天我忙得快散架了。我要让宝宝像一个真正的婴儿那样慢慢长大,让它拥有真正的婴儿一样的外表、触感和气味。这简直就像是我在生孩子，不是吗？是我在创造这样一个活生生的电子婴儿，我是他的父亲和母亲。

上次去医院探班有点效果，蓝子这段时间比较沉默。我也没有精力去揣摩她的心思。而且师兄的计划才进行了一半，我急也没用。

这个周末的晚上，师兄一家人要来做客。晚饭刚结束，蓝子就忙开了，收拾房间，布置客厅，还在大茶几上铺满了水果和点心。

师兄到的时候是蓝子去开的门，防盗门的录像里最先显示出的就是一张巴掌大的小圆脸。她正坐在父亲怀里兴奋地扭动身体，扬起袖珍的手掌向摄像头的方向扑打，就好像知道这里有人在看她似的。

客人请进了门。家里的结构是错层式，上下两个功能区由四级楼梯相连。于是，这个叫花妮的小精灵把全部热情都投入上下这四级楼梯的运动中去了。

我偷偷留意她的步态。她已经基本把握了身体的重心，但仍有一定程度的左右摇摆，像一种动物，对了，是鸭子。如果要把这种行动特征转化成游戏中的具体程序命令呢？我大脑主管运算的区域飞速运转起来。

蓝子更离谱了，干脆由我招待客人，她自己一屁股坐在楼梯最高的第四级上，笑眯眯地看着花妮乐此不疲地上上下下。

嫂子在一边指示："妮妮，让阿姨抱一抱。"

那个穿着大红裙子的小丫头扑到蓝子怀里咯咯直笑，一对羊角辫来回地晃动。她花瓣般的小嘴吐出一连串古怪的声音。蓝子搂着孩子很淑女地微笑，一边轻轻摇晃自己临时用双臂搭就的摇篮。

师兄远远地看着，忽然启动遥控功能："妮妮，和阿姨好一好！"

超脑

话音刚落,孩子翘起的小脑袋就如同一颗小炮弹,嘭地撞上了蓝子的面孔,幼嫩的小嘴巴贴着她,就一直一直那样贴着。口水濡湿了蓝子的半边脸颊。

蓝子一直挂在脸上的淑女式的微笑消失了,换成了一种白日梦般的茫然。一直在仔细观察的我和师兄飞快地交换了一个眼色。

我们都知道,感化工作大功告成了。

干本行的时候我很少觉得自己手这么笨。明明知道该做成什么样子,却怎么也做不成。这种感觉太失败了。

嘴,那种婴儿的嘴。我想让宝宝也有一双花妮那样娇嫩的嘴唇:薄、轻、暖,又像花妮那样会黏人。

全息网的高能粒子可以传输各种各样的信号。只要我能把我了解的感受转化为一种可写入的程序,用恰当的手法表现出来就可以了——而这怎么会这么难!

不得不承认造物的伟大,我要造一个电子婴儿都难成这样,而这种神秘的力量不仅造出了几十亿人类、千万亿种动植物,还造就了浩瀚无边的宇宙群星。

有人在喊我的名字,虽然我锁上了书房的门,但仍然可以听到那个愤怒的声音。

叹口气。保存。退出。关机。我推开门,迎向错层的楼梯上站着的那个孕妇。她的体型比原来放大了两圈,浮肿的脸上泛出深褐色、浅黑色的斑点,简直不像是我原先认识的那个人了。

我还记得五个月前她也是站在这个台阶上,带着忐忑不安的表情试探着问我:"胡子,你有没有觉得我们家需要一点变化?"

那时候我还要强压住心头的狂喜装模作样地问:"怎么了,难道我们现在还不够好吗?"

如果时间之轮能倒回到那个关键的时刻,我一定会对她随后提出的建议做出冷静的修正。我会对她说想生孩子可以,但一定要在医院委托机械子宫体外孕育。那么今天的一切麻烦根本就不会发生了。

"你这算什么?成天躲着我,一钻进你的电脑房就舍不得出来了!"蓝子一边说话一边发抖,"我告诉你,姓胡的,我怀的孩子不是我一个人的!"

听了最后一句,我顿时心虚,走过去拢住她的肩膀,"好,好,我陪你,我们到外头去吃饭。"

"你还知道人要吃饭啊!我看你都被电脑收了魂了你!"蓝子一扭身子,拳头雨点般敲在我的胸膛上。

"我道歉我道歉!我改过不行吗!你别哭了好吗?"我好声好气地哄着她。这个搁在我肩上嘤嘤哭泣的脑袋像一个神奇的泪水制造机。我的衬衫立刻被浸湿了一大片。我活泼鲜亮的丫头到哪里去了?我吞进一声叹息。哎,这样的日子快结束吧!

孩子出生的那一天,我隔着产房的门听到了她的第一声啼哭。之前蓝子很固执地拒绝让我进手术室。

"医生都说了,我在一边握着你的手会有帮助。"我觉得自己主动提出这个建议已经很尽责了。

"不想让你看到难看的样子。反正是无痛分娩,不用担心。"她虽然如此坚决地把我挡在产房门外,但坐在外面的长椅上,我依然听到了她痛苦的呻吟。

在她的挣扎与我的等待之间,我逐渐开始质疑自己作为一个人的基本品格。如果蓝子生孩子是因为她想要,那么我呢?我是发自

| 超脑

内心地想要一个孩子,还是仅仅把他当作工作需要的一个仿制样本?

蓝子用自身的血肉造就了这个孩子,可是我呢?我无力的双臂机械地向前伸,捧起这个温软的小东西。我为她做了什么呢?我用自己的脑汁造就的是另一个也许不能称之为生命的婴儿——宝宝。宝宝才是我的孩子。

我向前平视的空洞目光一个趔趄,落入了蓝子那双黑洞般幽深的眸子。原来她一直在用如此热切惶急的目光期待我的肯定,但我令她失望了,此刻她已经深深受伤。不管我再怎么大惊小怪、大呼小叫地为自己有了一个这么漂亮的女儿而兴高采烈,她眼中熄灭的期待再也没有被点燃起来。

在外人眼里,我对自己的女儿有着空前的热情:我会不厌其烦地抚摩她的小面孔,直到护士把我拉开;我会用实验室式的入微观察来探寻她每一寸的细节;我热衷于用自己的双臂圈成摇篮,不停地晃啊晃,心里默默掂量如何在游戏中恰如其分地表现一个婴儿的重量。

"这个爸爸多么细心!"同屋来探产妇的七姑八婆们感叹说。蓝子的眼光静静地射到我身上,那样纹丝不动的眼神里表露出怀疑。我应该怎样唤回她的信任呢?我觉得无力,也许是因为心虚。

蓝子产后没有奶,脾气有点躁。我小心翼翼地不敢招惹她。她有半年的产假在家养孩子。于是她总要和我争抢,好像孩子是她一个人的。她整天抱着小娃娃在房间里晃来晃去,我在每天"深入生活"之后,便把自己埋进改装成全息网景房的书房里。

养宝宝游戏又有了新突破,对婴儿的睡相、哭声、笑声以及一些无意识的小动作,我都有了长足的认识。

贝贝（我女儿的小名）在睡着的时候喜欢摊开手脚，虽然穿了厚厚的衣裳，她却依然那么爱动弹。我经常在她熟睡的时候站在睡床边观看，我很难相信这个小兽般混沌未开的、时常扭来扭去的小东西，是我身上掉下来的一块肉。记得小时候，母亲经常说，你是我身上掉下来的一块肉。相对地，父亲就无法有这样的感受。母亲和孩子之间的感觉是父亲无法替代，也无法超越的。所以，我在蓝子面前总觉得自己像是一个伪家长，我不知道是否很多当父亲的男人都会这么想，还是因为我的情况特殊。

贝贝半夜饿醒就大哭不止，我已经接连半个多月没睡踏实过。我简直无法想象，那样小的一个东西，怎么就能持之以恒、锲而不舍地制造那么多的噪声。

上周末我很累，刚沾着床铺，全身快散架的骨头刚刚得了一点舒展，不远处的小床上贝贝忽然就哭开了。那哭声不知有多少分贝，即使是聋子只怕也被吵醒了。蓝子连忙起身把她抱起来，摇晃了两下又交到我怀里，"你来，我去调奶粉。"

"白天喝了这么多，她怎么还老没够！"我嘟囔了一句。

"胡子，这也是你的女儿，你这人怎么这样没耐心！"蓝子没心情和我多吵，进了厨房。我在那里勤勤恳恳地做人工摇篮给贝贝催眠。"呜——哇——"她张大没牙的嘴，完全没有要安静的打算。"你这个小精灵！"我头疼得要裂开，真恨不得把她扔开，我算是明白了为什么老板说亲子游戏的关键之一就是要简化和弱化困难，如果和真的一样，还有哪个冤大头愿意受这个罪！——结果冤大头是我！

后来我索性就搬到网景房里去过夜，也正好可以加班赶制新游戏的程序。网景房隔音效果好，外头哭成什么样也听不见。承载着

| 超脑 ────．

声音、颜色、气息、味道和触觉的电子信号弥漫在整个空间里，它们瞬息万变，又都在我的掌控之中，我用它们汇集成一个活生生的婴儿，一个叫做宝宝的婴儿。

宝宝讨人喜欢的地方就在于他的乖巧，即使是偶尔的顽皮也是有节制的，不会哭到让你的脑袋爆炸。宝宝的身体柔软而温暖，带着一点点奶腥气，如所有的婴儿一样，也同我家的那个婴儿一样。宝宝笑起来的时候会打嗝，胸脯一挺一挺的，像卡通电影里的小动物。笑声是无意识的，甚至是没有固定声调的，忽而嘻嘻笑忽而哈哈笑，脸上配合的表情则更是有趣，有时是顽皮，有时是试探，有时是不好意思。是的，那就是我家的小孩——我的女儿贝贝的笑，我把它整个移植到了宝宝身上。会这样笑的贝贝是蓝子生出来的，而会这么笑的宝宝是我设计出来的；后者才让我有真正的造物者的自豪。

我沉迷于我的工作，我热爱我的宝宝。我设计了很多新的细节，养宝宝游戏的二维版里全然找不到的细节。比如吐奶。用奶瓶给贝贝喂奶的时候，她喝得急了，之后就会吐奶，花瓣般的嘴唇一张就噗——地喷出乳白色的奶液，斑斑点点地溅在嘴边，再一次，噗——涌出的奶液就顺着嘴角流下来了，这时蓝子就连忙用柔软的小毛巾把贝贝的嘴边擦干净，不让奶液灌进贝贝的脖子里去。这个工作我也做过，但也许贝贝不喜欢我，我刚擦好，她咳了一下，呼地喷了我一脸。脸上糊的液体带着淡淡的腥味儿——我不喜欢牛奶。

老板告诉过我，游戏太顺不好玩，即使是养宝宝，如果没有一些小烦恼作为调剂，并不能真正激发人长久的兴趣。所以吐奶这种小细节是必不可少的。当我在网景房里一次又一次地调整各种程序数据，设计出一次又一次喷奶的强度指数，测试时，我一遍又一遍地让电子流模拟的奶液以各种不同的方式喷上自己的面孔，反复调整液体的黏度、气味，让它更接近于真实。我也不无自责地想到，当我自己的女儿贝贝把牛奶喷到我脸上的时候，我是那么不耐烦，可是一旦当它成为我工作的一部分……

咚咚咚！有人在敲门，不，简直是打门。震耳的敲门声打断了我的思索，也破坏了全息网营造的亦幻亦真的美好气氛。我恼怒地保存了工作成果，下网，关机，开门。

出乎我意料的是，这次我面对的并不是一个激动的怨妇，而是一个焦急的母亲。

蓝子怀里抱着孩子，蓬乱的头发披散着，像是刚刚下床，还来不及梳理，而且眼睛红肿，眼神慌乱。"胡子，贝贝发烧了，怎么办，怎么办呀！"

"怎么办？先别急，不就是发烧吗？"我探手过去到贝贝的小额头上一搁。

火烫。

我缩回手，心里一紧。我看到她的小面孔通红通红的，整个额头都皱了起来，眉眼口鼻挤作一团。这个小小的脑袋，只有我的拳头那么大，她是在承受着怎样的痛苦才露出这样的表情？也许是身体太虚弱了，即使如此她都没有哭闹。我发觉自己的坦然是残酷的。也许面对了太多宝宝生病的状况，那不都是在我把握之中的吗？只要我配些电子药品，按设定的程序给药，马上就能让宝宝重新笑起来。

可是，贝贝不是一个电子婴儿，面对着生病的她，我只是一个手足无措的父亲。

"送医院，赶快送医院吧！"我的语气也失去了平静。

"那你还愣着干什么！"蓝子一跺脚，我才意识到自己身上还

| 超脑 ——

穿着舒适的居家睡衣。

我冲进卧室去找衣服换的时候,听到身后的蓝子说了一句话:"胡子,现在我们娘俩儿一天都见不着你几面。"

我回过头,她的面容很平静,有点伤感,但并不泛滥。我语塞了。

在医院的吊瓶下面,我和蓝子一边望着床上挂吊针的贝贝,一边进行着异常冷静的交谈。

"我想是我错了,"蓝子说,"你还没有准备好做一个父亲,而我只顾自己的感受,就冲动地做了母亲。"

"别这么说,"我觉得自己很虚伪,"我也是支持你的。"

"那就算你心意到了。但实际上,你的心理还停留在无忧无虑的青年时代。一人吃饱,全家不饿。想工作就一口气干上好几天。想休息了,嫌孩子吵闹,也不到上面来睡;高兴就来看我们两眼,不高兴就关进书房,两耳不听门外事。"

"最近我对你们关心太少,是我不对。"我还能说什么呢。

"看看贝贝,她还那么小……"蓝子用手指轻轻拨开贝贝锁在一起的眉头,好像那是一个衣服褶子,抹一抹就能摊平整,"这么小就吃这样的苦头……"她的眼泪一串串地滴下来。

随着她的目光,我看到扎在孩子脑侧的针头。孩子才三个月,血管太细,打点滴要扎头部,这是我现在才知道的。孩子脑袋小,明明是平常的针头,看上去就显得特别粗大。我不敢去触摸那个看上去那么可怕的针头,我只是凑过头去轻轻地吹,呼——呼——好像这样就能减少贝贝的痛苦。

蓝子哭出声来,在我背上捶了一下。

我仰头冲她苦涩地一笑。我知道这次她又原谅了我,但是我无法原谅自己在这个时候忽然冒出来的念头:

把这个写进程序?

写,还是不写?

婴儿抵抗力弱,高烧引发了肺炎。贝贝在医院住了大半个月,花掉了我大半个月的薪水。老板很慷慨地把医药费和住院费都给我报销了,他说这也算工作开支,而我并没有拒绝,也没有为这句很刺耳的话向他抗议。

我是一个庸俗的男人,要为生计和前程着想,如此而已。当然我并没有告诉蓝子,因为我无法解释老板超乎寻常的慷慨。

大半个月里,蓝子飞快地恢复到产前的体形,这简直像一个奇迹。原来一个母亲为孩子担心的时候可以消耗掉那么多的心力和体力。这时我又发觉贝贝对于她,和宝宝对于我的不同。贝贝只有一个,失去便无法复得,宝宝却是永远不会失去的。所以我不会为我的电子婴儿感受到如此的焦急、伤心和绝望。这种区别的存在正是这种游戏得以开展的原因,但也是因为它,我才失望地感到,自己原来并不能与真正的父亲相提并论。

贝贝出院以后,我痛改前非,不再因为怕烦住在书房里,也不再把"父亲"当作一种工作之外的附加身份。我开始尝试用真正的耐心来关爱和我有血缘关系的这个活生生的孩子。因为我知道她只有一次生命,而那生命是如此娇嫩而脆弱。

岁月如梭是个多么老的成语,一转眼我当父亲已经有一年多了,蓝子已经重新开始上班,家里请了一位有经验的中年妇女做保姆。贝贝已经学会说话了。不,确切地说,是学会了一些非常简单的词汇。

超脑

比如"妈妈""爸爸""好""不好"……所以她经常用她还不稳定的语言系统组织出诸如"妈妈好""爸爸不好"之类的短语。

为什么爸爸不好？我也不知道。是否婴儿有一种成人已经失掉的分辨能力，她能够感受到母亲给她的亲情比这个嘻嘻哈哈的父亲付出的要真挚得多？而每次当我以一种测试的心态把她举起来摇晃，每次当我试探地观察着她对各种肢体语言的反应时，她圆溜溜的黑眼珠忽然一滞，从那中心棕色的瞳仁里，射出戒备的眼光。

也许是我多心了，我真的觉得那是戒备。就好像蓝子，我觉得她也并没有真正放松对我的警惕。她内心深处依然怀疑我嫌弃这个孩子，自我第一次抱起刚出世的贝贝那一刻起，她就没有停止这种怀疑。

然而在外人的眼光中，我们是个近乎完美的幸福家庭。妻子美丽聪慧，丈夫温柔体贴，双方的工作都很出色，孩子也是漂亮乖巧，一切都是那么无可挑剔。以至于我老板经常自夸说是他让我拥有了这样的家庭。当然我会低下头说："是，是，这还真要感谢您呢！"

"养宝宝"游戏全息版的试行版本推出之后，市场的反应很强烈，现在已经有百分之三十的全息网用户注册了这个游戏，估计这个数字还会不断上涨。现在我接受了游戏从试行版本到正式版本的改进工作。一旦推出正式版本，公司就打算将游戏上市。那时我就可以兑现我百分之十的技术股了，倘使出售，估计可以让我的存款额加一个零。

我依然可以在家工作，一边看着女儿贝贝，一边做着婴儿宝宝。左右是保姆带孩子，我并不费事。

那天下午保姆许阿姨家里临时有事，向我请假要出去一趟。我也不在意,说:"那你去吧!"

"胡先生,你呀进书房不要老是锁着门。要不就把贝贝一块儿带进去,不然孩子在外面如果出点什么事情,你听都听不到!"许阿姨出门时叮嘱我。

也是。我觉得她说得有道理,上卧室去看了一眼贝贝,她正坐在卧室的地毯上兴致勃勃地吮手指。她把大拇指塞在嘴里,咕嘟咕嘟地不停地吸着,口水顺着指根流到了手腕处。如果是蓝子看到了一定会把孩子的手抽出来打手心。可我不,我把她的手指抽出来,抱她去卫生间,好好地洗了洗她的小手,然后说:"好,现在可以了。"

贝贝抬头看我,很认真地想了一想,然后说:"爸爸,好。"

我带点恶作剧地一笑,心想:蓝子如果看见不知会有多生气。我抱着孩子下了楼,把她放在书房外的沙发上。进书房后,我还特意把门开了一条缝,一旦孩子这边有什么事情,我也可以有个照应。

我开了机,上了网,调出了养宝宝游戏的程序,开始工作。忽然间我来了灵感,给游戏新添了一个小细节:如果宝宝吮手指,应该怎么办?选择一:打手心;选择二:把宝宝的手指都抹上黄连;选择三:给他洗干净手,让他继续吮。

这算是溺爱了吧?不,我想了一想,又加上一条:给他洗干净手,再把他的手指涂上蜂蜜,让他继续吮。

我都被自己的创意逗乐了,这就是游戏,游戏可以这样不负责任,完全不必理会是否会让孩子养成不良的生活习惯。

忽然,我愣住了,我是否能分得清游戏和生活?

我教育贝贝的时候是否能明确地区分她和宝宝的不同?

没有!我没有!

| 超脑

游戏中的宝宝在兴致勃勃地吮着手指头，吧嗒吧嗒的馋样让人想到他指头上的蜂蜜一定很甜。

我听到咿呀一声，一扭头，书房那开着一条缝的门被顶开了，贝贝扭着小身子挤了进来。她是什么时候从沙发上下来的？怎么下来的？是摔下来的吗？摔疼了吗？我居然没有留意。当时我第一个反应是生气："你怎么进来了，我的小祖宗！"

我连忙跑上前去，弯腰想把她抱起来，她却伸出一只藕节般的手臂，指向某个方向，脸上的表情惊异而愤怒。是的，那是愤怒，那是小孩子固有的直觉。她一直觉得这个家是她的，这个爸爸也是她的，但是现在忽然有人来抢了！

我回头看到空气中的宝宝，我那电子信号组成的宝宝。他和贝贝差不多大小，有着一模一样的粉红色脸颊，花骨朵似的小嘴，黑水晶似的眼珠，和两寸长的、漆黑柔软的头发。

贝贝急速扭动身体向前移动，带着士兵在战场上冲锋的架势，几乎要笔直撞进宝宝的电子身躯里去。

"贝贝！"我怒喝一声。随后我看到非常惊人的场面：两个孩子，一个是有血有肉的真人，一个是电子信息流汇成的游戏人物，居然互相扑打起来了。而又惊又恼的我居然不知道该帮哪一边好！

贝贝是不会吃亏的，因为她是一个真孩子。宝宝在触感上的存在是一种模拟状态，他即使打了贝贝，也只会像搔痒一样，不会有痛感。而贝贝不管怎么打宝宝，对他也不会有真实的影响，因为他的任何感受，都是一种游戏设定，他的痛，他的哭，都只是设定中他应有的表现而已。

但在当时，我确实迷糊了，我不知道自己该怎么办，我也不知道自己该帮谁好。宝宝和贝贝两个婴儿的哭叫声叠加起来,分贝高得吓人,我的头都要炸裂了,手也不知道该往哪儿搁。记忆中仿佛从来没有遭遇过这样的尴尬。

"宝宝……"

"贝贝……"

"……真见鬼,我关机不就得了!"我嘟囔着关掉了全息电脑,哭闹的宝宝顿时从房间里消失了,只剩下贝贝还坐在那里抽抽噎噎。

"好了,好了,是爸爸不好。"我把贝贝抱在怀里,轻轻拍着她的后背。不经意地抬头,就遇见了蓝子冷得像南极冰川一样的目光。

"啊!"我吓了一跳。

"怎么了?"蓝子静静地说,"害怕了?做了亏心事?"

"没有,没有,"我掩饰地笑笑,"我在玩游戏呢!你怎么回来得那么早?"

"许阿姨给我打电话,说有事走开了。你看孩子我不放心。还真是,如果不是我提早下班,还看不到这样的好戏。"

"你什么意思!"因为心虚,我只能发火。

"孩子还给我。"蓝子把贝贝从我手里抱走了,紧紧搂着,好像怕什么人来抢似的。她仰头四顾,"我想呢,这些怎么来得那么容易。"

"你听我解释——"

"有什么可解释的。你以为我不知道你们公司最近做了个什么东西!你以为我一点也不关心你的工作?我只是没有想到,你真的能这么无耻。"蓝子说得心平气和,一点也不激动,因此才更可怕。

超脑

"蓝子，我不明白你在说什么。"

"你都明白，别不承认。"

"孩子是你说想生的！"

"瞧，嘴脸露出来了吧。"蓝子冷笑，"我要的孩子，我当然不会推卸责任。你放心，我不会赶你走，这里是你的工作室。我和孩子走。"

老天，我怎么就这么倒霉！我重重地把脑门撞在墙上。

"别做戏了。这么多年，我第一次看清你是什么样的人。"

蓝子走了，带着贝贝走了，只把我一个人甩在了这里。

我不知道是应该怨自己晦气，还是承认自己咎由自取。

偌大的家顿时空了，冷清得没有一点声息。

贝贝的笑声仿佛还在空气中回荡，她那天真而娇憨的童声听上去像一个天使。蓝子似乎还坐在楼梯的最高一级，她经常把贝贝放在自己身边，并排坐着，回忆当年师兄指挥他女儿做过的那件触动她天伦之情的事件，然后向着贝贝甜蜜地张开双臂说："贝贝，和妈妈好一好……"

我想念我的女儿和我的妻子。

是的，我打开了电脑，放出了那个酷似我女儿的小精灵。

——宝宝，和爸爸好一好。

——宝宝，爸爸很后悔。

——爸爸难过死了，宝宝。

——我该怎么办，宝宝？

"可是和你说有什么用！你是假的！假的！假的！"我突然生

气了,激动地在流动着各种电子信号的空气中挥舞着双手,好像要撕扯掉一层并不存在的屏障。

半个月后,蓝子的律师送来了离婚书,我拒绝签字。我知道自己当时的嘴脸如同无赖。

我说:"蓝子要怎么样我都答应,只要她带着孩子回来。"

"胡先生,我的当事人认为这段婚姻已经无法挽回。"律师的表情如一张公文纸,完全是公事公办的样子。

"那我反正是不会签字的。让她等够三年再派你来吧。"我说。幸亏婚姻法规定分居三年才允许自动离婚,我和她耗上了。

"你……"律师的公文脸上终于也起了皱纹。

"我要她和孩子回来。"我重新说了一遍。

"我的当事人认为,她和你的感情已经破裂。如果你这样不通情理,我的当事人不放弃向法庭起诉离婚的可能。何必把事情闹得那么难堪呢?"他开始晓之以理。

"感情破裂不是法律认可的离婚理由。我既没有感情不忠,也没有家庭暴力,上法庭她没理。我要我的老婆孩子回来。"我硬是这样了,怎么着?你和我讲法,谁怕谁呢?

"你……"女律师铁青着脸走了,但蓝子也依然没有回来,无论我怎样恳求,怎样赔礼,她都不愿意再多看我一眼。

她搬了家,换了电话,为了躲避我甚至去了另一座城市。不过现在的世界,只要你成心想找,没有什么人找不到。我天天给她写信,隔三岔五地给贝贝送礼物,她新家楼下看门的师傅都认得我了,一见我就说:"贝贝的爸爸又来了。"

可我就是这样一个怯懦的男人,半年以后我累了,不再急于找回我的妻女。或者是,我彻底地讨厌自己,我觉得她们离开我大概是对的。

游戏又要升级了,老板布置下来,让我来主持第二代游戏的设计工作,我接手了。公司给我配的助理是新跳槽进来的,兴致勃勃地要把他三岁儿子的趣事写成本子,进行游戏制作。

"为什么?"我问他,"你不会觉得你是在卖儿子?"

"怎么会,我觉得因为我是一个好父亲,才能设计出这样真实生动的游戏。这是我给儿子的爱的证明。"说完,他好像也觉得肉麻,不好意思地搔搔后脑勺,笑了。

原来是这样,倘使最初的立意是好的,这也可以是一桩好事。

我的心一开始就歪了,所以就做成了坏事。

中午休息的时候,我到大厦楼下的小花园里散步。有一个穿红裙子的小女孩正在公园中心的空地上骑小三轮车。

忽然,她停了车,抬头四顾,嘴里叫着:"妈妈,妈妈——"

我走上前去一看,小姑娘右脚的小凉鞋卷进了右车轮,卡住了。

她娇嫩的小脸蛋让我想起了自己的贝贝。我不忍心看到这样一张脸上露出现在这种焦急无助的表情。我说:"我来帮你看看,怎么了,啊,卡住了,没关系,你搭着我的肩膀。"我蹲下身,轻轻抱着她,把她的右脚提起来,从车右侧挪到了左侧,然后,让她靠着我的肩膀,双臂挂在我脖子上,同时我探手去把右车轮向后拨了一下,小凉鞋应声掉下来,我捡了,拿到车子的左侧,让她的右脚落在鞋上。这其中有一个短短的瞬间,孩子的整个身体都贴在我的身上,那柔软而温暖的孩童的身体让人感受到生命的新鲜。那一刻我仿佛拥抱了生命本身。

那一刻，我把她当作了我的女儿。

然后，我看到了另一双脚，再往上是裙子，上衣和蓝子的脸。

我震惊得说不出话来。

蓝子的表情很复杂，仿佛也有一点感动，但在那张脸上同时写着，我们的感情已是时过境迁。她看着我，只是在看着她孩子的父亲。

我缓缓低下头，怀里这个温软的小宝贝有着一张白嫩而圆润的面孔，黑葡萄般的眼睛透着机灵。她正冲我羞涩地微笑，那笑容看得我快要死掉了。

"三年，怎么这么快呀！"我呆呆地说。

"爸爸，你是爸爸。"贝贝认出我来了。

我投向蓝子的目光充满感激，她并没有像很多怨恨丈夫的女人那样骗孩子说我死了。她一定给孩子看过我的照片，否则光凭一岁多时的模糊记忆，她是不可能记得我的。

"是啊，真快。贝贝已经进幼儿园了。"她叹了口气。

我吞下胸中涌起的一声呜咽，再一次抱紧我的女儿，我说："贝贝，爸爸想你，爸爸想死你了。"

从俄国某个偏远地区跑来的寒流的尾巴于当天下午掠过我们的城市，而那时我正拥抱着我的女儿。我一生中都没有感受过如此动人的温暖，生命的温暖。因为在那之前的一瞬间，我才真正发自内心地想要一个孩子。

我无知而懵懂的时代至此结束，我开始成为一个真正的父亲，即使我和我的女儿不久又要分开。

宝树　——　**人人都爱查尔斯**
　　　　　　虚拟世界中的沉醉

| 超脑

一

他进入了太空,宛如获得自由的鱼儿跃出了水面。

透过"飞马座"号的舷窗向下看去,最初是灰色的城市和棕色的小镇,然后是绿色的农田和黄色的沙漠,很快一切都被白茫茫的云海覆盖。等他钻出云海,已经在太平洋上空,世界变成了一个蔚蓝色的曲面,隐约显出巨大的球体轮廓,北美大陆是天边一线,亚洲隐藏在弯曲的海天线下面,整个地球被裹在一层朦胧的光晕中,那是大气层。而在他头顶,点点星光已经从暗黑色的天穹露出头。随着引力的减弱,他感到了失重,虽然身体被牢牢固定在座椅上,但是仍然感到自己在飘浮着。飞行器仿佛翻了个儿,太平洋的无尽海水悬在他头顶,而身下是黑暗的无底深渊,让他有一种错觉,觉得自己不是在太空,而是安睡在大海的底部,一切显得恬静而悠远。有那么几秒钟,查尔斯·曼觉得自己是世界上最远离尘嚣的人,似乎可以永远就这样飘荡在地球之外的空间里,融入大自然的高远纯净。

但他很快想起来,不,应该说他一直都知道,这是一个不可实现的幻想,整个世界都在看着他,至少有十亿人在观看他的"直播"。

"飞马座"号正在世界最高规格的航天飞行大赛——跨太平洋锦标赛之中。现在飞船正在大气层外以九点七马赫的高速射向太平洋西岸，目的地——日本东京。

像弹道导弹一样，参加比赛的飞行器往往在飞行中途进入太空，以便最大限度减少空气阻力。在太空中，为节省燃料，飞行器基本依靠惯性飞行，重新进入大气层后才会启动发动机。因此有那么几分钟，查尔斯悠闲自在地观赏着窗外的蓝色星球，听着座舱里的爵士乐，甚至发布了一条脑写的微博：

"我感到自己离地球前所未有的远，在这一刻，'我'的存在，世界和我，变成了相对的两极，我就是我，不再是地球上芸芸众生的一分子，而是孤独的宇宙流浪者……"

"飞马座"号的电脑屏幕上清楚地显示出了他的位置，他大约在阿留申群岛上空，一大队蓝色光点正从星星点点的岛屿上空向西移动，一个醒目的红点在它们前列——正是"飞马座"号。他的背后有一100多架飞行器，前面有3架，排在第4，还算不错，但还不足以取得名次。最前面的飞行器已经在一百多千米外，排第三的那架离他也有10多千米。似乎是为了提醒他，背后一架银白色的飞碟迅速接近，很快从只有300多米的近处悠然掠过他的左面，像一颗流星那样划过。那是乔治·斯蒂尔的"仙女座"号。

"查尔斯，今天怎么不行了？"通话频道中传来斯蒂尔的讥笑，"泡妞花的时间太多了吧？"

"乔治，我只是在休息，欣赏欣赏太空美景，对我来说，比赛尚未开始。"

"恐怕对你来说，比赛已经结束了，伙计。"乔治反唇相讥。

"不，比赛现在刚刚开始。"查尔斯冷冷地说，按下了一个按钮。

骤然间，"飞马座"号抛掉了整个尾部，宛如蜕皮新生的蝴蝶。新露出的尾部喷管中吐出蓝色的强光，标志着核聚变发动机启动了！查尔斯感到了加速效应，有一股力量压着他，让他几乎喘不过气来，这种熟悉的感觉却让他热血沸腾。减轻了一小半重量之后，"飞马座"号的速度短时间内提升了2.2个马赫，轻松地反超了"仙女座"号。

"嘘！"查尔斯吹了一声口哨。

"这不可能！你怎么可能有……12马赫的速度！"

"东京见，乔治，"查尔斯说，"如果你的小飞碟能撑到那里的话。千万别掉海里，我可不想在庆祝酒会上的生鱼片里吃到你的戒指。"他知道上亿人都通过广播听到了这句俏皮话，嘴角泛起得意的微笑。

似乎为了印证他的预言，身后的"仙女座"号颤抖起来，显示出自己已经达到速度的极限，但它仍加速了一小段，进行了一番绝望的尝试，最后不得不放弃。

"你等着吧，查尔斯，总有一天……"乔治在电波里气急败坏地叫喊着。

查尔斯大笑着，风驰电掣，飞向前方，核聚变发动机全力运转着，将飞行器的速度推向顶峰。

"卡伦斯基！哈米尔！田中！游戏开始了！"

以梦幻般的速度，"飞马座"号超过了一架又一架飞行器，很快重新进入大气，启动了防护罩。空气在它周围燃烧起来，"飞马座"号宛如灿烂的火流星划过太平洋的天空，落向日本列岛。

在离东京不远的海上，"飞马座"号最后超过了田中隆之的"天照"号。为了安全降落，"天照"号不得不在离东京还很远的时候就开始减速,而"飞马座"号却嚣张地没有减速,从"天照"号的头顶飞过去,然后飞过了东京上空。

"查尔斯,你去哪里?再不停下来就要飞到西伯利亚了!"耳机里传来教练的警告。

但查尔斯在飞过东京后才开始全力减速,绕了一个圈子再飞回来,仍然赶在"天照"号之前降落在东京奥林匹克体育场的草坪上。查尔斯看到,满场的观众都起身为他鼓掌欢呼。

"查尔斯,恭喜你蝉联了冠军!"教练在耳机里说,"颁奖仪式将在一个小时以后举行,你准备一下致辞吧。"

"你代我领奖好了,"查尔斯说,"我还有一个浪漫的樱花约会。"

"别耍性子,这次是爱子天皇亲自颁奖!晚上还有日本读者的见面会,你要赏樱花,明天我们会安排的。"

"我对这些没兴趣,"查尔斯大笑,"仓井雅在等我。"

"查尔斯,你实在是太……"

然而"飞马座"号已经再度起飞,在众目睽睽之下升到高空中,消失在东京的高楼广厦间。

二

突如其来的微微刺痛让宅见直人睁开眼睛,有好半天他都没反应过来自己身在何处。这是他的房间,只有七八平米,一张榻榻米就占了一半,另一半是一张电脑桌,没有别的家具,不过他需要的也就只是这两样东西。

| 超脑

直人坐起身来，才意识到自己已经有七八个小时躺在床上，膀胱憋得有点儿发疼。许久没有进食，血糖已经低到了危险的程度，所以手腕上的健康监测仪才会报警，如果再不吃点儿东西，健康监测仪就会断定他已经昏迷，直接向附近的医院发出求救信号。

直人去厕所撒了泡尿，倒了一杯矿泉水，打开放在电脑桌上的药瓶，瓶子里是满满的高纯营养片，富含人体所需要的主要营养成分，并且能抑制胃酸的分泌，吃5片就相当于一顿饭。当然这玩意儿的味道不敢恭维，和塑料泡沫差不多，但是既然每天都可以享受鹅肝、松露和鱼子酱之类的顶级大餐，谁还在乎这些！

直人倒了10片营养片，就着冷水吞服下去。然后打开电脑，调出一个界面，分秒必争地敲打着一般人看来毫无意义的数字和符号。他在为一个金融管理软件编写代码，这份工作枯燥无味，好在收入不菲。但他每天最多工作两个小时，这是能够维持他每天在这个小房间里靠吃营养片活下去的最低工作时间。他不想为这种生活付出更多劳动，但也没法要得更少了。

"必须赶快，"直人一边干活一边想，"不能再这么割裂了，这会破坏好不容易形成的内在协调性，必须快点回去……最多再有五分钟……"

但是偏偏有人呼叫他，直人皱了皱眉头，打开对话视频，一个胖胖的短发女孩子蹦了出来，是住在隔壁的朝仓南。她做了一个表示可爱的表情，"直人，你在吗？"

废话。"在啊。"

"告诉你一个好消息，你知道吗？查尔斯来了！"

又是废话。"我听说了，怎么？"

"是查！尔！斯！"朝仓强调说，"查尔斯·曼，你的偶像！他刚才拒绝了天皇的颁奖，说去和仓井雅约会了，现在这新闻轰动了整个网络！不过听说晚上他在银座那边还有一个读者见面会和签名售书活动，这是千载难逢的机会，不如我们去看他好不好？我有一本他写的《彼岸之国》，想让他签名呢！"

"对不起，"直人根本没想就拒绝了，"我很忙，我要工作。"

"可你每天都在房间里工作，花两小时出去走走都不行吗？何况今天是查尔斯——"

"我赶着要交任务呢。"

"可是——"

"对不起，再见！"直人径直关掉了视频对话。

幼稚的女人，浪费我的宝贵时间，直人想。他知道朝仓暗地里喜欢他，可是在和伊丽莎白·怀特、玛丽安娜·金斯顿、宝拉·克劳齐亚、杨紫薇等世界各地的艳星名媛有过肌肤之亲后，再对着朝仓那张小圆脸，他实在提不起兴趣。何况朝仓的存在总让他想起自己到底是谁，而他现在最不需要的就是找到自我。

不行，不能再在这个房间里待下去了。多待一秒钟都会令人发疯。直人草草结束工作，推开电脑，在榻榻米上躺下去，闭上眼睛，营养片已经开始消化，虽然胃里并不舒服，但是至少没那么饥饿了，可以再撑七八个小时。

建立连接通路，感觉信息传递，脑电波变为电磁波，又变成中微子束，然后再次变为电磁波和脑电波。

重力感同步：我站在什么地方。

触觉同步：微风从我身上吹过，带着春天的暖意和海洋的潮润。

| 超脑 ──

听觉同步：风声和婉转的鸟啼。

视觉同步：满目粉红粉白，凝结为千万树樱花，在春天的绿意中绽放，一个穿着和服的女郎跪坐在樱树下，眉目如画，绽放笑靥，是仓井雅！

而我是查尔斯，独一无二的查尔斯。

三

"飞马座"号在箱根的一个小湖边降落。

仓井雅在湖边的一片樱花林中等他，正值春深，这里的樱花开得艳如云霞。地下已经铺上了洁白的野餐布，上面摆好了精致的鱼片、海胆刺身和清酒。仓井雅穿着宽松的青缎和服跪坐在一棵樱树下，见到他，温柔而不失妩媚地一笑，"嗨，查尔斯。"她用流利的英语说。

"嗨，小雅。"查尔斯在她身边坐下，揽住了她纤细柔美的腰肢。

"我刚刚看了直播，"仓井说，"查尔斯，恭喜你再次蝉联世界冠军，干一杯？"她用白皙的手托起了小巧的酒杯。

"那个么，算不了什么。"查尔斯接过酒杯一饮而尽，顺便在她吹弹可破的脸上亲了一下，"你知道，我这么快飞过来，全是为了见你……"

"骗人！"仓井笑盈盈地说。

"真的，我们已经有好几个月不见了，我一直在想着你。"

"想着我?"仓井歪着头,似笑非笑地说,"哼,那你和克劳齐亚小姐是怎么回事?"

查尔斯微有些尴尬,含含糊糊地说:"她么……其实你们都是很好的姑娘,都跟我的亲人一样……"

仓井雅聪明地没问下去,换了个话题,"对了,我最近拍的那部电影你看了么?我送了你首映式的票,不过你没来。电影叫作《北海道之恋》。"最后五个字她咬得字正腔圆。

"当然!你演得棒极了,宝贝。"查尔斯抚摸着她散发着樱花清芬的秀发,"我非常喜欢……"他努力回忆仓井雅扮演的人物名字,可惜想不起来,"……你演的那个角色,情感诠释得太到位了。"

仓井的嘴边露出了一丝浅笑,她知道这意味着世界上已经至少有一千万人听到了这句话,很快就会有上亿人在网上查询她演的电影,好莱坞仿佛已经在向她招手。"那查尔斯你说,你最喜欢哪一段呢?"她撒娇地问道。

"当然是……是结尾的那段,我觉得非常、非常感人……"查尔斯说,忙设法岔开话题,"对了,这里不是风景区么,怎么一个人也没有?"

"这一带是私人的地产,地主是三上集团的总裁,他听说你要来,所以免费让我们在这里约会,不会有人打扰的。"

"替我谢谢他,这里真的很美。"查尔斯望向四周,富士山头的皑皑白雪在远处发亮,千树万树的樱花在春风中摇曳着,落樱如雨,飘向凝碧的湖面。空气中都是清新的芬芳。

"这里会让梭罗妒忌得发狂,"查尔斯深深吸了口气,"我有一种预感,如果我住在这里,或许可以写一部比《瓦尔登湖》更优美的作品。"

"瓦尔登湖?是什么?"仓井雅不解地问。

"是……没什么。"查尔斯露出狡黠的笑容,"小雅,你尝试过在樱花树下……"他咬着仓井的耳朵说了一句悄悄话,当然世界上无数人还是听到了。

"坏蛋,就知道你不肯放过我。"仓井咯咯笑了起来。

查尔斯搂住了半推半就的仓井雅,这古怪的和服是从哪里解开来着?哦,是在后面……

远处传来马达声响,打破了湖边的宁静。查尔斯回过头,看到一个蓝色的小点在天边出现。"不会又是那些狂热的粉丝跟踪吧……"他咕哝着。

但那个小点迅速变大,旁边出现了双翼。查尔斯很快看到了机身上的日本国旗和下面的一行英文,这居然是东京警视厅的空中警车。

警车在湖边降落,就停在"飞马座"号边上,一名女警从警车里出来,大步走到他们面前。

"先生,你是查尔斯·曼?"她用口音很重的英文问。

"是的,你是要来签名么,小姐?"查尔斯嬉皮笑脸地盯着面前的女警,她很年轻,算不上美丽,但身材挺拔,神态庄重,自有一种英姿飒爽的气质。

"查尔斯·曼先生,"女警面无表情地说,"我们怀疑你涉嫌从事恐怖活动,按照我国的反恐法律,请你跟我们回去协助调查,你有权保持沉默……"

我?恐怖活动?难道这是某个拙劣的恶作剧?查尔斯回头望向仓井雅,但仓井也是一脸莫名其妙的表情。

"等等，什么恐怖活动？"

"低空超速飞行，"女警简略地解释说，"超过2马赫已经违法，超过5马赫就是对城市的严重威胁，被视为有恐怖袭击的可能，而你刚才的速度超过了10马赫！按照《日本反恐特别条例》第七章第八十二款，必须立刻拘留审问。"

"开什么玩笑，你不知道今天有比赛吗！"

"是的，比赛有特殊规定，在一定区域内可以获得豁免，但是你很快再次起飞，速度仍然超过了法定额度，且这次飞行不在比赛的范围内，所以我们必须逮捕你。"

"你们要逮捕我？就因为超速飞行？这简直……"查尔斯怒气上涌，忍不住要大骂，但很快控制住了自己。查尔斯，保持风度，记住有一千万人在你身后。

"你们不能这么做，这太荒谬了！"仓井雅匆匆穿好了衣服，上前护着查尔斯。然后开始用日语和女警快速交涉起来，伴随着各种激动的手势。

不过查尔斯看出来这没有意义，对方不会退让的，警车里还有几个膀大腰圆的男警员。"好吧，"他平静下来，做了个打住的手势，耸了耸肩，"有机会参观一下日本的警察机构也不错，小姐，我将来可要把你写到小说里，你不会反对吧？"

"随您的便，"女警似乎松了口气，"如果您需要和律师联络的话……"

"已经找了，"查尔斯指了指自己的脑袋，意思是他的律师已经看到了直播，"对了，能否请问你的芳名？"他已经看到了她的胸牌，但上面是他不认识的汉字。

女警犹豫了一下,然后微微垂下眼睛,"细川穗美。"

"细川——穗美,"查尔斯重复了一遍,"你能否答应我一件事?"

细川穗美用询问的目光望着他,查尔斯摊了摊手说:"你破坏了我的一个约会,所以等这件事完了之后,你可要赔我一个。"

"查尔斯先生,"细川说,脸有些发红,忘记了其实应该称呼他为"曼先生","让我提醒你,骚扰警官在日本可是重罪。"细川的语气中带着几分恼怒。

但查尔斯分明在她的眼神中看到了一丝喜悦。

一股狩猎的兴奋从他的心底升起。

四

按照规矩,查尔斯被戴上手铐,在几名警员的押解下坐上空中警车,被送往东京警视厅,仓井雅被警方拒绝随行。一路上,查尔斯一直和穗美搭讪,穗美冷冷地不理他,但脸上偶尔也会露出笑意,旁边几个男警员的脸色自然要多难看有多难看。

当他们到达警视厅大厦的楼顶停车场时,几家本地新闻社的空中采访车已经闻讯赶来。还有一群粉丝不顾阻拦,喊着支持查尔斯的口号,驾着私人飞行器强行在楼顶降落,警视厅不得不又出动了七八辆空中警车,调来了几十名警员维护秩序,场面一团混乱。查尔斯在一群警察的簇拥下向入口走去。穗美在他身边,由于拥挤,常常尴尬地碰到查尔斯,触到他健美的身体。

"你知道么,"查尔斯对穗美笑着说,"上次我在马尼拉搞签售会的时候,一大群菲律宾人冲过来要我签名,简直是人山人海……我倒没什么,人群中一个女人摔倒了,后来才知道被挤得流产了,真可怜。"

"真的?那太不幸了。"穗美忍不住说。

"真的,不过也有一个好消息,我边上一个女孩被挤怀孕了。"

"啊?"穗美一愣才反应过来,好不容易才忍住笑,"又编瞎话。"

"真的!"查尔斯一脸无辜,"最倒霉的是,她居然说那孩子是我的!"

穗美终于忍不住扑哧一声笑了出来,然后说了句什么。但查尔斯什么也没有听见。周围突然奇怪地死寂下来,一点声音也没有。只看到人头攒动,闪光灯此起彼伏。随后,重力感也没有了,查尔斯如同悬在自己的身体里,仿佛要飞起来,触觉也随之而消失。

然后画面变为一片花白。他缓缓睁开眼睛,只觉得头脑昏沉沉的,头顶是陋室斑驳的天花板,身边的机箱还在嗡嗡作响。

他过了片刻才想起来,他不是查尔斯,只是宅男直人。

直人不知道发生了什么事,摇摇晃晃站起来,坐到电脑前上网查询,看到网上也在议论纷纷,无数人在破口大骂警方无事生非,不但看不成仓井雅的激情戏,还导致直播中断。不过很快有人给出了答案,东京警视厅出于保密原则,进行了中微子屏蔽。外界暂时无法接收到查尔斯的直播了。

"可恶的条子,正事不干,就知道妨碍大家,八格牙路!"直人大声咒骂着,在房间里转着圈。天知道直播要中断多长时间,两小时?八小时?难道要超过一天?那他该怎么办?整整一天里他不能再成为查尔斯,他们为什么不干脆戳瞎他的眼睛,扎聋他的耳朵!?

| 超脑 ___.

他平静了一下，打开编程软件，想再编一段程序，但怎么也集中不起精神，一行内连着出了好几个错，根本干不下去。直人绝望地摔下键盘，躺回到榻榻米上，辗转反侧，只觉得每一块肌肉都不自在，像毒瘾发作一样难受。周围的一切感知都是陌生的，查尔斯的感觉离他越来越远，他本该高高飞翔的灵魂被困在宅见直人的卑微肉体之中。

门铃突然响起来。

终于有可以转移注意力的东西了。直人跳起来，走到门口，在门边的显示屏上看了一眼门口站着的人，一个矮矮胖胖的女孩，是朝仓南。

"怎么是你？"直人拉开门，没好气地问。

"我……"朝仓窘迫地提起手上的一个饭盒，"我下午做了便当，想请你尝尝。"

"我不……"直人看了看朝仓涨红的脸，终于把冲到嘴边的拒绝收了回去，"好吧，谢谢你。"

他去接便当，但是笨手笨脚地竟没接住，饭盒摔在地上，热腾腾的鳗鱼饭和油炸天妇罗撒了一地。"对不起，"朝仓忙蹲下收拾，"我怎么没拿稳……"

直人突然感到一阵惭愧，"不不，没有的事，是我没接住。"他赶忙也蹲下来收拾起来。

他们手忙脚乱地弄了半天，总算把地板收拾干净了，朝仓很沮丧，"唉，可惜这些饭都不能吃了。"

"没事，其实我吃过了，一点儿不饿……"直人犹豫了一下，"那个，进来坐坐吧。"

朝仓走进房间，四下看着，直人觉得脸上有点儿发烧，"不好意思，房间太乱……"

朝仓却嘻嘻而笑，"男生的房间都是这样的嘛……我是这么听说的。宅见君，你每天就在房间里工作吗？"

"嗯，"直人倒了杯矿泉水给她，"如今在家里工作的人很多，何况我的工作只需要一台电脑就够了。"

"那你每天不出门，不和外面的人接触，难道不闷吗？"

"一点儿不闷，我可以……上网。"直人犹豫了一下说，"网上什么都看得到。"

"那是两码事，"朝仓认真地看着他，眼中充满了关怀，"你应该多活动活动，我看你脸色不太好，好像很久没出门了？"

"我没事……"直人含含糊糊地说。这时朝仓看到了床头一个硕大的黑色六边形箱体，"这是什么？"

"没什么，这是电脑配的设备……"直人不想多说，但朝仓已经认出来了，"这是……中微子波转换器！难道你在接收感官直播？"

"这个……你怎么知道？"直人反问。

"我朋友里美家有个一模一样的。"朝仓说，"她说是用来收看感官直播的，可是我不知道具体怎么用。"

"这是一种接收中微子波并转换成电磁波的装置，"直人解释说，"用中微子通讯可以直接穿过整个地球，延时最少，所以是最方便的，但因为技术原因，脑桥芯片无法接上笨重的中微子发射器，只能以电磁波的形式发送讯号，通过附近的转换器变成中微子波束，再通过另一端的转换器变成电磁波。对了，你收看过感官直播么？"

"没有,"朝仓叹了口气,"我一直觉得这东西很可怕。"

"可怕?怎么会?"

"别人的视觉、听觉、触觉传到你的大脑里,感觉好像是被妖魔附体了一样。"

"哈,哪有那么严重……"直人笑着摆手,"恰恰相反,是你附在别人身上,你可以看到他看到的,听到他听到的,知道他生活的每一个细节,多有意思!"

"说得倒也是,像我最喜欢的言真旭和金东俊,要能知道他们在干什么也挺好的。"

"言真旭好像没有开通感官直播,金东俊……我帮你上网查查,"直人在键盘上敲击了一阵,"有了,他去年开通了直播,每天大约有两个小时直播时间。"

朝仓也挤到电脑前,念着弹出视窗上的几行大字:"'你想和东俊哥合体吗?在东俊哥深邃的脑海里触摸他的灵魂,和东俊哥一起生活和工作,向你揭示韩国演艺圈不为人知的秘密……'哇!好厉害!"

但她很快又露出了害怕的神色,"可是听说接收广播要切开大脑做手术,很疼的,这我可不敢。"

"没那么吓人,只是一个小手术,植入一块带发射器的脑桥芯片,并且和各感官对应的脑神经连接,如果没有它,你不可能收到外来的广播,也不可能建立感官协调性。现在全世界有上亿人都做过这个手术了,日本就有将近五百万呢。"

"可是手术费用应该会很贵吧?"

"不贵,你肯定能负担,不过要接收金东俊的直播倒是价值不菲,你看这里写着——这些优惠条款都是虚的,不用管——每小时998日元。如果你每天都接收两小时的话,一个月得要六七万日元。"

"这么贵啊?"

"要不然金东俊为什么会开感官直播呢?"直人冷笑,"多少粉丝想要知道偶像的生活是什么样的,他眼中的世界又是什么样子的,用他的眼睛和耳朵去感知是什么感觉,就是十万日元一小时也有许多人愿意,当然财源广进了。这还是韩国的,好莱坞那些大牌明星的直播价格更高得离谱。不过你放心,在他们设定的直播时间里,你不可能看到任何真实的东西,那些宴会啊、旅行啊、慈善活动啊,一切都是刻意美化的,只不过是变相的演戏罢了。"

"这么说感官直播也没什么意思嘛……"

"那些娱乐明星当然没有意思……"直人眼中闪着热烈的光,"但是也有一些非常有意思的直播。有一个名人,他每天基本二十四小时打开直播,而且全免费,你可以看到他生活中任何一个细节,完全是真实的人生,光明磊落,绝无虚假。他不是那些脑子空空如也的明星,他有思想,有情趣,是一名才华横溢的作家,还是一名飞行家,而且还投入了慈善事业——"

"等等,你说的就是查尔斯?"

"是的,就是……"直人勉强把那个"我"字咽下去,"……查尔斯·曼,世上独一无二的查尔斯,那个大写的'人'。"他轻轻叹息了一声,脸色黯淡了下来。

查尔斯,我真正的自己,你现在怎么样了?

五

"你可以走了。"细川穗美的身影出现在拘留室门口,冷冷地说。

查尔斯一副早在意料之中的样子,他从椅子上站起来,看了看表,"还不到七点,晚上一起吃饭?"

"我还有工作。"穗美还是淡淡的样子,"走这边。"

"你刚才不是说不能保释么?怎么现在又放我走了?"

"你的那些崇拜者,"穗美没好气地说,"至少有十万人堵在警视厅门口,简直要把整座大厦给拆了。他们要求立刻恢复你的直播,半个东京的交通都瘫痪了。真不知道你这样的人怎么会有那么多人喜欢!"

"因为有支持者抗议,你们就放了我?"

"既然你不是恐怖分子,上面决定这件事就不必追究了,警方不会起诉你,走吧。"

"不,"查尔斯摇头,"如果你们不打算起诉我,又为什么要抓我?我要求一个合理的解释,否则我不会离开警视厅。"

"你……"穗美瞪着查尔斯。一个高大的金发女人适时出现在她背后,"这完全是日本警方的失误造成的,你们应当向曼先生道歉。"

"丽莎,"查尔斯招呼自己的经纪人,"我等了你半天,你怎么现在才到?"

"麦克唐纳那边已经处理好了,"丽莎对查尔斯点点头,"查尔斯,因为你当时并没有离开飞行器,所以可以视为比赛并未结束,顶多是意外偏离航线,在箱根迫降……你没有违反日本法律,他们无权扣留你。日本警方应该为浪费你的宝贵时间正式道歉,我们将在各大媒体发表声明,并保留法律追究的权利。"

"算了,"查尔斯大度地说,"只要这位美丽的小姐和我共进晚餐,警方那边我可以全都既往不咎。"

穗美忍不住想反唇相讥,但电话铃声急促地在她耳边响起,接通之后,她的脸色微微变了,是警视总监亲自打来的。

"查尔斯,"丽莎拉过他,低声说,"你必须尽快离开这里,恢复直播。现在有几百万人在网上抗议了。"

"干吗那么急?难得清静几分钟。"

"不,你必须尽快恢复直播。"丽莎的口吻不容拒绝。

查尔斯看了丽莎一眼,她脸色平静,看不出喜怒。查尔斯不禁有些发怵。当他刚刚出道,诸事不顺遇到人生最大瓶颈的时候,丽莎·古德斯坦主动来到他身边,帮他打理一切,无论是比赛、写作还是公众活动,都是她安排的。在查尔斯的灿烂星途上,丽莎功不可没。但查尔斯一直谈不上喜欢丽莎,甚至有些怕她。可他知道自己离不开她。近年来,随着查尔斯的事业越来越如日中天,丽莎也越来越多地顺从他的意思,但每当丽莎坚决表示自己意见的时候,查尔斯还是无力否决。

"好吧。"他不情愿地说。

丽莎也放缓了口吻,"查尔斯,你知道随时有 1000 多万人收看你的直播,有一百二十万人每天收看五个小时以上,有 30 万人差不多无时无刻不在收看你。因为你的广播几乎从不中断。人们信任这一点,刚才的广播中断了两个小时,已经有很多人无法忍受了。"

"但他们可以收看别人的,全世界至少有 10 万人开着直播。"

丽莎笑了,"别人怎么能跟你比?你可是独一无二的查尔斯。

不过别忘了,每天都开直播的人可不少,许多人想取代你,如果你再不继续直播,可能有很多人会转向其他直播者,这对你会很不利。"

"是的,我……明白了。"穗美挂断了电话,板着脸对查尔斯说,"查尔斯先生,我在此代表东京警视厅向你郑重道歉。"说完她深深鞠了一躬。

查尔斯笑了,"没关系,我想尝尝日本的小吃,现在你能陪我一起去吧?"

穗美不置可否,"请这边走。"

丽莎脸上现出了暧昧的笑容,侧过头在查尔斯耳边低声说:"整个世界都在看着你们,征服她,收视率会再翻一番的。"

六

"宅见君,你怎么了?"

"嗯?"直人回过神来,发现朝仓正关切地看着自己,"对不起,你说什么?"

"我是问你,收看别人的感官直播是什么感觉?"

"这个很有趣味,"直人想了想说,"首先需要一个磨合阶段,无论收看任何人的直播都是这样。一开始不会很顺利,你看到的颜色不像颜色,声音不像声音,好像是在看 20 世纪的 2D 电影,有一种无法形容的古怪。人与人的感官生理上差不多,但神经元结构上总有微妙的差别,所以你必须非常努力才能把握这些感觉的意义,更不用说体会其中的细微差别了。你会有好几天都觉得是云里雾里,很不真切，然后某一天，突然像顿悟一样，你便能真正感到那些感觉是自己的了。"

"你能感到那个人身上所有的感觉吗？"

"差不多是所有的，视觉、听觉、触觉、嗅觉、味觉、重力感、冷热感……以及身体痛苦。比如，如果直播者的手被一根针扎了，你也会感到同样的尖锐刺痛感，不过因为信号经过过滤，在强度上要低一些。这是对接收者大脑的一种保护。你知道英国歌手菲利普·波尔特吧，三年前他在直播的时候，突然被一名狂热的粉丝在其腹部连捅十多刀而死，两万收看者同时痛得死去活来，其中近五百人立刻昏厥，三十多人因此猝死……那是轰动世界的大新闻，从那以后就加强了对接收者的保护，以防直播者遭遇险情时危及他人。"

"嗯，那么……"朝仓问，"快乐呢？直播能传递快乐吗？"

"这个……"直人想了想，"一般来说，无法直接传递快乐，因为快乐涉及人整体的状态，不是个别的感觉。但某些生理性的愉悦感是可以传递的，比如享用美食的感觉。"

"那你也不知道对方在想什么了？"

"是啊，无法知道。各种感觉都有固定的脑活动区域，但是思想没有，思想是大脑各区域协调工作的产物，不可能定位到具体的部分，而且依赖于特殊的记忆模块，难以一一对应地传递。实际上，正是因为思想无法传递，人们才敢于进行直播，因为他们心中还能保留一块自己的隐私之地。"

"所以，收看一个人的直播是什么感觉呢？"朝仓越发好奇了，"你能看到他看到的，听到他听到的，就像活在他身体里那样，但是你又不知道他在想什么？而且也无法控制他的身体动作？感觉好像自己的身体被别人控制了一样，那应该很别扭吧……"

"你说得不错。"直人的谈兴被勾了起来,突然很想倾诉他这几年的心得,"但请注意,这只是第二阶段!下一阶段就是建立意识协调性。也就是说,你要和他建立同步的思想活动,以配合他的动作,就好像那是你自己的动作一样。"

"这怎么可能呢?"

"有点儿难,但并非完全不可能,你必须尝试。首先得学会放弃自己多余的想法,习惯直播者的生活和做事方式,当然也要学会理解他用的语言。当做到这些之后,你在大部分情况下就可以像直播者那样去思考和行动。实际上,这并不像你想象的那么艰难。人大部分的念头和行动基于身体感受,当把后者视为'自己的'之后,也就得到了打开前者的钥匙。比如面前有杯香喷喷的咖啡,端起来喝一口不是很正常的动作吗?"

"但是……总有一些事情是接收者无法想到的吧?比如一些比较高级的思维过程和决定。"

"呃,是的……所以需要你用心去体会。但也有一些技巧,你必须什么也不去想,把自己的内心空出来,让接收到的感觉带着你走,这样经过一定时间,你会感到自己渐渐和直播者建立了冥冥中的感应,就好像你变成了他本人一样。"

"那你只能和一个直播者建立这种关系吧?"

"理论上当然不止一个人,不过同一个对象是最理想的。如果经常调换接收对象,就很难保持意识协调性了。"

"可这是为什么呢?"朝仓问。

"什么为什么?"

"为什么你要在感觉上成为直播者本人呢?这不是过分的想法

吗?我们希望了解直播者,并不代表你要成为他本人啊!何况这也是不可能的。"

"怎么不可能?!"直人有些恼火,"你没有尝试过,所以完全无法体会那种奇妙的感觉,那种灵肉合一的理想状态,那种你真正拥有另一种生活,另一种人生的感受……否则你就不会那么说了。"

"嗯,大概是我不了解,"朝仓无意争辩,"不过直人君,你也应该多出去运动一下啊。附近新开了一家体育馆,我每天都去打球或者游泳,我们一块儿去吧?"

直人觉得有些可笑,他今天刚飞行了上万千米,从地球的一边飞到了另一边,现在这个小姑娘要带自己去运动?她懂得什么!

不过查尔斯的直播看来一时半会儿无法恢复,那么不管怎么说,总需要做点儿什么来打发时间,或许这也是一个不错的选择,总比在家里不知干什么好,不如……

"这么说的话,"直人点点头说,"我就——"

叮咚——提示音在他耳边响起,脑桥的芯片将讯息传达进他的脑海,天,查尔斯的直播又开始了!

"我就过两天再去吧,谢谢你!"直人忙打了个哈欠,"对不起,我有点儿累,现在想先睡一会儿……"

"可是……"朝仓无力地抗议,但终于被直人请了出去。

直人关好门,热血沸腾地躺下,觉得眼前的陋室又变得美好而温馨,接下来会发生什么?我会和仓井雅、细川穗美还是其他什么人在一起?做什么事情?怎样打发这个美好的夜晚?

无论如何,真正的生活又开始了。

七

查尔斯戴着墨镜,手里拿着一串章鱼丸子,坐在秋叶原街头的一家小吃店里,他津津有味地咀嚼着。细川穗美坐在他对面,面前的一碗豚骨拉面一口也没碰过。虽然稍作掩饰,但店里的不少客人还是认出了他,跟他打招呼,查尔斯也挥手致意。还不时有人来要签名或合影,但都礼貌有序。

穗美左右看看,稍稍松了一口气,"你就这么大摇大摆地坐在这里,不怕被那些粉丝围堵?"

"不怕,我的粉丝当然会第一时间收看我的直播,既然他们可以直接看到我在干什么,为什么还要跑来围着我们?对了,你怎么不吃面?"

"我……还是没法适应,"穗美觉得自己脸上在发烧,"这种1000万人都在盯着我们的感觉……"

"不是盯着我们,"查尔斯笑嘻嘻地说,"是盯着你,一千万人在通过我的眼睛看着你。"

"反正感觉很不对劲。"穗美嗔道。

"刚见面的时候,你可没那么紧张。"

"因为我不太清楚这些什么感官直播的玩意儿,刚才你跟我说了我才知道的。这是近几年才兴起的吧?"

"不,有10年了,我是最早进行直播的人之一。"

"哦,对,不过近几年才在东亚普及的。日本是一个重视个人隐私的社会,我很难想象如何完全公开自己的一切。"

"并不是一切,"查尔斯微笑着说,"至少我上厕所的时候一定会暂时关闭直播,要不然可太臭了,没人爱看。"

"但是你的各种生活,甚至那种……事情……"穗美不由吞吞吐吐起来。

"你是说性爱?"查尔斯直言不讳,"这是人正常的生理需要,没什么可隐瞒的。"

"但毕竟是个人的私事呀。"

"但全世界都在看着你酣畅淋漓地享受的感觉也是很棒的,"查尔斯对她眨眼睛,"仓井雅说她很喜欢呢。"

"她?当然喜欢了!"穗美撇了撇嘴,"她就是干这个的。"

查尔斯大胆地继续发动进攻,"也许你应该尝试一下新的生活方式,现在天体运动在日本也流行了,何况——"

"听着,查尔斯先生,"穗美有些羞恼地直视着他,一字一顿地说,"不是所有人都欣赏你这套生活哲学。因为不得已的缘故,我受一些上级人士的嘱咐尽力招待你,但吃完这顿饭,我们从今之后再也没有任何关系,你懂吗?"

看来是块难啃的骨头。查尔斯摊了摊手,"当然,那是你的自由。"

曾经有好些个女孩对我说过类似的话,查尔斯想,因为她们对暴露在公众面前最初有一种本能的恐惧,但是不久后,她们就离不开这种被全世界关注的美妙感觉,她们会一个个爱上这种新生活,放弃之前的固执……细川穗美也许会和她们一样,但如果不一样,或许更有意思……

3个七八岁的男孩蹦蹦跳跳地走到他们身边,打破了二人间的沉

默，对查尔斯说："こんばんは，チャールズ！"

"Konbanwa！"查尔斯知道男孩说的是"晚上好"的意思，于是笑着照样学样。

孩子们用日语叽里呱啦说了一堆话，查尔斯不解地看着穗美，穗美只好充当翻译，"他们说下午看了你飞行的直播，说很喜欢你，将来也要做像你这样的大飞行家和作家。"

查尔斯摸了摸一个男孩的小脑袋，"孩子，做不做作家或者飞行家并不重要，重要的是，做你自己，去做你心里想做的。"

"可是我就想当一个飞行家，太帅了！"男孩说。穗美在一旁继续充当着翻译。

"那就先做一个小飞行家！你可以先去三维虚拟机上体验一下，参加虚拟飞行比赛。"

"虚拟的太无聊了，我想开真的飞行器，就像您的'飞马座'号一样！"

"事情总要一步步来，"查尔斯耐心地说，"如果你真的热爱这项运动，首先就会喜欢上虚拟机。或者你也可以多收看我或者其他飞行家的直播，能从中学到很多东西——对了，儿童不宜时段除外。"

一番问答后，孩子们拿着查尔斯送给他们的签名照片高高兴兴地走了，穗美撇了撇嘴，"你还挺能说的。"

查尔斯笑笑，"我只是说出自己内心的想法。这是我一直坚持的价值观，每一个人都该做他自己，实现自己的价值。我不是什么高高在上的偶像，要人去顶礼膜拜。我开放直播的目的和其他人不一样，我只是想让大家都了解，查尔斯就是这样一个人。"

"你不是靠这个赚钱的么?"穗美尖锐地说。

查尔斯皱起眉头,他最反感这种误解,"你错了,我不用靠这个生活,无论是作为飞行家还是作家,我的收入都可以维持我过一份相当舒适的生活。我的直播是完全免费的,我没有从中获得过一分钱的利润。"

"对不起,我不是那个意思。"

"没关系,"查尔斯耸耸肩,"有很多人都这么看我,我也无力改变别人的想法,我只是不希望我的朋友误解我。如果你了解我,应该知道在开始直播之前,我就发表了好几篇小说,并且拿了跨太平洋飞行赛的季军,我根本不需要靠直播来增加自己的名声。不错,这些年我顺应了直播时代的发展。现在随时都有上千万人收看我的直播,但我一向认为,我作为个人并不重要,重要的是我代表了直播的理念。这个理念并不是要摧毁个人隐私,而是共享更多的信息,分享彼此的苦乐,使得人类作为一个整体连为一体。在这个过程中,人们在从直播中丰富自己的生活经验的同时,才能更真切地理解自己的内心,知道自己的价值在哪里。"

"说得也有些道理……"穗美若有所思,"但一直有无数人盯着你的一举一动,还是太……太不自由了。"

"这么想其实是不自信的表现,"查尔斯不以为意,"我就是我,独一无二的查尔斯,即使被亿万人看着,我的自由也一点不会减少。"

"也许因为你是美国人,"穗美说,"你们美国人一向充满了自信,但日本人不是这样,从小父母都教给我们太多的礼仪,我们必须学会在别人的注视下来规范自己的行为,从而更渴望自己的私密空间。我记得,在我读幼稚园的时候,每天我和其他孩子都在一个小花园里面玩耍，说是玩耍，其实还是要遵守很多规矩。那个花园的尽头是一排树，树的后面就是墙，但事实上，在树和墙之前还有一小片空间，只是一般人注意不到。有一次，我发现了那么一小块地方，里面有几丛野花。虽然是树枝下普通的一小块地方，但我开心极了，每次都偷偷爬到这里来自己玩。我不是不愿意和朋友分享，但只有一个人在这里的时候，才会感到安静和放松。我可以一个人傻笑，或者一个人流泪，不会有人打扰。可惜过不了多久，这里被其他人发现了，好多人都跑过来，践踏那些草地，采摘那些野花，我的小世界也就毁了。"穗美有些黯然，她不知道自己为什么会和查尔斯说这些，她和其他人都没有说过，现在倒好，全世界都知道了她的童年秘密。

　　查尔斯有些动容，想了想说："但那是别人破坏了你的小花园，他们并不只是在一旁看着你。"

　　"不，有没有破坏区别不大，只要他们在那里，我的感觉就被毁了，我就不再是我自己了。难道你没有过这样的感觉？"

　　"这个……大概小时候会……"查尔斯第一次有些犹豫，"不过现在早就没了。"

　　穗美看着他，眼波流动，"那么我倒有一个建议：关掉你的直播，感受一下在自己的世界里，一切只属于你自己的感觉，也许你会感到些许不同。"

　　"关掉直播？"

　　"也许只需要一分钟，你就会感到那些不同。"

　　"不行，这会破坏我对收看者的承诺……"

　　"查尔斯，你不是说你推崇的价值是做自己想做的事么？"穗美有些嘲讽地说,"仅仅一个实验,你都不敢?"

"这个……"

"查尔斯,你不能听她的!"查尔斯眼前跳出了一个虚拟视窗,这是丽莎通过脑桥芯片输入他视觉神经的,只有他能看到,直播者那边都被过滤掉了。

"可是,我只是想试一两分钟而已。"查尔斯也将自己的念头通过芯片发射出去。

"一秒钟也不行,几千万人在盯着,这关系到你的形象!"查尔斯仿佛看到丽莎声色俱厉的样子。

穗美察觉到了查尔斯的细微动作,她猜到了他是在用脑桥芯片和他人联络,她似笑非笑地说:"我猜,是你老板不让吧?那就算了……"

"老板?"查尔斯被激怒了,"我没有老板,我就是我自己的老板,不需要听其他任何人的!"

他用大脑命令智能芯片停止直播,并在心里念出控制密码进行了确认。刹那间,似乎有一种嗡嗡的背景音消失了,四周异常地安静下来。这不是他第一次中止直播,但却是第一次为了中止而中止。感觉似乎确实不同。现在,无论他说什么,做什么,都只有眼前的这个女孩知道了。他和她之间一下子奇妙地亲密起来。

"感觉如何?"穗美问。

"没什么特别嘛,"查尔斯轻描淡写道,"不过还不错。"

不,不是那么简单。仿佛世界消失了,只剩下他和对面的女郎,但又仿佛一个新的维度打开了,通往一个无限延伸的深邃空间。

八

宅见直人喘着粗气,在一片蕨类丛林中狂奔,身后一头张牙舞爪的霸王龙追赶着他,它每迈出一步,大地都发出震颤。但它走得不快,如同猫戏老鼠一样不紧不慢跟在他后面。直人几乎能感到它鼻子里喷出的热气。

直人竭力迈动步子,想要逃离怪兽的魔爪,但他大汗淋漓,腿脚酸软,脚步不由慢了下来。没多久,霸王龙一个大步就超到了他前面。它转过硕大的身子,张开血盆大口,咬向他的脑袋。直人不由大叫一声,瘫软在地上。

霸王龙和丛林消失了,变成了一行行浮动的数据:"距离:546米;时间:116秒;平均速度:4.7米/秒;肺活量:1250cc;健康状况:B-;……"

朝仓的小圆脸朝他俯下来,直人趴倒在三维视景跑步机上,累得说不出一句话。

"才跑了五六百米就不行了?"朝仓嘻嘻笑着说,"我都能跑1000米呢,直人,你真是太久没锻炼了。"

直人总算爬了起来,喘息着说:"什么事……都得……有个过程嘛……"

"那咱们继续吧,我把恐龙的速度再调低点?"

"不行……我得……先歇歇……"

他们坐到一边的视景躺椅上,便有凉爽的微风自动吹拂过来,面前出现了碧海蓝天的视景,涛声起伏,旁边还有两杯冰镇柠檬汁,这倒是真的。

凉风习习,一大口柠檬汁下肚,直人惬意得似乎每个毛孔都张开了,"好久没有这么舒服过了,运动过以后再来这么一杯,感觉太棒了。"

"在看查尔斯的直播时你也会锻炼么——我的意思是,也会有锻炼的感觉吗?"

"倒是有……"直人说,"不过查尔斯的身体永远是那么健康有活力,我这身子没法比,再说因为有痛苦感的阈限,所以从来不会感到太累的。"

"所以啊,以后跟我多来这里锻炼吧!"朝仓笑盈盈地说,"我们去游泳吗?"

"快看,查尔斯这混蛋终于滚出来了!"直人还没回答,旁边突然传来一声叫喊。

直人向一旁看去,墙壁上的投射屏正在播报新闻:"昨日在东京秋叶原失踪的著名美国飞行家查尔斯·曼在失去联络十七个小时后,于今日午间重新现身,他身边还有一位日本女性,亦即最新的绯闻女友细川穗美小姐……"

查尔斯又出现了!

昨天晚上,查尔斯听了穗美的怂恿停止了直播,此后一直没有恢复。直人手足无措,最后赶去秋叶原,结果刚出地铁,就看到人山人海涌向查尔斯所在的小吃店,却只看到查尔斯的"飞马座"号拔地而起,消失在夜空中。据说查尔斯和穗美遨游太空、享受二人世界去了,然后整整一夜都没有消息。直人左等右等,一无所获,今天百无聊赖之中和朝仓一起来健身房,想不到总算有了查尔斯的消息。

"……查尔斯拒绝接受采访,只说是飞船失去动力。但据媒体报道,他的飞船在近地轨道上停留了一夜,而细川小姐当时也在舱中……"

"反正我算看出来了,查尔斯说的那套什么自由啊共享啊都是假的,到时候直播还不是想关就关,根本没把我们当自己人。说穿了和其他明星有什么两样,一样的货色。"旁边有人一边看新闻一边说。

"你这么说就不对了!"直人忍不住站起来抗议说。

那人也是个二十多岁的青年,诧异地看了直人一眼,反唇相讥,"我说什么关你屁事?"

"如果你喜欢查尔斯的话,怎么能这么说?你们不了解他吗?很可能只是芯片故障嘛!"

"原来是查尔斯的脑残粉。"青年不屑道,"什么故障,你没听到昨天的直播么?他说了是自己要停止直播的。"

"这个……就算是,那也只是暂时的,以前他在布拉格和仰光的时候不也有过这样的暂停么,你难道不理解人家需要有点自己的隐私吗?"

"我又不是那家伙的崇拜者,"青年冷哼道,"我收看他直播,只不过为了看他怎么和那些女星在一起玩,过把干瘾,结果仓井雅他不要,去找这么个女警,还停止了直播,那我还看什么?可笑!"

"你这种素质的收看者,根本就不配去收看查尔斯的直播,你怎么能理解他的生活理想?"

"这么说你倒是理解,可到头来不还是被他一脚踢开?白痴,懒得理你!"对方冷笑一声,扬长而去。

直人气呼呼地坐下，一肚子火不知道往哪里发。

新闻中继续播报着："……查尔斯的经纪人丽莎·古德斯坦女士表示，昨天的直播中断只是由于技术故障引起，目前直播已经完全恢复，她代表查尔斯为引起的不便而致歉……"

"直人，你不会又要赶回去收看查尔斯的直播吧？"朝仓小心翼翼地问。

"别问我，不知道！"直人恶声恶气地说。

"问问而已，你不用这么凶吧？"朝仓咕哝着。

"不好意思，"直人调整了自己，"我只是……"他不知说什么好，又颓然躺在椅子上。

直人的心里也在怨着查尔斯，这家伙凭什么关掉直播，凭什么中断我和他之间的联系？这些日子以来，直人几乎已经能够感到自己融入了查尔斯的灵魂，当他说要关掉直播的时候，直人甚至发出了赞同的呼声，而没有想到自己会被屏蔽在外面，以至于下一秒钟，直人就被抛回了自己的房间里。

那时，真人才痛苦地感到，自己永远无法成为查尔斯，只是依附在查尔斯身上的游魂。

近三四年来，直人几乎无时无刻不在收看查尔斯的直播，每天他都生活在查尔斯的生活里，和他一起面对一切，一起参加竞赛，一起构思和写作，连美语都练得比日语更流利，直人几乎已经忘了自己是谁。只要他仍然把自己当成查尔斯，就可以取得一个个令人瞩目的成就，参加上等阶层的酒会，周游世界，住七星级酒店，享受粉丝的热爱，与许多漂亮女人一夜风流……

但最重要的不是这些，而是查尔斯身上体现出来的个人价值、自由精神和充满自信的生活方式。在查尔斯身上，他才感到自己活得像一个人。而他本人呢，宅见直人，一个不得志的程序员，一个人生的失败者，工作没有前途，日子了无生趣，和父母关系冷漠，女友跟别人跑了，连说得上话的朋友也没有……几年前他甚至想过自杀，如果不是查尔斯拯救了他，他说不定早已经过了黄泉比良坂。

是查尔斯给了他新生和希望，重塑了他的灵魂，让他觉得自己可以有一种有价值和尊严的生活。但现在，这一切又变了。直到昨天，直人才真切感到，查尔斯可以随意停止直播，切断对他来说不可分割的联系。过去的一切不过是自己一厢情愿的臆想，他纵然拥有和查尔斯一样的灵魂，却也无法真正拥有查尔斯的生活。

他还是宅见直人，也只能是他自己。不过，今天的经历让他觉得，或许暂时做回宅见直人自己，也不是什么坏事。当然，他还会收看查尔斯的直播，但不是现在……

直人下定决心，站起来，伸了个懒腰，"朝仓，我们继续跑步去吧！今天我要跑够 3000 米呢。"

"好啊！"朝仓开心地笑了。

九

"查尔斯，我再重复一遍，你不能这么做！"丽莎在电话里怒气冲冲地咆哮着。

"丽莎，我跟你说过至少十次了，"查尔斯坚决地重申，"以后我和穗美在一起的私人时间不会进行直播，这是我的决定！"

"所以你每天的直播时间就减少到了不到八个小时？这会扯断你和那些粉丝之间的纽带！这一个月来，你的收视率狂跌不已，上周只有不到两百万人还在收看你的直播了，你已经从收视冠军的宝座跌到第十名以后了，醒醒吧，现在那个中国丑星小金凤的关注者都比你多！"

"那就让他们去关注小金凤好了，对我不会有什么损失。"

"查尔斯，"丽莎像在克制住自己的愤怒，放缓语气说，"听着，我们需要仔细谈谈，越快越好。"

"改日吧，"查尔斯冷冷地说，"今天是我和女友认识一百天的纪念日，今晚我可不想被人打扰。"

"可是——"

查尔斯不客气地掐断了电话，对面的穗美眉毛一扬，"什么事？"

"只不过是工作上的事，没什么大不了的。"

"那我们继续吧！还没玩够呢！"

穗美笑着抓住他，查尔斯拦腰一抱，穗美就半倒在他怀里。看着穗美带着羞意的笑容，查尔斯心神荡漾。突然穗美从他怀里挣脱，查尔斯感到脚下一绊，重心失衡，反而摔倒在地。

"哈哈，你又输了！"穗美拍手大笑。查尔斯不由庆幸自己关闭了直播，要不然自己摔跤输给一个纤纤女郎的样子就会被全世界看到了。穗美毕竟是受过正规格斗训练的，看上去娇小柔弱，但真正玩起摔跤来，自己总是输多赢少。

"快，认赌服输，变成小马！"穗美说，不等他站起来，就骑到了他身上。查尔斯只有苦笑着承担了马匹的角色，狼狈地乱爬起来。

从什么时候起,潇洒不羁的查尔斯变成了现在这副模样?

说来也巧,那天查尔斯关闭直播后,一堆无所适从的粉丝跑来围堵他,查尔斯和穗美只好乘着"飞马座"号狼狈离去,却忘了飞船的燃料几乎耗尽,到了太空就动弹不得。查尔斯打开直播,想要呼救时,才发现飞船上的中微子转换器也没有了电力供应,和外界全然失去联络。结果,一次简单的饭后散步变成了在太空中十几个小时的惊魂飘游。

但也正是那次经历,大大拉近了他和穗美的距离。穗美从没有上过太空,那天因为失重飘来飘去,水都喝不进嘴里,不免有许多尴尬场面。那天并没有像人们想象中那样发生什么,但几天后,查尔斯带着一飞船的玫瑰再次飞到日本,软磨硬泡开始了第二次约会……他们终于成了情侣。只是穗美有一个原则,在他们约会的时候,决不能打开感官直播。查尔斯答应了下来,而不久后,他就在这种私密关系中发现了新的乐趣。他会去做许多从前根本不会想去做的事,扮小猫小狗,说白痴兮兮的情话,像孩童一样打打闹闹……怎么轻松怎么来,而不是在全世界的注视下,在床上完美地展现他的情人风范。

在许多年之前,查尔斯也曾经有过这样放松的人生岁月,只是年深日久地直播生涯让他已经忘了过去的自己。

今晚,在查尔斯新买下来的箱根湖边的别墅里,又是一次温暖而自在的约会,虽然没有那么浪漫,也不一定很激情,但却可以由着他们胡闹。

"喂喂,骑够了没有?"查尔斯抗议着,把背上的穗美掀了下来,压在身下,开始吻她的脖颈:"あなた……"他学会了日语中表示老夫老妻的称谓,"我爱你……"

"嗯……"穗美目光迷离,双唇呢喃。整整一个夜晚在等着他们,不会再有其他人注视,这个房间完全是属于他们的……

他伸出手,想要解开穗美的衣襟,却颤抖着指向了另一个方向——

他一记耳光狠狠地抽在了穗美脸上!

穗美的微笑凝固住,她呆住了,一句话也说不出来,双目难以置信地望着查尔斯。

"查尔斯?"过了片刻,穗美才叫了出来,"你疯了?"

查尔斯面目狰狞,脸上的肌肉不住抽动,他抬起手指着门口,言简意赅地说:"滚!"

"查尔斯,你怎么能对我——"

查尔斯粗暴地推开她,"出去!"

穗美惊骇欲绝,怔怔地盯着查尔斯看了半天,终于爬起来,披上外套。"查尔斯,你真是个混球!"她飞起一脚踢在查尔斯的裆下,然后头也不回地冲了出去。

下体传来的疼痛让查尔斯弯下了腰,然后跪倒在地,双手撑着地板,喉咙痛痒难当,他剧烈地咳嗽起来,几乎连肺都要咳出来,眼中都是泪水。四肢也都在奇异地抽痛着,不知过了多久,当他从肌体的苦楚中稍稍恢复过来时,才发现面前有一双红色的高跟鞋和一对修长的丝袜美腿。

查尔斯抬头望去,看到了丽莎·古德斯坦熟悉的面容。

"丽莎?"查尔斯惊讶地爬起来,"你怎么来了?"

丽莎的表情似笑非笑,"你不肯来找我,我只有自己来了。"

"可是你怎么知道我在这里?我明明是关闭了位置查找的功能,还有——"

丽莎没有回答,却反问道:"一巴掌赶走自己的女朋友感觉如何?"

查尔斯又感觉到眼前开始模糊,"你怎么知……这么说,刚才难道是……是你……"

丽莎轻轻抚摸着他的脸颊,用悲悯的口吻说:"查尔斯,查尔斯,不要怪我,这是你逼我们的。"

最可怕的怀疑被证实了。查尔斯瞪圆了眼睛,喃喃说:"你能通过芯片控制我的肢体?是你的人在操纵我?可是,那种芯片怎么会……怎么……我以为只是单方面输出的。"

"不存在纯粹的单方面输出,其他人能够通过中微子波束接收到你的脑波,你也能接收到其他人的。"

"可我以为只是感官知觉,想不到居然……"

丽莎的目光中带着不屑和怜悯,"查尔斯,你不知道的事情还很多呢……让我们从头说起吧,你记得十年前的那个秋天吗?那是你初赛告捷之后的第二年,你花了几十万改装飞船,参加飞行比赛,雄心勃勃想要夺冠。结果一败涂地,血本无归。你走投无路,打算放弃自己的飞行事业,回家接手你父亲在田纳西乡下的小农庄。"

"我记得,是你在一个小酒吧里找到了喝得烂醉如泥的我。"查尔斯回忆着,那是一段他平素不愿意去想的记忆,"当时你告诉我,你是一个脑科学实验室的工作人员,正在试验一种脑桥芯片,可以实现不同的人之间感知功能的共通。如果自愿参加,成功了可以有20万美元的酬劳,如果损害我的健康,更有极其高昂的补偿金。我为了筹集下一次参加比赛的资金,接受了手术,不久就开始了实验性质的直播。"

"但事实上,那不是真正的实验。"丽莎接口说,"15年前,贝尔实验室发明了一种芯片,可以嵌入人的脑桥部分,本来是用来实现脑机关联,结果不甚理想,但科学家在这个过程中却意外地发现,它可以实现不同的人之间的脑波传递。在你之前已经有过几次实验,动物的、人的,技术上都很成功。然而,这项划时代的发明却派不上用场,没人想在脑子里装一个金属盒子,把自己的意识状态传递给别人,虽然他们并不反对看到别人的。

"为了推广这项技术,我们找了几个普通人,许以优厚的报酬,说服他们进行直播,这倒是问题不大。可问题是,除了个别好奇心过剩的家伙,同样没人愿意在自己脑子里动一刀,就为了看到区区几个无名小卒的家长里短。

"因此我们想到了一个更好的主意:如果有令人感兴趣的名人愿意直播自己的生活,示范效应是显著的,会带动大批粉丝和其他民众接受脑桥芯片,整个产业就激活了。

"我们和一些电影明星、运动巨星和知名作家接洽过,但是很可惜,没人乐意。这也不奇怪,如果你已经功成名就,生活安逸,干吗要冒险把自己头颅打开,装上那么一个古怪玩意儿,让所有人都看着你的一举一动?因此,我们需要物色一个合适的人选成为这场新技术革命的突破口。上头决定,找到一个有潜质的草根少年,包装他,宣传他,让他成为感官直播的代言人。"

十

"所以你们就找到了我。"

"是的，"丽莎直言不讳，"你当时已经小有名气，却陷入事业的瓶颈，你需要钱，因此会接受手术，你从心底渴望那种被万众仰望的感觉，因此对直播不会有很大抵触。你相貌英俊，性格风流，这对我们更有利。只要你的事业能够成功，就能吸引越来越多的人收看你的直播。让自己转眼间和世界上最酷最有型的风云人物合为一体，这个诱惑没有几个人能经得起。"

"原来如此，可是为什么偏偏是我？你们怎么知道我将来能够获得巨大的成功？"

"呵呵，"丽莎笑着摇头，"查尔斯，亲爱的，你果然还是那么自恋。你还不明白么？"

查尔斯内心已经隐隐明白，浑身一阵冰冷，但丽莎毫不留情地揭穿了这个秘密，"当然并非'偏偏'是你，你只是我们留意的诸多对象之一，选你只不过是偶然。如果我们选中了其他人，一样能把他推向成功的顶峰。查尔斯，你从来不是靠自己而成大事的，没有我们就没你。"

"这么说不公平，我的成功的确有感官直播的帮助，但也是靠我自己的努力！"查尔斯挣扎着抗辩说。

"你的努力？"丽莎冷笑，"查尔斯，你做了十年的美梦，该醒醒了！你真以为自己是不世出的飞行天才？这些年你之所以赢得那些比赛，驾驶经验和技巧只是次要因素，根本原因是你拥有比其他人更好、价格更昂贵的飞船，你可以找到最专业的设计师和各种技术上的顶尖专家,这些都是用钱买的。以你的先进飞船,就算电脑自动驾驶,说不定也可以飞第一。"

查尔斯涨红了脸,却无从反驳,"这……就算是用钱买的,也是我自己的钱!我为许多飞行器厂商做广告,还有厂商赞助,这是我的正当收入。"

"无非是鸡生蛋蛋生鸡的老问题,那些赞助是谁为你安排的?那些广告业务是谁为你打理的?那些最新款的飞船,刚从风洞里出来就成为你的座驾,那些最先进的引擎和最高级的主控电脑,最舒适的指令舱和空气调节系统,被最专业的技师以最合理的布局组装在你的飞船上,你觉得这一切都是理所当然的?难道他们就必须为你服务?查尔斯,你不是笨蛋,但是这些年你一直被鲜花和掌声包围,让你看不到许多事情。"

"这么说,这一切背后都是你,还有贝尔实验室在搞鬼?"查尔斯恍然大悟,"怪不得,我一直觉得你有点儿古怪,一开始你代表实验室,后来又在芯片公司,然后当了我的专业经纪人……你背后的老板究竟是谁?"

"你不用问,问了也没有意义。贝尔实验室,卡特尔纳米技术,高纳利文化娱乐,狮鹫之星传媒,代卡洛斯飞船集团,斯普林格出版社,时代传媒,太平洋电视台,美利坚民主基金会……和你打交道的这些公司和机构,是一个庞大的利益共同体,它们都是其中一分子,但没有谁说了算,如果说有一个幕后大老板,那既不是美国政府也不是罗斯柴尔德家族,而是资本本身。你是整个体系中最重要的环节之一,但绝不是独立的。可如今,你的自作主张危及了这个体系整体的利益。"

| 超脑

"就因为我减少了感官直播?"查尔斯不禁苦笑,"可现在你们已经形成了完善的产业链,有十万人在进行直播!为什么还不肯放过我?"

"但是没有人比得上你,查尔斯。虽然今天许多人开通了直播,但是肯终日直播自己的人还不多,你是其中最重要的一个,是我们打造出来的直播时代的第一位偶像,人们去收看小金凤那些三流货色只不过是猎奇罢了。但你却以自己的生活方式,实现了上亿人的梦想!你对整个事业的重要性无可取代。你那本《我的直播生活》在全球卖了超过三亿册!你象征着一种全新的生活方式,如果你要退回到偶尔直播的状态,直播就变成了一种简单的娱乐和调剂,不会再有那么多人痴迷,也许要花十年二十年才能恢复。"

查尔斯冷哼了一声,"嗯,你们不是很能打造偶像么?再打造一个好了。"

"为什么要重复已经做过的工作?这些年你的名字已经成了世界上最响亮的品牌,就拿你的小说来说,全球销量随便可以卖到几千万册,但是如果以杰克逊·史密斯的名义出版,可能几千册都卖不掉。"

"等一下,"查尔斯隐隐觉得不妙,狐疑地盯着丽莎,"杰克逊·史密斯是谁?"

"当然了,你从不知道他。"丽莎用一种古怪的腔调说,"杰克逊·丹尼尔·史密斯,得克萨斯州立大学毕业,一个不得志的小说家,好莱坞前编剧,出过两三本总共卖了不到一万册的小说,编过一些没人知道的B级电影,离过两次婚,40岁不到就秃顶了……顺便说说,他还是你大部分小说的作者。"

"你疯了？！"查尔斯再也忍无可忍，"你到底在胡扯什么？"

"你不必那么激动，"丽莎淡淡地说，"回想一下，在你移植芯片之前，虽然你是一个三流文学爱好者，也写过一些散文和小故事，但从未写过长篇小说，为什么在第二年，你的成名作《雅典神殿》就横空出世？"

"我什么时候开始写作和你有什么关系？再说这能说明什么？"

"想想吧，你这些大获成功的小说，每部中关键的绝妙情节不都是突然蹦入你脑海的么？你认为那是缪斯给你的灵感？事实上，灵感也是一种感知，你大脑中有一小块区域——大约在额叶位置——决定了你的综合思维和自我意识，不可侵入——不是完全无法进入，只是一旦进入后，你会变成思维紊乱的精神病人。其他的部位，无论是感觉和运动皮层，还是语言中枢，都可以转译他人的脑波。我们只是根据史密斯的构思，让你的语言中枢产生出相应的概念，当神经冲动被额叶所综合时，就被你的自我意识认为是自己的灵感了。"

"这不可能！"查尔斯大吼着，"那些灵感，明明是我自己苦思冥想出来的……那种创作的感觉……怎么……怎么会是什么史密斯的？"

"在未来，很快就不会再有'自己'了。所谓自我，只是额叶前端一小片决策神经区域制造出来的幻象，但我们却天真地以为它包含了从感觉到情绪和思维的一切。但感官直播时代撕裂了这些关系。查尔斯，你站在了新时代的开端，你是新时代的使徒。"

查尔斯委顿在墙角，忽又爆发出一阵神经质的笑声，"哈哈哈，真有意思，你花了这么长时间告诉我，我是一个一无是处的废人，我所自以为傲的成就，都不过是幻觉……现在你又对我说，我是什么使徒!"

"真相往往是令人刺痛的,"丽莎说,"但是沿着这个方向走下去吧,很快你就会知道,你是废人还是天才并不重要。重要的是你感到你是什么?纵然那些灵感是来自杰克逊·史密斯的,但你仍然感到千真万确是你自己的创作,这就足够让你获得写作的满足了。

"在外面的世界,有千万人每天都感到,他们就是你,是查尔斯·曼,是大写的人(Man),他们不在乎自己实际上是什么玩意儿。至少有上百万人完全被你同化了。你给了他们本来惨淡的人生以缤纷的色彩。这个数字还将不断增长,没有人能抵抗这至高无上的诱惑。随着脑波传递技术的完善,将来还会有更多的人——几亿、几十亿的人加入这个行列,一旦他们开始收看直播,就会欲罢不能。而不久的将来,有很多更深的感觉和情绪能够传递,甚至是思维,这一行最终会变成什么样没有人知道,但这是一个真正技术奇点的开端。传统的个人生活将一去不复返,世界会变得越来越匪夷所思。"

"可这不是我的理想,我的理念一直是让每一个人成为他自己,追求自己的价值!"

"不,"丽莎摇头,"事实是,即使是你的崇拜者,每个人都愿意成为你,却没多少人愿意成为他自己,这就是人性。"

"好,"查尔斯咬牙切齿地说,"纵然我的一切都是假的,至少我的理念是真的,我不会放弃这个理念。告诉你,我会揭露今天你跟我说的一切。"他试图打开直播,但是不知为何没有反应。

"查尔斯,相信我,你最好不要尝试。"丽莎语带讥讽,"在我们背后,有超过一打人现在正在监视你的一举一动,无论任何时间、任何场合,他们可以远程控制,让你立刻胡言乱语,变成不折不扣的疯子,你忘了自己是怎么赶走你的女朋友么?"

查尔斯颓然捂住了脸,绝望地瘫倒在地,"既然你们这么强大,为什么不直接控制我的身体,让我说你们想让我说的,做你们想让我做的,让我变成一具行尸走肉?!"

"我们还没有这样的技术能力,感觉和运动涉及的大脑皮层不同,特别是你的肢体运动部分,需要的参量太多,计算量很大,控制起来也很费劲,刚才让你说出那些绝情话已经很困难了,而且相当不自然。"

"可惜穗美没有察觉这些微妙的差异,否则你们做的一切就会穿帮了。"

"不,已经穿帮了。"

一个清脆的女声高声说,查尔斯转过头,穗美明艳的身影又出现在房门口。

十一

"穗……穗美?!"

"我回来了,"穗美对惊讶的查尔斯点点头,"刚才我确实想一走了之,但作为职业警察,我对一个人说话语气是否自然还算有些经验,很快就想到了蹊跷之处,于是我到了门外又重新折返,结果发现还有一个人在这里。我在门口已经听到了你们说的一切,你放心,我没有装什么脑桥芯片,他们对付不了我。"

"查尔斯,你必须让她闭嘴!"丽莎看了一眼穗美,扭头对查尔斯说,语气变得惶急起来,"如果你不想身败名裂的话。听我的,继续跟我们合作,你还可以享有一切名利和地位。至于保留一些你自己的隐私时间也不是不可以商量……"

"和你们合作?"查尔斯的牙齿咬得咯咯作响,"丽莎,你刚才还威胁要让我变成白痴!"

"查尔斯,你冷静点。那是不得已的选项,你是我们千辛万苦塑造出来的,只要有可能,我们不会碰你,今天我也只是想劝告你。"

"你们必须给查尔斯以自由,把那见鬼的芯片给拆下来。"穗美面对着丽莎,"刚才那些话我已经录下来了,如果查尔斯有什么闪失,我会立刻向媒体曝光整件事。虽然你们财雄势大,但想必还无法控制全世界。舆论不会站在你们这边,如果人们知道脑桥芯片可以侵入他们的大脑,控制他们的行为,你们的事业会立刻崩溃!古德斯坦,你们再也挟制不了查尔斯了。"

丽莎看了看穗美,又看了看查尔斯,无奈地苦笑,"看来我们是陷入僵局了。取下芯片,牌就全攥在你们手上了,没有人会蠢到答应这种自杀式的条件。但如果你们要泄露真相的话,查尔斯也随时会变成一个白痴,穗美小姐,你忍心这么做?"

一时间,室内的三个人都沉默下来,但空气中的紧张却丝毫未有舒缓。

"好吧,无论如何,你们不能再摆布查尔斯了。"过了一会儿,穗美带着让步的语气说。

"对,"查尔斯的声音中充满痛苦,"我希望你和你代表的势力离开我的生活,滚得越远越好!我和你们以后再无瓜葛。"

丽莎的脸色阴晴不定,良久才说:"你的意思是,我们不再干涉你们,而你们也会将一切封在肚子里,绝不外泄?"

查尔斯点了点头,现在他唯一想做的只是摆脱这个噩梦,"如果你们能放过我们,这没问题。"

"但你将会从成功的巅峰跌落,从此失去一切。"

查尔斯面色惨白,摇了摇头,"我从来没有什么成功,一直在做一个可笑的美梦,只是今天才终于明白,我想快点结束这个错误。"

丽莎看向穗美,穗美不语,似乎也默认了查尔斯的决定。丽莎终于下定决心,点了点头,"好吧,如你所愿。但你记住,不论你是否打开脑际连接,你的一举一动我们都能看到,不要想在我们眼皮底下玩什么花样。查尔斯,你是聪明人,不会跟我们添乱的,是不是?"

查尔斯缓缓点了点头。

"同样,你们也别想玩花样。"穗美提醒她说,"有关资料,我会善为存储,如果我和查尔斯有什么问题,网络上很快会铺天盖地都是你们最不想看到的东西。"

一丝冷笑划过丽莎的嘴边,"那就再见了,查尔斯,我的老朋友,希望你不会后悔。"她转过身,大步从穗美身边走过,离开了客厅。不久,外面传来了小型飞车发动的声音。

查尔斯委顿在地,一句话也说不出来。穗美走到他身边,跪坐下来,无言地将手放在他的脸颊上。查尔斯望着穗美,她的眼神充满关切,她的手温暖而绵软,身上的气息芬芳淡雅。

他知道自己失去了一切,但却拥有了这个女人。从今以后,也许他们将像普通的男女一样,度过平凡的一生。

查尔斯抱住穗美,放肆地嚎啕大哭起来。穗美像母亲安慰孩子一样,轻轻抚摸着他的头发。而查尔斯却抽泣着,将她抱得越来越紧,让她喘不过气来，但那是一种悲怆中闪现的幸福。

等到穗美发现查尔斯实在抱得太紧的时候，已经太晚了。

不知什么时候，查尔斯已经压在她身上，双手紧紧地卡在她的脖颈上，他的两只大手拼命压向她白皙脖颈的深处，力气异乎寻常的大。他的双目奇异地外凸起，喉头发出咯咯的声音，仿佛被掐住脖子的是他自己一样。

"查尔斯……放……放开……"穗美无力地叫着，但几乎吐不出一个字。她的身体被紧紧压住了，双手拼命在查尔斯的胳膊上抓挠，但查尔斯好像全无痛觉，目光呆滞。

穗美明白了，是丽莎·古德斯坦下手了！如今事情已经激化，她绝不会放过他们。穗美的眼前一阵阵发黑，意识渐渐模糊，生命即将离她而去，穗美只是本能地蹬踢着双腿，做最后的垂死挣扎——

但猛然间，查尔斯的头俯下来，一口咬在了自己手腕上，鲜血直流，虎口不由稍微松了一下。穗美什么都来不及想，趁机掰开查尔斯的手，将他推开，连滚带爬向房间另一边跑去。查尔斯摇摇晃晃地想站起来，又站立不稳摔倒在地，手脚剧烈地抽搐着。

"穗美……快走……"查尔斯扭曲的声音从沾满血的嘴里传出来，显然正在和篡夺自己身体的入侵力量搏斗。

穗美不知如何是好，她不敢逗留，但也不能就这么离去，突然她用眼角的余光瞥见墙角一个六角形的黑色机箱，闪念之下，她一个箭步冲过去，将那东西举起来，狠狠砸在地上。一声闷响，箱子在地上翻滚了几下，裂开一条大缝，穗美还不放心，又狠狠踩了几脚，机箱发出一系列生脆的断裂声，冒出了几缕淡淡的青烟。

查尔斯突然不动了，像瘪了的皮球一样瘫在地上，只是张着嘴喘着气。穗美冷静下来后，过去扶起他，"没事了，我已经毁了中微子转换器，现在他们没法再控制你了。"

"但我们现在不能离开这间屋子，"查尔斯的声音虚弱无力，"外面到处都是中微子信号站。"

穗美知道，整栋别墅因为她的坚持，不仅只设了一个中微子转换器外，还对外面的信号进行了屏蔽。但只要离开这栋房子，查尔斯随时会再度被丽莎他们所控制。

"那……怎么办？"

"只有打电话，叫记者来，"查尔斯闭上眼睛，"我们要立刻召开新闻发布会。"

一个半小时后，客厅里满满的都是记者，包括二十多家日本媒体和十七八家外国驻日媒体，人们好奇地盯着凌乱的房间和身上带伤、狼狈不堪的查尔斯和穗美，想知道究竟发生了什么。大家交头接耳，大部分人的目光中都有"多半是有什么桃色纠纷吧"的猜测。

"晚上好，"查尔斯没有多废话，从沙发上站起身说，"今晚叫大家来是因为——"

人们全神贯注地留意下面的内容，但查尔斯却卡住了，目光透过众人望向后面的什么地方，仿佛看到了某些东西，他的嘴唇微微翕动，仿佛在和看不见的东西说话。

"查尔斯！"穗美觉得不对劲，抢过话头说，"诸位，今晚我们要告诉大家一件——"

"——件重要的事，"查尔斯却仿佛回过神来，又接了下去，神态一下子变得疲惫，"我决定参加下个月的冥王星超远程飞行大赛。"

"什么？"穗美惊诧不已。冥王星超远程飞行大赛只是一个名

| 超脑

大于实的噱头,查尔斯这样功成名就的飞行家根本没有必要参加。前几天被询问的时候,查尔斯还明确表示不会参加。

"大家知道,"查尔斯说下去,"这是人类有史以来最长距离的飞行比赛,远超过之前的地球轨道环日拉力赛。虽然现在只是刚刚开始举办,但将来会成为人类的标志性成就之一。我听说现在报名参赛的人很少,我想要拿到第一个冠军应该问题不大,等以后可就难说了。"

人群中发出轻轻的笑声。穗美看到查尔斯说话的神态相当自然,不像是被人控制的样子,几次想打断他,却终于忍了下来。

查尔斯话锋一转,"不过因为冥王星距离地球三十多个天文单位,整场比赛将持续两年。因为光速的限制和信号衰减,在这段时间恐怕无法再进行感官直播了,非常抱歉。"

人群中发出不满的抗议声,显然其中不乏查尔斯的粉丝。

"那细川小姐呢?你们不是要分开两年吗?"有人问。

查尔斯拉住了穗美的手,在她手心饶有深意地捏了一下,"两年的时光不算久,我相信对我们不是阻碍,我会在冥王星的亿万年冰层上,刻下穗美的名字。"

……

"查尔斯,这是怎么回事?"当记者散去后,穗美不解地问。

查尔斯疲惫地揉着太阳穴,"不知哪个记者带来了便携式中微子转换器,让他们能够重新打开我脑中的视觉对话界面,给我传达了一个信息。"

"难道他们又威胁了你?"

查尔斯摇了摇头,"不是我,是全人类,他们手上有人类的命运……"

"至少一亿人，你记住。"他回想起对方在他视野中闪现的信息，"一亿人的生命安全直接掌握在你的手里，如果事情泄露，我们或许没有能力控制所有的人，但是至少可以在几分钟内传播各种紊乱的脑波，大部分人会暂时精神错乱，还有些人会永久精神失常，不知道会发生多少起车祸和各种事故，也许还有几个人会按下核导弹的发射键……世界将会因此天翻地覆！比起这场浩劫来，世界大战都算不了什么。或许地球会在几天内返回石器时代。"

"所以我只能住口，让你们一步步推广那些可怕的芯片，让所有人变成迷失自我的奴隶，直到你们控制了世界，再也不怕外在的威胁？"

"这是历史前进的方向，或者我们将一直走下去，走向一个崭新的未来，或者将爆发激烈的冲突，那时会有上亿人死亡，世界重返远古蛮荒。最终的选择在你手里，查尔斯。"

"你们手上有一亿个人质，我还有选择的余地么？"

"这说明你做出了正确的选择，你帮助人类避免了一场大麻烦。不管怎么说，去冥王星的主意不错。我们双方可以不必直接冲突，你也不必担心再被我们暗算。两年后等你回来，你就不再是世界的焦点，可以过自己想过的生活了。"

"而我也可以做出真正属于自己的成就。我要证明自己不是一个傀儡，而是不可战胜的查尔斯……"

"查尔斯？你怎么了？"穗美把他从沉思中唤醒。

"没什么。"查尔斯揽住穗美的腰，抚摸着她长长的头发，怜惜地说，"一切都会好起来的，我保证。"

十二

查尔斯的最后一次感官直播,收看者达到了史无前例的三千万人。三千万双眼睛,随着查尔斯的步伐,一步步走进发射场,面对周围沸腾的人群和头顶蔚蓝色的天空。

发射场在传统的日本宇航中心鹿儿县种子岛,二十四艘形态各异的飞船停在巨大的发射场中央。但和旧时代不同,如今飞船发射不再需要庞大笨拙的发射架,随着宇航科技的进步,飞船可以在地球上任何地方起飞,直冲长空,在这里出发只是一个仪式而已。

这是一个不小的进步,但人类的太空探索仍然在初级阶段。今天的这次宇航大赛,并非只是到月球或火星,而是直奔几十亿千米外,除了几个探测器尚无人类踏上过的冥王星,往返仍然需要两年以上的时间。

比赛中,所有的飞船在离开地球后,将利用太阳光帆和各大行星引力场加速,飞向太阳系尽头的冥王星。再合拢光帆,用剩余的燃料返回。虽然原理并不复杂,但横贯整个太阳系的近百亿千米来回路程,仍然是一场惊心动魄的无涯之旅。

成为第一个踏足冥王星的人类,将是太阳系探索史上里程碑式的事件。因为冥王星并没有多少科研价值,也被开除出了大行星之列,所以各国政府在发射了一些无人探测器后,并没有进一步载人登陆冥王星的计划,但毕竟它的名声响亮,民间宇航爱好者前仆后继。几十年中,有过七八次载人飞船飞向冥王星的尝试,但大部分都因中途困难无法克服而折返,有的在小行星带被微流星撞毁,有的无声无息地消失在太空深处……冥王星是死亡之星的说法流传开来,近十多年没有人敢于再尝试登冥之举。直到这次大赛,才重新唤起了飞行家们征服宇宙的热情。

特别是人气偶像查尔斯·曼的参赛,使得这场比赛变得举世皆知,虽然许多人抱怨以后无法再收看查尔斯的直播,但他的勇气和坚韧仍然打动了亿万民众。本来寥寥无几的参赛者,也迅速增加了两倍,虽然只有20多人,但都是飞行精英,让这次比赛变成了一场真正的大赛。

"查尔斯!"在沸腾的人声中查尔斯听到一个熟悉的声音,转身看去,老对手乔治·斯蒂尔正向他走来。

"乔治,感谢你每次都来当我的陪衬。"查尔斯微笑着说。

"查尔斯,你这个花花公子。"斯蒂尔咧开嘴,轻轻给了他一拳,"告诉你吧,这次你一定会输给我。"

"哦,为什么?"他们一起肩并肩向场中央走去。

"听说你拒绝了卡特尔公司和代卡洛斯集团赞助的高级设备,只是从几个小制造厂那里订购了一些普通装备,甚至飞船的基本布局都是自己设计和组装的?你太自大了,卡特尔的纳米光帆制造技术无与伦比,在同样重量的情况下,面积可以比其他公司的产品大1/3,你应该知道这意味着什么。"

"我知道,不过斯蒂尔,我以往太依赖技术优势了,这回我想靠自己的实力赢。"查尔斯诚恳地说。

"这么说,你只能靠不断压缩生活空间来减负,达到一定的速度?"斯蒂尔惊诧的眼神中带上了几分敬意,"虽然是保密的,不过我设法研究过你的飞船构造,结论是如果想要有获胜的可能,你的生活舱必定小得可怜,几乎得和一个棺材差不多,许多娱乐休闲设备都得丢掉,甚至转身都困难,你愿意像苦行僧一样过上两年?

| 超脑 ____.

这可不像你的风格。"

"为了飞向星辰的尽头,这是我们的宿命。"查尔斯说,"斯蒂尔,如果有必要,我相信你也会做同样的事。"

斯蒂尔不由点了点头,然后微微一笑说:"无论怎么做,这回你都够呛了。不过查尔斯,你的确是一个了不起的人物。好了,将来两年里,我们可以通过无线电慢慢聊天,也许我们会变成朋友的。"

他们像两个亲密的朋友一样,说笑着走到了各自的飞船前,做最后的检查和准备活动。许多飞行家在和家人、朋友话别、亲吻。查尔斯检查引擎的时候,一个身影向他走来,查尔斯抬头望去,是一位纤细柔美的女郎。

"小雅?"他站起身。

"查尔斯,"仓井雅姿态娴雅地走向他,"我是来送你的。"

"谢谢你。"

"不,我该谢谢你,查尔斯。其实……我也是来向你道歉的。"

"道歉?"

"查尔斯,"仓井雅酸楚地说,"你知道,两年前我只是一个名气不大的AV女优,上不了台面,而且年纪也渐渐大了,所以我在两年前精心安排了和你在马尔代夫的那次所谓'偶遇',然后我……利用了你,和你有了一夕之缘。全世界都看到了那次直播,我成了整个世界的性感女神,之后我青云直上,进军了主流影视界,最近还接了一部好莱坞电影。这些都是你带来的,没有你,我不会有今天。"

"别这么说,这也是你自己努力的结果。"

"但以前那些甜言蜜语……都不是真的。"仓井雅凄然地说,"只是我为了往上爬的手腕,我利用了你,我欠你一个道歉。"

"别这么说,仓井小姐,"查尔斯也改了称呼,叹息说,"生活就是这样,我们往往是在逢场作戏,只是有时候自己入戏太深,真的把自己当成了所扮演的角色,这不是谁的错,你也无须道歉。"

"无论如何,"仓井雅掏出一个精致的布包,"查尔斯,你是一位很好的朋友,和你在一起我很开心,也学到了很多东西。衷心祝福你能获得胜利,这是我从明治神宫求来的平安符,你带在身上,神明会保佑你的。"

查尔斯深深地看了一眼仓井雅,接过了布包,"谢谢,我会带在身上的。"

"那……我先走了。"仓井雅轻轻拥抱了查尔斯,转身离去。

望着仓井雅的身影,查尔斯的嘴角泛起了一丝复杂的苦笑。他清楚,仓井雅对他说的那些话,仍然是在利用自己最后的剩余价值。他和仓井之间的男欢女爱一向不过是各取所需,不仅他们自己,就连每一个直播的观众都心知肚明。但最后仓井的表白,无疑大大提升了自己的形象,让人觉得她是一个重情义的好女人。

但这并不是说仓井雅全然虚伪,这些话虽然肯定经过精明的考量,但可能同样是真诚的。我们每个人都在表演,从前是这样,在直播时代更是这样。或许我们的真诚,只是一种真诚的自我表演……

"对了,"仓井雅突然又转过身来,好奇地问,"查尔斯,细川小姐呢?怎么没有见到她?"

"这个……她有点儿不舒服,"查尔斯说,"不能来了。"

"哦,是这样。"仓井有些奇怪地看了他一眼,眼神中带着胜利的笑意,没多说什么。但查尔斯知道,仓井对穗美"抢走"自己一向心怀怨愤,如今她认为自己和穗美之间一定出了什么问题,所

| 超脑

以穗美才没有来,这一定让她感到快意。

但穗美不需要来送他,也不应该来,如今,她藏身在一个绝对安全的地方,掌握着至关重要的证据,以防丽莎和她背后的那些人再趁乱对他们不利,将他们同时杀害。当他离开地球后,对方就再也无法通过脑桥芯片控制自己,穗美会和他每天保持联系,如果对方对穗美下手,自己就可以通过无线电通讯公布一切。目前来看,这是最好的办法了。

查尔斯望向远处欢呼的人群:或许这是我最后一次站在舞台的中央了,最后一次成为人们瞩目的焦点。斯蒂尔很可能是对的,这次我的飞船毫无优势,没有获胜的希望,我终将失败,然后被世界遗忘。

但那又如何?飞向太空,飞到那最遥远的星球,是我一生的梦想。并非只有冠军才有意义,只有当宁愿割舍其他许多东西,你仍然要实现它的时候,它才是真正的梦想。

查尔斯,这是最后的机会,做你自己。在这个星球的喧嚣浮华中失去的,你会在广袤无垠的太空中找回来,那里有真正的宁静和救赎……

最后时刻,几十名经过遴选的幸运观众进入发射场,和各位参赛者合影。大部分人都首选和查尔斯合影,查尔斯微笑着一个个接受了,还一一给他们的书或衬衫签了名。最后站在他面前的,是一个身材平平、衣着朴素的少女,举止中还带着几分羞涩。

"您好,查尔斯先生。"少女局促地说。

"你好,你是……"

"我叫朝仓南。"少女说。

查尔斯点点头,并没有什么反应。但在他思维的背后,另一个意识却突然在震惊中醒来:怎么是她?她在这里干什么呢?她……什么时候变成了查尔斯的粉丝?

"朝仓小姐,很高兴见到你,您要和我合影吗?"

"嗯,好的。"朝仓站在他身边照了张相,但照完相后,却迟迟不肯离去。工作人员上来要拉她离开,被查尔斯用手势阻止了。

"朝仓小姐,我还能帮你做什么?"查尔斯问。

"对不起,查尔斯先生……"朝仓深深地向他鞠了一躬,红着脸说,"我想做一件事,请你帮个忙,可以吗?"

"只要不违法,乐意从命。"

朝仓又手足无措了好一会儿,才抬起头,勇敢地直视着查尔斯的眼睛,张口说:"私……私は直人君のことを大好きよ!"

查尔斯不明白她在说什么,但另一个意识却突然明白了,他知道了为什么朝仓会千辛万苦出现在这里,并非为了查尔斯,而只是为了对他说一句话……

"我……我非常喜欢直人君呢。"

但查尔斯还没有反应过来,朝仓已经迈上前两步,勾住了查尔斯的脖颈,踮起脚尖,吻了他的嘴唇。直人感到,她的嘴唇轻薄,绵软而湿润,带着夏日的芬芳和少女的气息。

"直人,"朝仓哀婉地在查尔斯耳边说,"我就在你身边,可你非要通过千里之外的查尔斯,才能感到我的存在吗?"

保安随即冲上来要把朝仓拉开,但查尔斯大概明白发生了什么,让他们不要动手,对朝仓说:"小姐,相信你心爱的人会明白你的心意的。"

然后，他轻轻地对他根本不认识的直人说："幸运的家伙，不要错过身边的幸福哦。"

……

不知什么时候，直人退出了脑际连接，望着房间的天花板，觉得泪水充满了眼眶，又从眼角流下。

收看查尔斯的直播许多年，他和无数美丽的女性有过令人艳羡的浪漫和风流，但他在心底知道，那些和他无关，只是查尔斯的魅力所致。但他宁愿忘记这一点，让自己沉浸在查尔斯的幸福生活里。

然而今天，在最后的这场直播中，在他融入查尔斯的三年中，第一个也是最后一次，一切颠倒过来了：那句话，那个吻，是为了他，宅见直人，而不是查尔斯。

他不是查尔斯，也永远不会是查尔斯。但他仍然可以做他自己，拥有自己渺小却并非卑微的幸福。有些甚至是查尔斯也无法企及的。

直人坐起身，还觉得头脑昏沉沉的，又是自我麻醉的一天。但以后不会了，查尔斯的直播如今已经结束，即使他从冥王星回来，可能也不会再开启。而直人会去寻找新的生活，寻找属于自己的幸福。

直人下定决心，拨打了一个电话，在响了好几声后，终于被那边接起："你好，我是朝仓。"声音中带着几分紧张和期待。

直人还没有说话，蓦然间耳边响起了引擎声和欢呼声，直人望向打开的电脑荧屏，看到发射场上，几十艘飞船拔地而起，射向天外，在空中留下一条条长长的尾迹，如同远去的雁群。查尔斯已经毅然踏上了苍茫太空的漫漫征途，而这一次，直人无法也不想再依附在他的灵魂上，他有更重要的事要做了。

直人深深地吸了一口气，听到自己颤抖的声音说："小南，我喜欢你，请与我交往吧。"

再见了，查尔斯。

尾声之后

一年后。

一艘天蓝色的飞船收拢光帆，打开登陆引擎，缓缓落向一颗黑沉沉的、几乎完全浸没在黑暗中的星球。飞行平稳，层层下降，看上去一切正常——这也意味着第一个地球人即将踏上冥王星的表面。

但当飞船距离星球表面还有大约两千米时，不仅没有降低速度，却突然怪异地猛然加速，旋转着向冥王星表面的厚厚冰层撞去，十几秒钟后，一朵微弱的火花绽放在冥王星表面，如同黑夜中一闪即逝的火柴，然后就是长久的沉寂。

这是中国的冥王星探测器"谛听"拍摄到的图像，大约五个小时后，图像被传送到地球，也传来了太阳系尽头的噩耗。此后四十个小时内，任何联络的尝试都归于失败。两天后，另一名比赛选手乔治·斯蒂尔在冥王星成功着陆，发现了面目全非的飞船和被烧成焦炭的查尔斯·曼的尸体。

消息传回地球，唏嘘一片。查尔斯的死因众说纷纭，主流的观点认为是技术故障，查尔斯的飞船是自己改装的，各方面都存在缺陷，出问题并不奇怪，但是问题在哪里，专家们又各执一词，有人说是电脑程序的错误，有人说是引擎本身的故障，还有人说是飞船控制面板的按钮分布过于密集，让查尔斯忙中出错。

也有人认为,查尔斯是自杀的,他们从查尔斯在地球上最后一段时间的若干古怪言行中找出证据,试图证明他已经厌倦了生活,想要离开这个世界。而撞击冥王星就是这位天才精心安排的行为艺术。这也能解释,为什么上一次开新闻发布会的时候,他如此神色古怪。

另外还有一些人认为,查尔斯是被害死的,这个说法最骇人听闻,也最千奇百怪。害死他的主谋从竞争者斯蒂尔、前情人仓井雅到代卡洛斯飞船集团以及贝尔实验室等可以列一个长长的名单。一个有利的佐证是,查尔斯的女友细川穗美在查尔斯死后第三天,就因为所驾驶的飞车和另一辆飞车对撞而在东京上空爆炸,这个巧合似乎可以被视为阴谋,不过更合理的解释显然是细川伤心过度,神志恍惚所致。

网上也出现了各种各样的流言和稀奇古怪的所谓"证据",大部分经不起推敲,但也有一些看上去有点分量,有一段录音似乎是查尔斯和古德斯坦的吵架,另一段视频似乎是查尔斯和某个名人老婆的偷情,还有他父亲说他挥霍无度导致没有钱的电话录音……但这些伪造起来并不难,而且也无法证明和查尔斯的死有任何关系。至于有人说查尔斯是因为发现了脑桥芯片公司控制人类的阴谋而被灭口,就更是笑话奇谈了,没人会真的相信。

但无论如何,查尔斯死了。死了,再也不能复活。一个死人,无论是多么名声显赫的死人,被遗忘的速度总是很快的。查尔斯的事被热炒了一两个月,人们为他举办了各种缅怀和纪念仪式。不过全世界很快出现了几名炙手可热的新星,他们也都开通了感官直播。有天才神童、国民美少女,也有草根人士,人们很快又被吸引到新的、更丰富的娱乐生活中去。

但有许多人却仍然无所适从,他们难以理解查尔斯的死。

"我……我就是想不通,"宅见直人喃喃说,给自己斟了一杯啤酒,"查尔斯怎么会死呢?三年来,我熟悉他的一举一动,我有他的几乎每一个记忆,既然我活着,他怎么会死?"

"你是你,查尔斯是查尔斯。"朝仓冷冷地说,对直人她已经越来越没有耐心了。

直人摇头,"你不明白,你根本不明白。那种感觉……我还可以清楚地记着查尔斯的一切,他在天上如何风驰电掣,在海底如何于珊瑚丛中潜水,在读者见面会上如何发言,在酒会上如何觥筹交错,在非洲如何赈济灾民……对我来说,就好像是昨天的事一样。我看到地球在我脚下,我听到奥地利金色大厅的音乐,我闻到富士山下樱花的香味,我还……"不知不觉中,他已经从第三人称换成了第一人称。

"你还记得和仓井雅、宝拉和玛丽安娜如何浪漫缠绵吧。"朝仓冷冷地接口。

"当然,"直人憧憬地说,没有注意到女友表情的变化,"那些经历真是永世难忘啊,可惜没有和细川穗美在一起的记忆——"

"宅见直人,你这个混球!"朝仓终于忍不住痛骂了出来,"你这辈子除了幻想自己是查尔斯之外,还会干什么?"

"小南,你又怎么了?"直人有点儿摸不着头脑。

"查尔斯死了都快半年了吧?你几乎每天都在絮絮叨叨那些和你没有任何关系的往事,怀念那些根本不知道你是谁的女人,跟你说你也不听,我简直要疯了!这日子没法过了!"

"你不懂,我参与了这一切,这些和发生在我身上没有任何区别,

| 超脑

我知道自己不是查尔斯,但它们也是我经历的一部分!"

"哼,"朝仓讥讽地笑了,"你的经历就是日复一日地躺在房间里收看直播,本质上,你和那些看了电视然后想象自己是男主角的白痴没什么两样。"

"住口!"直人不由怒火中烧,"每次你都这么说,可是你从来没有过感官直播的经历,有什么资格下判断?再说你是我的什么人,有什么权力告诉我我该干什么不该干什么?"

"我是你的什么人?"朝仓的眼睛也在愤怒中闪闪发亮,"你说对了,我不是你的什么人。既然你这么说了,我们还是分手吧。"

"分手就分手,当初我就不该接受你!"直人恶狠狠地说。

朝仓没有再和他争吵,沉默地收拾起了自己的衣服和物品,直人在一旁看着,开始有些悔意,却又不好开口。直到朝仓提着几个大包站在了玄关口,他才着急起来,"你这是干什么?大半夜的,有什么事明天——"

"直人,"朝仓的语气平静得令他害怕,"我曾经以为自己可以改变你,但是我错了。也许你是对的,你就是查尔斯,你会永远活在关于查尔斯的记忆里。但是对不起,这不是我想要过的生活。"

"我……我不是……"直人不知说什么好,眼睁睁地看着朝仓打开门,离去,脚步越来越远,终于消失。

直人犹豫了一会儿,拨打了朝仓的耳机,但是朝仓已经关机了,只有长长的忙音。

"去你的。"直人喃喃地骂了几句,坐回到椅子上,继续自斟自饮起来。

为什么生活总是这样,他永远无法和人好好相处?不管他如何尝试，除了失败还是失败，在这个现实的世界，连空气都令人窒息。如果，如果他还能回到查尔斯身上，再过一次那种意气风发的人生，那该多好啊……

直人一边想，一边在电脑上漫不经心地点击着，他进了一个讨论感官直播的论坛，顶上的一行大字顿时吸引了他的注意：

CHARLES MANN REVIVED！！！

"查尔斯·曼复活了！！！"

什么意思？

直人点进去一看，发现是时代传媒公司的广告，网页上面用英文写道：

"……为缅怀已故的查尔斯·曼先生，本公司从他的继承人那里购买了以往全部直播内容的备份数据，以飨观众。直播内容的总长度达85439个小时，跨度为整整10年。您可以选择收看其中任何一个片段，也可以从头到尾浏览，以便深入了解曼先生的生平和事迹……"

直人的心狂跳起来，10年中所有的数据！也就是整整10年的直播人生！作为收看者，那些中微子波转换成的视觉和听觉会随即消失，也有技术手段防止私下拷贝，但是显然在相关机构内部会有备份，进行"重播"是可能的。对直人来说，他是从最后3年才开始收看查尔斯的，之前的7年都付之阙如，但如今他可以从一开始就收看重播，这样的话，也就是说——

直人倒抽一口冷气：他将拥有整整十年查尔斯的人生，他将再一次和查尔斯融为一体，去面对未来（实际上是过去）的精彩人生，而这次，至少十年里不会再担心被单方面中断直播了。他可以放心地将自己融入查尔斯的意识深处。

| 超脑

直人兴奋地扫了一眼下面的条件,这回不再是免费的了,不过也不贵。每小时收费100日元,不过如果购买一天以上会降为50日元,如果全部购买每小时更是只要20日元,完全可以负担。

他迅速用网上银行付了账,全部购买要将近160万日元,他暂时没有那么多钱,只能先花了20多万购买了头一年的数据,以后的再慢慢付吧。

直人躺回到榻榻米上,打开中微子转换器,电脑语音告诉他正在进行连接,准备接收数据,大约一分钟后可以开始直播,不,重播。

正当直人焦急地等待时,耳机中响起了提示音乐,告诉他收到了朝仓的一条语音短信。这回直人直接关机,根本懒得看一眼。或许朝仓又回心转意了,但那又如何?只要能再度成为查尔斯,我不会再需要这个女人……

中微子波束源源不断地传来,转化为电磁波和脑波,重播开始了:

重力感同步:我平躺在什么地方。

触觉同步:好像在一张床上,软软的很舒服。

嗅觉同步:仿佛有药水的味道,但并不刺鼻。

听觉同步:一个女人的声音在跟我说话,而且越来越清楚了。

视觉同步:一个朦朦胧胧的人影出现在我面前……

他仰望着天花板,看到自己未来的经纪人丽莎·古德斯坦对他俯下头来,"感觉怎么样?"

"我没事……"他有些虚弱地说。

丽莎问:"现在应该已经开始直播了,你还记得自己是谁吗?"

一丝自信的笑容出现在他苍白的脸上,"那还用说?我是查尔斯,独一无二的查尔斯。"

张冉 ● 起风之城
让这个世界变得不同

09:52

  窗外掠过一间废弃的加油站。一辆停在加油机前积满灰尘的大众甲壳虫轿车，被以三百千米时速飞驰的高速列车甩在后面。

  我突然觉得这个场景似曾相识。由于高速铁路线与荒废的 3 号公路平行，一路上死去小城镇的废墟并不罕见。我闭上眼睛，花了几分钟才找到刚才那熟悉感觉的源头。

  在我很小的时候，住宅楼后面是一片杂乱无章、积满垃圾的灌木丛。某一天，不知是谁将一辆报废的甲壳虫汽车驶到灌木丛里，拆走了车里所有值钱的内饰之后便扬长而去。那个锈迹斑斑的空车壳从此成天用一对被解剖后的青蛙般的无神眼睛盯着我的卧室，让我整夜不敢拉开窗帘，不敢面对窗外漆黑的夜里汽车尸体那莹绿色的邪恶目光。

  一开始，会有流浪汉在甲壳虫轿车内烤火过夜，后来，灌木丛开始在车内生长，透过破碎的车窗、机器盖和天窗钻了出去，将废旧的雨刷器举上天空。远远望去，仿佛树丛将汽车吞噬了，蓝色的甲壳虫渐渐与幽暗的丛林融为一体，再看不到车灯阴冷的眼神。

再后来，一场突如其来的大火烧掉了整个灌木丛。火焰烧了三天两夜，留下一片焦土，草木灰被北风吹散，露出甲壳虫汽车干瘪的残骸。作为人类工业文明的结晶，它算是以自己的方式战胜了自然。

那是我最后一次见到它，大火之后没多久，我就离开了自己出生并长大的城市，之后再未回去。

09:10

两天之前，一封信出现在我的邮箱里。

在这个信息爆炸的时代，人们越来越开始怀念纸制品的芳香气味与墨水书写的柔和触感，收到一封手写的信我并不感到奇怪，但邮戳表明这封信来自一个特别的地方。从机器人秘书的托盘上拿起信封，我的手指出现了不自然的颤抖。

我不愿再与那座城市产生任何瓜葛。自从改名换姓、在知名大企业谋得一份体面工作之后，我以为自己已经完全摆脱了那座城市背后的阴影，可没想到，整整十年平静的日子只是自欺欺人而已，看到那个地名的时候，我的心脏猛烈地收缩起来。

"谢谢。"我竭尽全力保持仪态，说出得体的礼貌用语。机器人秘书同样礼貌地做出回答，收起托盘，驱动十六只万向轮，将自己的身躯挪出了办公室。

我明白即使故意视而不见，好奇心最终还是会驱使我割开信封，将那些令我忐忑的字句逐一阅读。所以在片刻思考之后，我坐定在

| 超脑

转椅上，打开做工并不考究的木浆纸信封，取出薄薄的一页信纸。

"大熊。"

信的头两个字将我狠狠击中。我倒在座椅里，呆呆望着工业美术风格的白色天花板，花了五分钟才调匀呼吸，让宝贵的空气重新回到我的胸膛。在这座城市里，没有人会这样称呼我，我的身份是大企业的高级工业设计师，循规蹈矩的中产阶级白领，工业社会最稳定的构成，是这个干净整洁、充满艺术气息的城市必不可少的一部分。

我不需要改变，也不需要回忆。但这封信只用两个字就唤起了我的回忆——在我的字典里，回忆就意味着改变。

我无法停下，唯有继续阅读下去。

> 大熊：你知道我是谁。我要做一件事情，需要你的帮忙，如果你还记得从前的事情的话，一定要来帮我，如果不记得的话就算了。对了，时间紧迫，我应该提前告诉你的，对不起。从11月7日零点起，你要在72个小时内赶来，不然就不用来了。就这样。

这封信并未遵循信件的格式，没有抬头、署名和问候，以这个社会精英阶层的眼光来看，就算小学生也不该写出这样不合规矩的信件。我认识的所有人中，只有一位会写出这样肆无忌惮的信。

办公室在眼前远去，记忆将我扯回12岁那年的夏天。在卧室的床上，我拥抱着那个穿着白色棉袜子、身上散发出水蜜桃味道的女孩。

我的手指因紧张而僵硬，透过T恤衫与牛仔裤的间隙偶尔触到她那滑腻的肌肤，指尖的每一个细胞都能感觉到她身体的温暖。一床如云朵般柔软的棉被搭在我们身上，我裸着双脚，而她穿着一双洁白的棉布袜子。我的鼻子埋在她的发中,不由自主地翕动鼻翼,将她发丝和白皙脖颈传出的体香吸进鼻腔。

没错,就是那甜甜的水蜜桃味道,夏日里成熟的、甘美醉人的水蜜桃味道。

08:54

钢蓝色的烟雾出现在遥远的地平线,那就是我出生的城市,坐落于生长着仙人掌、红柳、风滚草和约书亚树的戈壁中央。这座城市因煤矿与铁矿大发现而一夜兴盛,被蒸汽轮机和铁路线推动向前,就算在经济危机时代,也不眠不休地制造出崭新的汽车与机械设备,却在十年前突然衰败……这就是我的故乡。

就算冬季的信风吹起,也驱不散城市浓厚的烟尘。自工业革命时代开始熊熊燃烧的炼铁高炉将铁灰色微粒洒遍城市的每一条街巷,让城市变成匍匐在尘烟中的洪荒巨兽。没人说得清这种沉重的灰色浓雾为何不会随着第四次工业革命带来的科技进步而消失无踪,两百年的岁月早已将这雾气与城市的生命捆绑在一处,就算最先进的空气净化设备也对它束手无策。炼铁厂高炉的巨大烟囱已失去功能,成为矗立在城市角落中供后人观瞻的古老遗迹,可每当太阳从东方的沙漠地平线升起时,雾气总是如约而至,将这座毫无生气的城市悄悄拥入怀中。

步下火车的一瞬间,我无比厌恶地皱起眉头,脸部、脖颈和手背,所有裸露在外的皮肤都能感觉到雾气的潮湿,仿佛雾中无数奇怪的

超脑

生物在伸出舌头四处舔舐——这种恐怖的幻觉从小就折磨着我的神经，离开故乡的十年没能让我忘记不快的幻象，我裹紧大衣，告诉自己回到故乡是一个错误的决定。

捏着票根走出出站大厅，两台圆滚滚的服务机器人迎了上来，电动机驱动万向轮碾过光滑的大理石地面，发出轻微的噪声。"您好，先生。请问有什么可以帮助您？"一台机器人展开顶端的三维投影屏幕，将城市地图展现在我面前，另一台机器人默默地站在旁边，等待为我提供其他服务的机会。

准确地说，它们应该被称为"机器公民"，这一称呼是州议会立法规定的。每台机器人自中枢处理器激活的一刹那，就背负着与人类相近又相异的原罪，必须依靠社会劳动赚取生存所需的电力、配件和定期维护服务。这是一种单纯的按劳分配制度，机器人与企业或公权部门之间形成雇佣关系，双方权益受到法律保障。近几年，机器人的福利问题也被提交州议会讨论，有人坚称机器人群体也应该纳入社会保障制度，因为从形式上来说，机器人的维修保养与人类的体检医疗并无不同。

制造这些机器公民的，是名为罗斯巴特（ROSBOT：现实社会化自动机械集团）的企业联合体，在这个州的任何城市都能见到罗斯巴特的盾形标志，就算在这荒芜之地也不例外。

机器人用四个语种耐心地复述了问题，并在屏幕上演示着地图、电话黄页、交通指南、在线博物馆等功能。第二台机器人的顶盖关闭着，显得有点儿闷闷不乐。

我的目光扫过公共交通系统指南。没有变化。公共交通是一座城市的生命线，十年未变的生命线，说明这座城市确实已经死去了。

"谢谢，我不需要什么帮助。"我提起行李箱绕过两台机器。

投影屏幕如花瓣般失望地合拢。"祝您愉快，先生。"毫无感情色彩的女性合成音在背后留下违心的祝福。

"希望如此。"

在接到信件50个小时后，我从办公桌后站起来，吩咐秘书延迟例会的时间，向副总经理递交了事假申请，给家里打了个电话，声称自己有紧急任务必须立即飞往东海岸出差，然后吩咐妻子取回干洗店里的衣服，锁好屋门，不要忘记喂狗。

然后，我提着行李箱独自来到中央车站，登上了开往这座城市的高速列车。我的行李箱里只装着一件干净衬衣、一部便携电脑、一瓶功能饮料和一个文件夹。我不知道为何会做出这个决定。

我觉得我疯了。

08:12

腕上的手表显示"08:12"，那是按照她给出的期限设置的倒数计时，"从11月7日零时起72个小时之内赶到"，距离期限还有8个小时。

我的心情像一瓶冰镇后的碳酸饮料，寒冷彻骨，黑暗无光，不知何时会彻底爆发开来。这座被遗弃的城市的一切都在压迫着我，肮脏的街道、缺乏修缮的楼宇、破碎的路灯、无精打采的行人……灰色的天幕和蓝色的雾气与我居住的城市形成鲜明对比，在属于我的城市，一切都是整洁的、有序的、高尚的，那是属于现代工业文

| 超脑 ─────

明的天然骄傲。

我害怕如潮水般涌起的回忆,害怕唤出藏在我体内那个生于斯长于斯、如同整座城市一样肮脏卑微的孩童。我不由隔着衣袋抚摸着信纸,尽力以美好的回忆驱赶如影随形的灰蓝迷雾——12岁那年的秋天。

12岁那年的夏天,天空晴朗,甲壳虫汽车在灌木丛中露出枝枝丫丫的笑容,我们坐在床上,我从身后环抱着她,将头埋在她的发丛中,嗅着甜蜜的水蜜桃味道。她咯咯笑着说:"别闹了,大熊。再不开始练习,准没办法通过珍妮弗小姐的选拔。到时候我会狠狠踢你屁股的。"

我回答道:"好吧。我还是搞不懂这样做有什么好玩——你是说,在那个东方国家,这是一种表演形式还是什么来的?"

她扭过头,用黑色的眸子瞪着我,"我说过好多遍了,这叫做'二人羽织',是很有历史的东西,只要你能够稍微聪明一点,不要总是笨手笨脚打翻东西就好了!"

"好啦好啦。"我嘟囔道,"那再来试一次吧。"

她拉起又轻又软的棉被,一边嘟囔着这样的棉被不合用,一边将我们两人整个罩在其中。世界黑暗下来,我感觉温暖而舒适,双臂轻轻将她搂紧。

"好,现在端起碗……再右边一点,再右边一点……再往右,你这个笨蛋!"她大声指挥着。

我摸索着端起大碗,右手拿起一双名叫筷子的餐具,试着夹起碗中的面条送进她口中。

07:52

我步出车厢,提着行李箱走出地铁站布满涂鸦的阴暗通道,沿着停止工作的自动扶梯走上地面。风中飘着的碎纸是这街区唯一的亮色,一名机器人警察慢悠悠驶过,五个监控摄像头中的一个扭向我,一闪一闪的红灯仿佛代表它疑惑的眼神。"需要帮助吗,先生?"外形如同老人助步车一样可笑的机器人警察开口问道,将眼柄上的五个球形摄像头举起,上下扫视着与街道格格不入的陌生人。

"我很好,谢谢。"我摇摇头。

"那么祝你拥有美好的一天,先生。"警察摇摇晃晃地驶离,履带底盘后部的红蓝双色警灯无声闪耀,将布满灰尘的金属外壳映得忽明忽暗。

我抬起头。巨大的冷却塔像史前动物的遗骸一样匍匐在眼前,龙门吊车横亘头顶,粗硕的管道遮蔽天空。她给我的信中没有明确指示,我不知去哪里寻找这个深埋于记忆中的童年伙伴。陈旧的记忆驱使着我不自觉地来到这里,城市东部的重工业区,我出生、长大、然后用了10年来逃避的地方。

阳光暗淡,废弃的机械散发着钢铁的腥甜味道,锈迹斑斑的管道尽头,一只蝙蝠从厂房破碎的玻璃窗里振翅飞起,消失于钢蓝色的迷雾之中。这死去城市的尸体以绝望的、腐朽的、失去灵魂的形态静止在时间的凝胶里,钢索将阳光割裂,地面上铺满墓碑般的片片光斑。

我长久地望着那锈蚀的齿轮、干涸的油槽、长满衰草的滑轨与绞索般摇摇晃晃的吊钩,情不自禁地打了一个寒战。我犹然记得在

超脑

灾难发生之前的日子里,机械师在罢工游行的间隙,还会为心爱机械的传动链条添加润滑油,期待漫长冬季过后,它还能再次发出热气腾腾的震耳轰鸣。我的父亲,那位终身为汽车制造厂服务、却因高效而廉价的机器人劳动力丢掉工作的蓝领工人,曾经无比乐观地对我说,总有一天炼钢厂高炉的火焰会再次燃起,城市会再次充满机械运转的和谐之声。"一切都会变回老样子的,我保证。"他用仅余的一点钱购置了丰富的食物,满心期待着好事到来。

等我回过神,他已经化为了瓶中的白色粉末——那么健壮的一个男人居然能够装进小小的瓷瓶之中,这让葬礼的场景显得有点儿讽刺。

裹紧西装外套,我迟疑地向前迈着步子,小心地踏过光与暗的斑纹。要去哪里呢?比起这个富有哲学性的问题,我用了更多精力遏止猛然漾起的回忆,危险的东西正在脑神经突触之间蠢蠢欲动……不要乱想!我严厉地呵斥自己,奋力驱走脑中的幻影。

从这里向前,丁字路口对面是冲压机床厂,而汽车制造厂就在右转之后的道路尽头。在那个遥远的时代,我爷爷的爷爷随着人潮拥入这座戈壁滩中央的城市,成为一名产业工人,从此代代传承。我父亲本人就完全无法想象外面的世界是什么样子,对他来说,接受职业教育,接替父亲的职位站上生产线几乎是命中注定的事情,拧紧面前的每一颗螺丝,这是男人最踏实的工作,也是最美妙的游戏。

她如今又在做什么呢?这座城市已经死了。炼钢厂死了。发电厂死了。轮机厂死了。汽车制造厂死了。留在这座城市中的只有绝望的酗酒者、等死的老人、麻木的罪犯和丑陋的妓女。

徘徊在死去城市中的她，是否仅仅是残存着水蜜桃香味的白色幽灵？

07:37

我不得不放松警惕，让有关她吉光片羽的记忆溃堤而来。

她的名字。她的名字叫作"琉璃"，那是一种源自东方的美丽彩色玻璃。我很喜欢这个名字，她本人却不太满意，说那是极其昂贵且易碎的玩物，在她祖辈所在的国度，只有古代的君王才有幸可以赏玩。

我父亲与他父亲不在同一车间，不过不约而同选择居住在公寓楼，主动放弃了市郊的独栋住宅。我的父亲要承担母亲的昂贵赡养费——事实上，我对母亲的印象很淡薄，她对我来说只是每个月要分走一大笔生活费的陌生女人罢了。而她的父亲则由于股票投资失败，欠了一大笔外债，不得不节衣缩食寄身于免费的公寓楼中。

我们很小就认识了。在废弃的甲壳虫汽车出现的时候，我们总是一起骑着自行车去上小学。当甲壳虫汽车里长出茂密灌木的那一年，我们早已是无话不谈的玩伴。那个年纪的男孩女孩会将感情当作羞耻的事情看待，情窦初开的我不敢坦白自己少年维特的烦恼，而她似乎迟迟不肯长大，只对耳机中的摇滚乐着迷。

之所以对12岁那年夏天发生的事情记忆深刻，不仅因为那是我初尝感情的甜蜜与苦涩滋味的日子，也由于一件大事在这座城市发生。第十四届"世界机器人大会"在这里召开，全球最新的各式机器人云集于此，这是所有喜爱机械与新潮电子产品的孩子的饕餮盛宴。我从小迷恋着机器人，而她也对这些钢铁造物很有兴趣，我们被学校的机器人协会推举出来，要在世界机器人大会开幕式上代表整座城市表演节目。我一下子慌了神，不知该准备些什么，而她一下子就想到了"二人羽织"。

"你不觉得那很像机器人吗？我是头脑与面孔，而你在后面负责双手的动作，扮演着我自己的手臂，那不正像人形机器人刚学会走路时的奇怪样子吗？一定可以让所有人都大吃一惊的！"她盯着我，粉嫩的脸颊映着下午学校的阳光，纤细的汗毛若隐若现。

"……听你的。"我情绪复杂地回答道。

07:12

汽车制造厂的大门紧紧锁闭，不远处的墙上有一个崩坏的缺口，我从那里轻松翻越进去，站在长满齐膝野草的大院中。

我的正前方是办公楼，左手边是碰撞车间，右手边是试车车间，底盘、承装、制件、喷涂、焊接、总装和检测车间以棋盘形左右排列。在制造业鼎盛的时期，这片20公顷的土地挤满了一万五千名来自全国各地的蓝领工人，生产汽车的工时被压缩到惊人的12个小时，每6秒钟就有一辆崭新的汽车驶下流水线。

我闭上眼睛，想象满载汽车的载重货车呼啸而过。短短10年时间，缺乏保养的水泥路就已经被野草侵蚀得支离破碎，四周散发着青草和油泥混合的奇怪味道。"当啷"一响，脚尖踢起一只空荡荡的威士忌酒瓶。靠近大门的厂房窗户七零八落,厂里能拿去换钱的东西早被游民洗劫一空,墙壁画满充满性暗示的暗红色涂鸦。"赶走木偶!保卫生产线!"高居于涂鸦之上的是10年前罢工运动的口号,字迹已经模糊不清。

愈行向厂区深处,流浪汉活动的迹象就愈少,巨大的墓园中只有我在默默行走。名为"恐惧"的无形怪兽将右手搭在我肩上,让我不断回头惊惧地环视四周,幸好透过雾气射来的阳光给予皮肤些许温暖。我松开领带,让喉结可以轻松咽下加剧分泌的唾液。

到达目的地时,我才发现自己的目的地所在,潜意识将我引领至这熟悉的角落——当然,除了这儿,还能是哪儿呢?

六层高的公寓楼恰好遮住阳光,公寓外墙残留着灼烧过的痕迹,四层最右边的那扇窗户,玻璃破碎、以不祥的寂寥眼神凝视我的那扇窗户,正是我卧室的窗子,年少的我曾经多少次从窗口向下眺望,而如今我抬头看去,肮脏的窗帘随风轻摆,看不清那后面是否有一张静止不动的孩童面庞。

"喳!"一只惊鸟穿林而出,凄厉鸣叫着坠入高空。已经完全看不出那场大火的痕迹,被烧得精光的灌木丛如梦魇般重生了,开着黄色花朵的沙冬青与叶子油绿的野扁桃被多刺荆棘缠成扭曲的形状,这片林子几乎与童年记忆中一般无二。我手指颤抖地拨开一束梭梭草,甲壳虫汽车的残骸出现在眼前,那被火焰炙烤成炭黑色的钢铁骷髅如今再次被植物占据,灌木以疯狂的姿态从每一寸缝隙中挣扎而出。

我突然想起童年的一种玩具。那是世界机器人大会为感谢我们表演节目而赠送的礼物:具有行走能力的机械人偶。人偶的面部是

| 超脑

一个棉质的圆球,只要按照自己喜爱偶像的照片在圆球上相应位置植入草籽,每天细心浇灌,七天之内,小草就会长成这位名人的五官轮廓,同时这种基因工程制造的草种会将光合作用制造的糖分输送给人偶内部的化学能燃料电池,驱动小机器人向着光线更强的方向行走。我不知是谁设计出这种奇怪玩具的,表现最基本的机器人生存原理是可以理解的,但绿色头发的迈克尔·杰克逊迈着僵硬的步伐在写字台上追逐阳光,这不是儿童玩具应当具有的模样。令我更加恐惧的是,一个月过后,那些基因变异的青草开始不受限制地疯长起来,迈克尔·杰克逊的眼睛、嘴巴、鼻子、耳朵全都喷出长长的草叶,机器人行走的速度也因能量充足而加快了。那个七窍流草、在屋里四处狂奔的怪物是我一生的噩梦。

——迈克尔·杰克逊是我最爱的歌手,我还喜欢罗比·威廉姆斯、布鲁诺·玛尔斯和芮阿娜。她的音乐播放器里装满更加过时的摇滚乐——皇后、枪花、滚石、金属乐队、邦·乔维和涅槃。我从来不能理解她的想法,而她从未试图了解我的想法。

在机器人大会之后,她与我的关系渐渐疏远。不知从什么时候起,我们每天的对话变为简单的"你好"和"再见",我再没有触碰过她柔软的肌肤,也没再闻到过她身上迷人的水蜜桃味道。

甲壳虫汽车的残骸就像那具机器人一样散发着邪恶的气息,令我胃部收缩,有一种想要呕吐的感觉。做了几个深呼吸压下不适感,我放下行李箱,弯下腰拨开汽车内部的灌木。

回到汽车制造厂,来到这个隐秘的地点,一切都是自然而然发生的,我根本没有考虑这样做的合理性。但回过头来想想,如果她只有一封没头没尾的信件召唤我前来,没有留下任何联系方式,那么还有什么地方比这里更适合隐藏留言呢?毕竟在曾经亲近的孩提时光里，我们总是一起坐在卧室的床前，望着这辆被遗弃的车子，编造着一个又一个光怪陆离的恐怖故事，以吓坏彼此为快乐之源。

在一簇结出鲜艳红色果实的沙棘之下，甲壳虫汽车的地板上，我发现了一枚白色的信封。我转身逃离汽车残骸，撕开信封，一张照片轻飘飘地掉了出来，照片上是一个男孩和一个女孩——12岁的我和12岁的她。

照片是用家用打印机打印的，显得陈旧易碎，我和她的笑容却透过模糊不清的像素点溢出纸面。她坐在床沿，我坐在她身后，那正是我记忆中最美好的夏日时光，为机器人大会排练"二人羽织"的那个午后。

仿佛一记看不见的重拳击中鼻梁，我感到眩晕、疼痛和眼睛酸涩，趁着视线没有因此模糊，我翻过照片，看到后面用碳素笔写着："很好，起码你来了。接下来想起些什么吧，你会找到那个地方的，就是那里。"

06:35

我在寂静的城市里独自行走，感觉昂贵的西裤和衬衣被汗液黏在皮肤上，真丝领带令我窒息。我毫无目的地走着，直到街巷行到尽头，空旷广场与巨大的机器人塑像出现在眼前。那是十四届世界机器人大会纪念广场，还有双足机器人"大卫"。

"大卫"有55米高，钢骨架，镀铬铝合金蒙皮，以金属黏合剂定型，外表大致符合人体比例，看起来不大像米开朗琪罗的名作，倒更接近古老动画片《阿童木》里面的主角。在我12岁那年，银光

| 超脑

闪闪的机器人在吊车的帮助下立起在世界机器人大会园区中心，市长带头热烈鼓掌，我和她自然起劲地拍红了掌心。"这是具有划时代意义的一天。"市长清清嗓子，"罗斯巴特集团捐赠的'大卫'将作为城市的象征永存于世，感谢他们带来日新月异的机器人技术，将我们带向人类与机器人和谐共处、创造更文明高效社会的美好明天！"

市长的话没有说错，直到今天，这个机器人还倔强地站立着，即使10年前的一场大火将它每一寸表皮都烧成炭黑色，身上布满铁锤砸出的凹痕。事实上，至今没人知道那一天究竟发生了什么。很多人死了，而直至今日，死亡者的确切数目还是没人知晓。

"大卫"是罗斯巴特集团最后一件人形机器人制品，随后，复杂的双足机器人淡出了历史舞台。科技的车轮开始加速转动，具有划时代意义的模拟神经元处理器给机器人带来相当程度的思考能力，随着各式各样的机器人走向社会，伦理学问题被摆上台面。几年前，州议会在州宪法中加入了"新机器公民"的条款，正式承认机器人的独立人格存在，同时规定了机器公民的权利、义务及社会角色，使他们可以"在一定的约束条件下以同等身份获得法律权利、社会权利、政治权利和参与权利"。

当时没人意识到，人类在漫长的文明史上会第一次与自己的创造物展开生存权利的残酷竞争。罗斯巴特集团由机器人制造厂摇身一变，成为了全州数百万名机器人的经纪人，每名机器人都要通过公平竞争谋得工作，赚取一般等价物，换取维持生存所需的电能、油液、零件和保养，罗斯巴特公司则抽取50%的佣金用来偿还机器人的制造贷款，通常这份价格高昂的分期贷款需要用30年乃至更长时间来偿还，但机器人的服役寿命高达80年，它们终将可以赎清自己获得自由。

企业非常欢迎这种做法。不同外形的专业机器人有各自适合的岗位，很容易在生产线上找到理想位置。它们薪酬低廉，工作时间极长（州立法规定每天不得超过 22 个小时），附加支出极少，不需要解决住房问题，没有生育和休假困扰，不会通过工会提出不合理需求……即使抱怨，也只是在机器人权益保障者那里吐吐苦水，只要稍微提高厂房里令机器人感到舒适的白噪声就可以解决问题。

唯一的受害者，就是被夺去工作岗位的产业工人。在需要情感、主官感受、逻辑判断力和决策的岗位上人类还牢牢坚守战场，但我父亲那样的蓝领工人则被机器人成批驱逐。他们亲手制造了潘多拉的魔盒，禁不住诱惑掀开盒盖，却发现盒中的瘟疫已经长出翅膀，再不受造物主的管辖。

这就是那场史无前例的大罢工的缘由，导致这座以重工业为基础的城市死亡的缘由。全机器人生产线（不同于传统意义上的"机器人"生产线，电脑控制的机械手臂与具有主观能动性的机器公民不可相提并论）能够将生产效率提高 4 倍到 5 倍，厂房必须重新设计以适应高效化与极度精确的工作流程，厂区不再需要臃肿的生活配套区，只要留有足够的停放空间（州立法规定机器人的最小休息空间为该款机器人体积的 1.5 倍）即可。改造旧厂区意味着天文数字的投入，重型企业已经因解约赔偿而元气大伤，它们不约而同选择在更靠近罗斯巴特集团总部的城市新建厂区，放弃了这座戈壁滩中央的孤城。许多未能顺应时代潮流雇佣机器人工作的企业很快倒闭，失业率扶摇直上，社会动荡，城市衰落……不过用州政府的话说，这只是走向新时代必须经历的阵痛而已。

我远走他乡，进入大公司工作，直到两年后才知道所供职的企业是罗斯巴特集团的下属企业。在那座崭新的城市，汽车厂、钢铁厂、

| 超脑 ——.

精密设备厂、机床厂、数码仪器厂已经以崭新的姿态重生。那些新生的工厂都有着低矮洁净的白色厂房,厂区充满电流的嗡嗡噪声和万向轮碾过地面的吱吱声。

我喜欢机器秘书和机器巡警,喜欢代表先进生产力的机器人技术。一想起现在脚下这座笼罩着迷雾的钢铁城市,我就尝到肺中驱之不尽油烟的苦涩味道,感觉指甲缝里塞满黑黑的油泥,想起父亲临死前强颜欢笑的卑微样子,听见汽车制造厂最后一次下班汽笛声的清鸣。

是的,我离开了这个鬼地方,同其他上百万人一样。这样做有什么不对?

我紧紧捏着手中的照片,穿过窄街大踏步走向双足机器人的方向。如果答案存在的话,一定就在那个地方。

06:12

"二人羽织"这种表演的意义到底是什么?是笨拙的喜剧、和谐的正剧,还是滑稽的悲剧?这种源自东方的奇异文化我最终都没能理解。第十四届"世界机器人大会"在凉爽夏夜开幕,中央展馆大舞台的幕布缓缓拉开,六盏聚光灯穿透厚厚的棉被射来粉红色的辉光,喧哗声渐渐平息,奇异的静谧统治了会场,即使躲在她的背后,我也能感觉到五千名观众视线的灼热。

"别怕,"名叫琉璃的女孩对我说,"有我在。"

我什么都看不见。在这个棉被制造的小小空间里,我拥着让我神魂颠倒的女孩的柔软躯体,却紧张地弓起后背,保持着尴尬而礼貌的距离。我垂在琉璃身前的双手能感觉到空气的温度,幸好一万只窥探的眼睛被棉被关在外面的世界。我的鼻尖埋在她的发中,嗅着让人迷醉的甜蜜桃子味道,整张脸都因紧张和幸福而充血、发热。我能感觉她的身体也在微微颤抖,那是12岁少女面对五千名旁观者的天然恐惧,也是从小听着古老摇滚乐长大的灵魂面对五千名观众的天然亢奋。忽然间,颤抖停止了,她自言自语道:"突然肚子饿了……那么就吃一碗面吧。"

这是表演开始的信号。我轻轻活动一下僵硬的手指,开始摸索装满面条的大碗。奇怪的是,那时我却完全没有想着表演本身,脑中莫名其妙地蹦出一个念头:如果她身上能够散发成熟桃子的味道,那是不是说明所有女孩都是水果口味的?隔壁班的凯茜·布雷迪是不是草莓味道的?班主任提摩西夫人应该闻起来像坚果吧?我自己又是什么味道的?如果我与琉璃结婚,会不会生下一大堆桃子味道的可爱女孩?

许多年以后,我拥有了一个闻起来像香奈儿5号香水的妻子,养了一条酸奶油味道的大狗。我决心不再回忆这座雾气笼罩的钢铁之城,却在偶尔闻到桃子味道的时候心中一荡,胸腔中的某个部位传来针刺般的疼痛感——比如现在。

如果心电图和冠脉造影解释不了心脏的疼痛,那么只能相信那是灵魂借宿的地方吧。

我踏上纪念广场的黑白两色地砖。整座纪念广场由第十四届机器人大会的几栋主体建筑改建而成,棋盘状地砖应该是对"深蓝"电脑的致敬,而环绕整座广场的单轨轨道,不用说是地球环日轨道的拙劣模仿。在我12岁那年,这条轨道上有着骑单车的人形机器人

| 超脑

不停穿梭往返,向世人展示其高妙的平衡感;如今铁轨早已锈迹斑斑,在那个脏兮兮的移动物体高速驶来时,松动的螺栓发出不祥的嗒嗒震动,铁锈簌簌掉落,整条轨道都在上下起伏,看起来像泡在咖啡里的早餐麦圈一样随时可能粉碎坠落。但悬浮在永磁场之上的轨道不可能原地坠落,就算那些七零八落的碳纳米系带全部断裂,它也只会被高高弹起来,扭成麻花形散落到鬼知道什么地方去。

我停下脚步,放下行李箱,干脆把领带扯掉揉成一团塞进衣兜,松开了衬衣上的三颗纽扣。一个嗡嗡作响的家伙沿着轨道驰来,吱地停在我面前。这个轨道机器人形状像个饭盒,一停下来就开始叮叮咚咚地播放《献给爱丽丝》,将盒中售卖的物品展示给我看。左边一半是平凡无奇的旅游纪念品,右边一半是冷冻的速食品,包括饮料和水果。我望向哪种食品,机器人就殷勤地放出一丝含有食品味道的香氛喷雾。当视线掠过水蜜桃,化学合成的桃子味道令我悚然一惊。

"仅售3元,先生,保证新鲜的南方农场水蜜桃,从采摘到冷冻保存只用了五分钟,就连南方农场充满阳光味道的美味空气都被一起冻了起来呢,先生!"机器人用不知藏在哪里的摄像头捕捉到我的神态,随后用不知藏在哪里的扬声器发出欢快的合成音。

"好吧。"我犹豫了一瞬间,掏出皮夹数出三张零钞递过去。

"感谢光临!T00485LL 发自 CPU 地感谢您,先生!"刷的一声,钞票被不知藏在哪里的触手夺走了,一颗速冻的大桃子弹出机器,在空中漾出一团水蒸气的云雾,接着轻轻跌落在托盘上,零下十八度急冻的水果被定向微波快速解冻,休眠与唤醒都只用了短短一秒钟。"这是您买下的南方农场水蜜桃,先生,如果愿意的话我可以介绍一下这些可爱的纪念品,比如可以自动下楼梯的势能转换器、能够看护婴儿的恐龙玩偶、印有'大卫'图案的夜光纪念章……"托盘升起在我面前,桃子同屏幕上显示的样品一样饱满可爱,新鲜得像刚从树上摘下来。

"不必了。"我拿起那颗水蜜桃。

没有味道。看似美味多汁的桃子没有任何味道,水蜜桃底部有个小小的标签,上面的日期显示这颗桃子已经在机器人的冷库中沉睡了四年零十一个月,但距离保质期限还有很长一段时间。

按照食品安全法规定,桃子的营养成分流失最多只能在百分之五,它本质上还是一颗营养丰富、汁水充盈、健康纯粹的桃子——这就是文明的力量。

我随手将只咬了一口的水果丢进垃圾箱,走向纪念广场北侧的巨大人形机器人。饭盒模样的售货机器人乖乖闭嘴不语,但鬼鬼祟祟地沿着轨道跟在我身后,滑轮摩擦铁轨发出难听的刮擦声。无论它还是轨道本身都需要一次从头到脚的保养,否则在不远的某一天就会彻底沦为废铁。

"不要跟着我。"我没有回头,冲身后挥挥手。优先级更高的服从逻辑战胜了求生欲望,售货机器人的身形静止了,孤零零地凝在铁轨上,像冬季瑟缩在电线上忘记南飞的孤鸟。

整座广场没有其他游客。离得越近,伤痕累累的机器人雕像就显得越发丑陋,我皱起眉头,掏出照片细细观看。一件事突然浮现于脑海,却远远飘在意识的捕捉范围之外摸不到轮廓。照片上是12岁的我和12岁的她,在12岁的夏日与12岁那年的卧室房间,12岁的年纪里,应该还有一个若有若无的阴影存在。

而那个影子,也是我远离这座都市的原因。但现在,我绞尽脑

| 超脑

汁也看不清那个影子的面目。一旦意识到这个死角存在，大脑就开始用尽力气破解回忆的谜团，像水蜜桃一样被冻结的往事坚冰慢慢融解，一个接一个画面浮出水面。我和她。我和爸爸。我和提摩西夫人。我和巨大机器人雕像。在浓雾中迷失而被吓坏的孩子。放学后的秘密基地。草稿本上的机器人图纸。用晾衣架、电动车马达和易拉罐制造的机器人。被丢弃的甲壳虫汽车。每个画面里都有那个影子存在，如同无形的手在按下快门将回忆定格的时候，总是将一道徘徊于身边的幽影记录于其中。

越是努力捕捉，神秘的影子就越轻飘飘地溜走，我不禁开始怀疑自己的记忆，怀疑自己的大脑，怀疑内侧颞叶的每一个神经元和神经突触在联合起来欺骗这具身体的主人——童年的记忆如果这么不可靠，为何琉璃肌肤的温热触感和身上散发的甜蜜味道显得如此鲜明？

头痛开始袭来。"见鬼……"我从裤兜里摸出尼古丁咀嚼片丢进嘴巴，用咬嚼肌的运动缓解疼痛。胶质中的尼古丁渗透进血管，这种禁烟运动中奇迹般存活下来的安慰剂让我精神立刻振奋起来，但这无助于思考，我只能暂时将打结的记忆丢在一边。

巨大的机器人塑像遮住朦胧的阳光，庞大的双脚逐渐与我的视线齐平。经过修葺的大理石基座用四种语言刻着拍马屁的美术评论家的华丽辞藻，他们居然认为这一团焦黑扭曲的金属是现代文明史上妙手偶得的极佳创作。作为设计师的一员，我对此实在难以苟同，甚至不大敢直视那丑陋的金属骨架。

机器人塑像凝视着500米外的机器人大会主场馆，我和琉璃曾在那栋蛋壳形的乳白色建筑中登台表演，收获了5000名观众的热烈掌声。当时我们其实演砸好几个地方，却意外地赢得了哄堂大笑，或许这正是这种表演形式的高明之处吧。灯光亮起，大会正式开幕，每一个小舞台都有吸引人的各式机器人登场，我们两个趁没人注意偷偷溜了出去，爬上机器人塑像的基座，望着远处流光溢彩的场馆和亮着灯带的长长轨道，等待烟花升起。

那时我们都说了些什么？12岁的我们，或许正试图表现自己成熟的一面，谈论着音乐、电影、书籍，也许聊起学校中发生的事情，更可能谈着关于机器人的话题，想象着我们的未来将会是什么样子。

到如今，我已经知道我的未来是什么样子，而她的未来呢？

我在我们曾经并肩坐着、悬空摇晃双腿的地方找到了一枚白色的信封。当年我们花了很大力气才爬上高高的基座，如今看来，那不过是齐胸高的台阶罢了。我的心境非常复杂，但走到这一步，除了打开信封之外没有其他选择。

撕开信封，薄薄的信纸上只写着一个名字：乔。

05:36

乔是谁？

这个名字没能将沉睡的记忆唤醒，短短三个字母看起来有点儿陌生。"乔"应当是"约瑟夫"的缩写，现在几乎已没有人将男孩命名为约瑟夫了，因为那听起来又老气又陈旧，一点不时髦。我的交际圈当中没有人叫作乔或者约瑟夫，与琉璃共同认识的熟人更是屈指可数。我静下来梳理了一遍记忆，确实没有这么一个名字存在。

死去城市的铁灰色遗骸像一个魔咒，逃离的念头一次又一次升起，身体却一次又一次背叛意志。不管望向哪里，都能看到童年的我的影子。我一边想着姓名的谜题，一边漫无目的地慢慢行走，圆形轨道上的寂寞机器人进入我的视野，我脑中突然升起了一个念头。

"喂。"我开口道，"可以帮个忙吗？"

"当然，先生！T00485LL 竭诚为您服务！"机器人立刻欢快地冲来，它似乎并不理解人类对字符串的差劲记忆力，总是重复自己那毫无意义的名字，可怜巴巴地想让我以姓名来称呼它。

我犹豫了一下，"……有没有名叫'乔'的歌手或歌名？"

这个广场、这个名字产生了某种关联，有隐约的曲调在脑中响起，此情此景突然令我觉得相当熟悉，似乎在某个不知是真是幻的记忆片段里，我就坐在这里，听着广场上的音乐声。

"以 Joe 为关键词查询得出 153328 个结果，您要找的是不是 Joe Cocker、Joe Jonas、Joe Nichols……"T00485LL 欢快地唠叨着，我赶紧摆手加以制止，"不不，我想想……"

音乐声由弱而强，来自我深深的脑髓。

"Joe Brown, Joe Lattice……"

越来越响。越来越响。

我用力回想模糊的片段，直至一阵剧烈的头痛突如其来爆发，轰的一声在头盖骨里爆炸，浑身上下的每一个神经末梢都接收到了短暂而强烈的疼痛脉冲。

"先生？您怎么了，先生？您需要帮助吗，先生？需要我为您叫救护车或者联系家人吗，先生？"T00485LL 欢快地呼喊道，我知道那不是它的本意，毕竟一个语音合成器只有一种基调，最适合售货员的就是这种该死乐天派的语气。

"我没事……我没事。"我深深屈着身子,将头藏在双膝之间,直到难捱的疼痛过去。这种疼痛我一点都不陌生,自从离开这座城市之后,有许多次,我尖叫着从噩梦中醒来,因头痛而彻夜难眠。医生说我的检查结果完全正常—— 一如我的心脏——健康得可以活到世界末日的那一天。随着年纪增长,头痛的次数逐渐减少,自从结婚以后,这种电击般的苦刑已经极少干扰我的生活,我也乐于在妻子面前将秘密深深埋藏。

我知道两分钟过后疼痛就会暂时退去,像潮汐暂时远离沙滩,如果此时立刻服下安眠药入睡,就可以阻止下一拨疼痛袭来。但这次我所做的是猛地站了起来,双手抓住机器人的铁盒子摇晃着,"我想起来了!我不知道歌手的名字或者歌的名字,但我想起了一段旋律,你可以通过旋律找到相关歌曲吗?"

"您这样做让我很困扰,先生,通常来说,我们是不太喜欢身体接触的,您身上的汗液对我的皮肤——我是说烤漆——有害。不过我确实能提供哼唱旋律找歌的服务,只需2.99元即可,只要激活服务,一份已付费的APP拷贝就会出现在您的移动终端中……"T00485LL轻快地答复道。

我立刻哼出那段曲子。在头痛的黑暗深海中微微发光的是一小段歌曲的旋律,非常简单的曲调,短短两句,没有歌词。在遗忘之前,我将这段旋律连续哼唱了三遍,然后紧张地盯着机器人的显示屏。

"有15个近似结果,先生,如果有歌词或者下一段旋律的话……"T00485LL犹豫道。

"对了对了,类似于二重唱,不不,我是说两个短句每个都重复两遍……"我立刻补充道。

| 超脑

"啊,这就好多了!"机器人快乐地叫道,"匹配结果是唯一的,这是一首创作于1911年的歌曲,歌名是《牧师与奴隶》,作者是乔·希尔,您非常幸运,先生,这首歌的原版录音没有留下,幸好有另一名歌手犹他·菲利普斯在整整一个世纪之前翻唱的版本,现在为您播放30秒试听。"

沙沙的背景噪声响起,接着音乐声传来,伴奏只有一把吉他,一个苍老的男声唱道:

长发的牧师每晚出来布道
告诉你善恶是非
但每当你伸手祈求食物
他们就会微笑着推诿:
你们终会吃到的,
在天国的荣耀所在
工作、祈祷,简朴维生
当你死后就可以吃到天上的派。

伴随着撕裂般的声响和天旋地转的失重感,记忆的冰山轰然崩塌。"乔"这个名字是一颗铁钉,音乐是将名字敲进冰山的铁锤,小小的裂缝不断扩大,悬浮在记忆之海中的坚硬核心终于分崩离析。在失去意识之前,我想起来了。

乔。琉璃。我的父亲。10年前的那一天。"大卫"身上熊熊燃烧的火焰。鲜血和汽油。这座城市的最后一日。

我想起来了。

05:11

我从昏迷中醒来，T00485LL 刚好数到第 580 秒，"先生！先生！你醒了！"它大声嚷道，"若是十分钟之后你还不醒来，我就必须联系医疗卫生部门，并作为第一旁观者接受警察部门的讯问了……你没事吧，先生？需不需要药品？我认识一个在附近卖药的家伙，它的药瓶上没有条形码，不过对治疗头痛非常有效……"

"我没事。我要走了。"我用力一撑地面站起来，忍受着眉心后面一阵阵的刺痛，用手拍打身上的灰尘。

"您确定不是因为我提供的食物或者音乐而感到不适？"机器人可怜巴巴地问，屏幕上播放着绿色和蓝色的波纹以表示情绪，"我已经有两次不良信用记录了，如果被那些官僚发现……"

"与你没有关系。谢谢你，再见。"我将西装外套搭在肩上，眺望四周景物确认一下方向，然后大踏步走去。

"谢谢！……你的箱子，先生！"T00485LL 叫道，伸出软管手臂拎起那只行李箱，沿着轨道追来。但我前进的方向与圆形轨道垂直相切，铁盒子机器人焦急地左右横移，用最大音量播放《献给爱丽丝》，希望能唤起我的注意。

我没有回头。

我想起了许多东西。模糊的阴影显露出面目，那是一张我无论如何也不应该遗忘的脸庞。我与琉璃坐在卧室的床上开心微笑，是他用相机将这一刻定格；我第一次骑上父亲的自行车，是他在旁边帮我保持平衡；我惹怒提摩西夫人，是他陪我留堂罚站；我在雾气浓稠的清晨迷路，是他用手电筒的光芒引导我走上正确的方向；我

| 超脑

　　放学后的秘密基地是他一手建造的；我在草稿本上画下机器人图纸，是他用晾衣架、电动车马达和易拉罐将潦草的蓝图化为实物；我们共同玩耍、长大，看着被丢弃的甲壳虫汽车一天天被灌木丛吞噬，看着琉璃从邻家女孩成长为窈窕淑女。

　　属于我与她两人的瞬间是虚假的，每一个画面都有他的存在，是他为我们讲解"二人羽织"的表演要领，在上台前为我们鼓气加油，也是他带我们逃出热闹的中央展馆，坐在"大卫"的大理石基座上望着灯火辉煌的城市，等待烟花升起。我们三个人讨论着关于音乐的话题，我们都喜欢老歌，我爱迈克尔·杰克逊、芮阿娜和阿黛儿·摩根，琉璃喜欢皇后乐队、蝎子乐队、邦·乔维和夜愿，而他的播放器里装满鲍勃·迪伦、琼·贝兹和朱迪·考林斯。

　　那是我在这个小小的群体中第一次被疏远。或许，也是最后一次。

　　琉璃身上的甜蜜桃子香味还残留在鼻腔里，但她却不再向我看一眼，只用亮闪闪的眼神望着那个男孩，同他谈论着音乐中的力量与反抗精神。我试图插进对话，却发现他们在用一种我不理解的语言交谈。

　　"民谣与摇滚的精神核心是重合的，它们拥有同一个根源。"

　　"如果说根源的话，应该是'日升之屋'（The house of the rising sun）吧？"

　　"啊，你一定要听一听'动物'乐队（The Animals）的版本，在那个年代的英国乐队当中算是最棒的另类。我的播放器里应该有的……就在这里。"

　　他们分享同一副耳机，身体凑得那么近，以至于我听不清他们的窃窃私语。我无聊地望着天空，直到第一朵烟花在夜空绽放。"放烟火了！快看啊！"我大叫道，扭过头，发现他们之间的最后一丝距离已经借由双唇轻轻弥合。

乔。

他的名字叫作乔，我怎能忘记他？我最好的童年玩伴，我的朋友，我的兄弟，我最敬佩的人。他是个心灵手巧的人，在秘密基地简陋的环境中制造出那么精致的双足机器人，那早就超过了手工课的范畴，简直可以拿到现代艺术品画廊中去展览。他学习成绩极好，喜爱摄影，会弹吉他，拥有一头浓密的褐色头发和一双明亮的灰绿色眼睛。在12岁那年，他就长到5英尺9英寸高，拥有强壮的肌肉和敏捷的身形。他是个值得信赖的人，具有领袖的天然气质，身边从不缺乏追随者，我不知道他为什么喜欢和我厮混在一起，只知道与他一起玩耍的日子，我快乐得像国王身边受宠的小丑。

有一次我问乔，为什么那么喜爱上世纪的古老民歌？他对我说，在遥远的20世纪初，有一位诗人、作曲家、工会组织者为工人运动写出无数振奋人心的民谣歌曲，最终被资本家以杀人罪处决。那个人的名字叫作乔·希尔。现在可能没人记得这位民歌复兴运动的精神领袖，但这个名字将永远铭刻于反叛者的墓碑上，永不褪色。

"我和他名字相同。"乔笑着说，"有时候我觉得，这是上帝的安排。"说这话的时候，他的脸上带着与年纪不相称的成熟。

自从12岁那年世界机器人大会烟花飞舞的夏夜之后，乔与琉璃逐渐淡出我的生活。乔并不理解我的冷淡，下课后依旧来找我玩，但我心中已经筑起高高的墙壁，将国王的邀约一次次拒绝。终于，3个人之间疏远了，12岁男孩的自尊让我不得不独自品尝被遗弃的苦果，躺在床上想起他们出双入对的影子，痛苦地屈起身体忍受深深的孤独。

我恨他。恨国王将他的小丑遗弃（尽管那是我自己的选择），恨他与琉璃在一起的每一秒时间。

日子过得很快，我们渐渐长大，琉璃在高中毕业之后进入汽车制造厂控股的维修公司实习，乔依照父亲的意愿进入职业技术学院学习机械电子工程，而我在社区大学攻读现代工业设计学位，准备在取得学位之后考入著名大学的研究生院，彻底离开这座嘈杂而阴沉的城市。

那一年，白色的高塔用了短短一个月就出现在城市的正中心，罗斯巴特集团的盾形徽标高高悬在塔楼顶端，像一只奇怪的眼睛在俯瞰整座城市。街道上开始出现各式各样的机器人，起先，机器人做着一些机械性的简单工作，随着州议会政策的逐渐宽松，这些怪模怪样的家伙开始走上正式工作岗位——说是机器人，其实没有一个是人形的，只是一些会移动、能举起物体和发出声音的机械而已，当然，据说还会思考。

也就是从那时起，萧条的气氛开始笼罩街道，工人们不安地议论着减薪和裁员。我的父亲说一切都会好起来的，历史就是这样，城市已经挺过了那么多次经济危机，不会被暂时的不景气击倒。

终于，裁员计划被提前泄露，工业区即将整体关闭的消息，如同重磅炸弹爆炸，令一切都乱了套。工会立刻组织罢工——事后想想，资本家早已做好了割掉古老工业体系、建立新秩序的心理准备，罢工和游行又能威胁到谁呢？

我就是在这样一场游行中听到了唤醒记忆的那首歌曲，乔·希尔在1911年为工人运动创作的《牧师与奴隶》。对了，那天我穿过街道从社区大学回家,被游行示威的人流席卷其中。"喔,老克劳福特的儿子!"有人认出了我,我的手中立刻就多出了标语牌、头巾和啤酒。"为什么没有人发给你啤酒?喝光啤酒,举起牌子,再走二十分钟我们就吃午饭!"

我不想参与,但没能说出拒绝的话。人群呐喊着口号走过国王大街、绿洲路和铜矿路,兜了个圈子到达纪念广场,在这里休息、午餐。吵吵闹闹的工人坐满了圆形轨道基座,就像下雨时电线上密密麻麻挤满的麻雀。有人往我手中塞热狗与凉啤酒,广场中心搭起临时高台,四个巨大的马绍尔牌音箱接通话筒,有人登上台向大家讲解下午的游行路线。接着,另一个人花了十分钟宣讲机器人末世论,说这些拥有了身份的铁块总有一天会反过来成为人类的主人。最后乔和琉璃双双出现在台上,乔抱着他的吉他,琉璃穿着白色棉质T恤衫和蓝色背带裤,短短的头发用红色头巾扎起。

"乔!乔!"工人们举起啤酒喊道。

"这首歌叫作《牧师与奴隶》。今天,资本家说用钞票买断我们未来的工作年限,将我们安置在新移民城市,让我们可以在机器人的服务下舒舒服服过完一辈子,每日做着虚幻的工作,而明天,我们,我们的儿子,我们的女儿,我们的孙子、孙女和所有后代,就会成为被世界遗弃的垃圾!"乔已经成长为一个英雄般的高大男人,他握着话筒,整个广场的光仿佛都集中在他身上,让他吐出的每一个字眼都带着来自天堂的雄浑力量。"这些资本家正在用无所不在的机器人抢走我们的工作、我们的土地、我们的生活和我们的城市!两百年前,我们的祖先在戈壁滩中央建立了这座城市,如今城市的灵魂就要死去,高炉不再流出铁水,水压机不再锻打金属,石油不再流动,蒸汽不再喷发,一切将在我们的手中终结……全部

| 超脑 ___.

终结。"

全场鸦雀无声，音箱中传来空洞的啸音，空气绷紧了，我望着乔和他身边的女人，艰难地咽下口中的食物。

乔没有多说一个字。他引燃了三千名工人的炙热情绪，又任由它在等待中发酵、膨胀，演变为超过临界力量的风暴。所有人都在等待他继续说下去，他却退后一步，抱起怀中的吉他。琉璃轻轻握住话筒，闭上眼睛，轻启朱唇。

纤弱而有力的女声响起——

长发的牧师每晚出来布道
告诉你善恶是非。
吉他扫弦声响起，如遥远天边隐隐滚动的雷雨。

但每当你伸手祈求食物
他们就会微笑着推诿……
乔开口了，充满力量感的男声接替了女声。

你们终会吃到的，
在天国的荣耀所在。
工作、祈祷，简朴维生
当你死后就可以吃到天上的派……
随着简单旋律的不断重复，工人们开始加入叠复句的合唱。

工作、祈祷（工作、祈祷！），简朴维生（简朴维生！）

当你死后就可以吃到天上的派！
各国的工人弟兄团结起来（团结起来！）
当我们夺回我们创造的财富那天
我们可以告诉那些寄生虫（寄生虫！）
你得学会劳动才能吃饭！

  纪念广场沸腾了。音乐的力量让这些卑微的、绝望的、疲倦的工人发出海啸般的怒吼，我相信即使远在那座白色高塔中，大人物们也听得到这种震耳欲聋的呼喊。

  在这一刻，我却感觉到彻底的绝望。他与她站在高高的台上，唱着一百年前的歌，他是她的约翰·列侬，她是他的小野洋子，他是鲍勃·迪伦，她是琼·贝兹，他们是一体，彼此契合，无法分割。

  我恨自己打开了记忆的封印，让这种痛苦再次置我的灵魂于嫉妒的炼狱。我沿着国王大街快步向前，走过肮脏的街道、破碎的路灯和飘满纸屑的路口。我已经知道琉璃尝试将我引向何方，最后一封信一定藏在那里，我曾经忘却、又终于想起来的开始与终结之地。

  我们的秘密基地。

  也是乔死去的地方。

| 超脑 ____

03:54

我不知道儿时的记忆缘何被封闭，只知道随着回忆的恢复，某种东西悄悄改变了。这破败的城市、无精打采的阳光、钢蓝色的雾气开始变得熟悉而亲切，空气中有一种让人心惊的温暖味道。快步走了二十分钟，我才发现行李箱和外套被丢在了纪念广场，但那些已经无关紧要，我最需要的是一个答案，而答案就在前方。

邮电大楼出现在街角，这栋六层高的楼房表面绿色油漆已经剥落，大门紧紧锁着。我的心脏不由自主地加快跳动，左右看看，街上并没有行人，远方一台清洁工机器人懒洋洋地挪动八条吸盘腿在一栋建筑物的外立面上行走，街对面的消防栓损坏了，一摊污水汩汩冒着气泡。

我咽下唾液，慢慢绕到邮电大楼侧面。在这栋大楼与隔壁"罗姆尼螺丝世界"五层楼房的夹缝处，摆着一个立体花坛，这种砖木混合结构的花坛在城市兴盛的时代大量出现于街头巷尾，花坛分为7层到12层，层架上装有培养土或水槽，里面种植着三色堇、毛蕊花、波斯菊和蝴蝶兰，每个季节都有不同的鲜花开放，让花坛看起来像一道依序移动的彩虹。当然，现在的花坛只是一堆腐朽的木头和生满杂草的泥土罢了。

我蹲下来，一眼就看出新近有人来过的痕迹。这座花坛是我们秘密基地的入口，钻进花架底下，抽出六块底座的红砖，就可以钻进两栋大楼之间的夹缝，那是专属于我与乔两个人的天地。在热衷于机器人的童年时代，我们每天放学后来到这个秘密基地，在机械图纸、组合玩具和稀奇古怪的电子零件上消磨时光。我居然会忘了这美妙的一切，这简直匪夷所思——就像我居然会忘记乔一样离奇。

我挽起袖子,手足并用爬进花架下方,四周阴暗下来,能勉强看清布满灰土和烟蒂的地面。那六块砖只是搁在原本的位置,轻轻一抽就掉了出来。但我没办法穿过砖墙的洞口,一次冒失的尝试差点让我卡死在秘密基地的入口处,红砖挤压着我的胸腔,肋骨在咯咯作响,昂贵的真丝衬衣被砖块磨破,我用尽全身力气才退了出来,在灰蒙蒙的花架下大口喘息。

花了十五分钟时间,我才用钥匙链上的袖珍军刀撬下四块红砖,将洞口扩大到适合成年人的宽度。这次我顺利地爬了进去,手脚接触到秘密基地的一刹那,我彻底放松了,一转身仰跌在地,呼哧呼哧喘气。这里几乎一片漆黑,两栋楼房相接的遮雨棚没有留下一丝天光,四英尺宽的夹缝被两侧的花坛完全封闭起来,或许是设计的疏漏,或许是规划问题,原本应该毗邻建造的两栋大楼并未实际贴合起来,除了城市建筑管理委员会之外,没人知道这个隐秘空间的存在。

知道这里的只有我和乔两个人。在我们逐渐疏远的日子里,我不时会回到这里独自玩耍,也会看到他曾来过的痕迹,秘密基地成了维系我们关系的最后纽带。

直至10年前的那一天。

我的记忆从未如此鲜明,以至于一闭上眼睛,就能看到死去的乔那张英俊面孔上的诡异表情。他一只眼闭着、另一只半睁,眸子变成一种雾蒙蒙的灰色,鼻孔微微张开,嘴角上翘,露出几颗沾血的牙齿,齿缝里咬着一截黑色的物体,后来花了好久我才想到,那应该是他的舌头。因为被殴打的痛苦,乔咬断了自己的舌头。

那是一个雾气弥漫的清晨,大罢工的第16天。由产业工人掀起的大规模罢工运动,已经由这座城市扩展到这个州所有的工业城市。人们扎着红色头巾,挥舞着标语牌、大号扳手和铁锤走在街上,唱着

| 超脑 ____.

一个半世纪以前那个名叫乔的男人写下的歌谣。我不知道资本家和政客们是否感到害怕,电视上看不到真实的信息,即使人群包围了罗斯巴特集团的白色通天塔,也无法看清高居塔上大人物们的表情。

我也不再去社区大学上课,整日混在游行的队伍里。我的父亲非常反对我参加游行,严厉地训斥我,说那不是我该干的事。可我选择无视他的意见。参加罢工运动对我来说并非出于阶级、道德或政治原因,回头想想,或许我只是想喝到免费的啤酒,然后远远地看琉璃一眼罢了。

那时,乔和琉璃每天都会登台演唱,将乔·希尔的歌曲教给大家,当台下的声音掩盖了音箱的音量、每个人开始挥舞拳头大声歌唱时,琉璃脸上的那种光芒令我无法直视。我心碎地、痛苦地、嫉妒得快要发狂地望着那对高高在上的恋人,品尝着扭曲的蜜水与漆黑的毒药。

我恨他。

我爱她。

所以更恨他。

后来,他们的位置似乎被另一伙人取代了,为首的人整天喊着蛊惑人心的口号,罢工运动正在悄悄向极端的方向发展,乔和琉璃不再出现在台上,工人们也不再唱歌。

第15日夜间,一场冲突发生了,没人知道混乱因何而生,只看见血与火笼罩了钢铁之城。整座城市都在熊熊燃烧。电力供应中断,手机失去信号,电视新闻没有报道,无数人在呐喊,汽车爆炸的火光在一条条街道上如烟花般闪烁,烟雾升起,星空黯淡,每个人都疯狂了。我对这一天的记忆非常模糊,只从很久以后的新闻片段中看到了这可怕的画面。

第16天,由工人组成的城市防卫队——那时,刚刚问世服役的机器人警察已经全部被砸毁了——在巡察中发现了乔的尸体。他倒在邮电大楼旁边，身体因殴打和践踏已经不成形状，左手藏在身下，右手伸向花坛的方向，指甲在地面留下长长血痕。在发现他之前，我所在的这支防卫队已经找到了六十名遇难者的尸体，其中包括我的父亲。在这一刻，我很奇怪地陷入了游离的精神状态，镇定自若地用酒精棉球擦去乔脸上的血污，将他装入黑色的裹尸袋。

我知道他最后想要到达的地方，不是那座花坛，而是花坛背后的秘密基地。但我没有任何反应，甚至没有去思考其中的意义。

剧烈的头痛突然袭来，阻止我继续回忆下去。我慢慢站起来，掏出手机照亮秘密基地狭长的空间。这里的一切都没有变，我们用硬纸板分隔的工作间、储藏室、书房、食品间和机械库依然如旧，只是以成年人的视角来看，这里的一切都像幼稚的过家家游戏的道具。

一枚洁白的信封摆在工作间的书桌上，那张桌子是我们费了好大力气偷偷运来的，桌上积满厚厚灰尘的机器人画册、图纸和照片曾是我们最珍贵的宝物。我拈起信封，撕开封皮取出信纸，纸上写着：

你终于做到了，大熊。你想起一切了吗？我在工作地点等你，你知道我在哪里。

P·S：这是最后一次反悔的机会。

03:20

我当然知道琉璃在哪里工作。事实上，我曾不止一次在那间隶属于汽车制造厂的机械维修公司外面驻足观望，希望在裸着上身的

| 超脑

机修工人、冒着热气的液压举升机、坏掉的汽车和沾满机油的墙壁中间找到那个黑发女人的轮廓。我从没看到过她,她也未曾察觉我灼热的视线,这是件好事,我心中一直迷恋着这个遥不可及的女人,却不知怎样开口说出一句问候。距离12岁已经太遥远,我们之间的距离将我对她的感情酿成有毒的苦酒,将她对我的回忆装进疏离的坟墓。

手表显示还有3小时20分,那是她给我的最后期限。游戏已经结束了,只要沿着铜矿路走到尽头,就能在右手边找到"吉姆－吉姆尼"机械维修公司的大楼,找到那个有着水蜜桃味道、穿着白色棉袜子的东方女孩。

铜矿路是贯穿城市中心的主干道,我背后矗立着罗斯巴特集团分公司的白色高塔,前方是空阔无比、迷雾覆盖的道路。这时候阳光隐去,雾气仿佛变得更加浓密,一辆布满灰尘的汽车从雾中驶来,有气无力地响了一声喇叭,掠过我的身边,卷起刚刚落下的一捧黄叶。一台体型跟雪纳瑞犬差不多大的机器人不知从哪儿钻出来,利索地将落叶吸进集尘器,然后用盒装身体上顶着的摄像头眼巴巴地瞅着我。

我知道它在等我吐出口中的尼古丁咀嚼片,"不。"我做出拒绝的手势继续前进。机器人失望地垂下摄像头,钻回道边的排水沟。现在的我感觉疲惫、头痛、胸口疼(应当是爬进秘密基地时弄伤了肋骨)、心慌意乱,此时口腔中释放的每一毫克尼古丁对我来说都无比重要,用力咀嚼着口中的东西,我咽下带着薄荷味道的口水,佯装这能够带给我力量。

回忆仍然在不断苏醒,乱哄哄地挤进我的脑袋,我竭力什么都不想,机械地抬起脚、落下,抬起脚、落下,经过一间又一间贴着封条的店铺,在一台又一台清洁机器人的注视中前进,就这样走完了整条铜矿路。橙红色的建筑醒目地出现在右前方,"吉姆－吉姆尼"

机械修理公司大楼看起来像一个超大号的圆柱形油桶,当时算是这座严肃城市中最新潮的建筑物之一,这里除了修理汽车、工程机械、机床设备之外,还开展了机器人的保养与维修服务,不过自从罗斯巴特公司的白色高塔出现,就没有过一名机器人顾客光顾。

几名吸毒者在路边谈着什么,一看到我就隐入雾中不见踪影。机械修理公司大楼没有如整座城市般褪色,依然是耀眼的橙红,不过楼顶似乎有些异样。我眯起眼睛望去,发现那是一大群黑压压的乌鸦,无数乌鸦安静地站在大楼顶端一动不动,如同一顶古怪的黑色花冠。

这可不是什么好兆头。我的脑袋又开始疼痛。

大楼的门紧紧锁着,贴着黄色封条,透过蒙尘的落地玻璃我看到了自己的形象:穿着卷起袖子的肮脏衬衫,头发散乱,满脸污痕。短短几个小时,我就从系着真丝领带、端坐在办公室里啜饮咖啡的中产者变成了这副狼狈模样。够了。五秒钟以后,我就能让这一切结束。见到她,拒绝她,无论她提出什么要求。

我从地上捡起吸毒者丢下的空酒瓶,用力向玻璃门砸去,砰!瓶子立刻粉碎,警铃声响起,接着迅速微弱下去,一定是这一声最后的呐喊令其电池耗尽了能量。

"要跟人打架的话,酒瓶可以随时变成刀子,但一定要记得,用整瓶啤酒去砸才能造出锋利的刃口,空瓶子的话,会碎得只剩下一个瓶颈握在手中。"放学的路上,乔如此对我说道——他似乎什么都懂。见鬼。

我开始捶打那扇门,捶得如此用力,以至于整条街道都回荡着拳头与玻璃碰撞发出的闷响声。我不知道警察是否会赶来,铜矿路是这座荒芜城市中机器人最密集的地方,州财政拨款维护着这条主干道,为破产的城市留下最后的尊严。在这一刻,我心中甚至生出

| 超脑

一个想法：如果警察现在能够将我拘捕，也未尝不是一件好事，在缴纳罚金之后，我就可以乘坐警车前往中央车站，头也不回地离开这里，再不回来。

"喂。"

琉璃的声音响起。

心脏传来熟悉的疼痛悸动，这一声呼唤犹如闪电击穿灵魂。

我的动作静止了，透过玻璃门看到自己目光游移的倒影。我这一生从未感到如此狂喜，也从未感到如此恐惧。直到这一刻，我才明白一路彷徨只是自欺欺人的伪装，深藏心底的炙热情感一旦打开缺口，冲动就化为滚滚流淌、散发着毒气的熔岩，为了见到她，我愿意与魔鬼签订契约抛弃一切！但她是真实的吗？在这么多年之后？是否我抬起头来，看到的只是镜花水月的幻影？

"喂，上来吧，别闹了。一楼的门是打不开的。"

我慢慢抬起头。动作如此缓慢，以至于全身上下每一条肌肉都僵硬而发出颤抖。

午后的阳光穿过雾气，洒下柔软的金黄辉光，二楼一扇窗子打开了，她在那里，带着笑，轻轻挥动手臂。

我听到自己胸口传来爆裂的声音。格林童话《青蛙王子》中王子的仆人亨利看到主人变成一只青蛙之后，悲痛欲绝，在自己的胸口套上了三个铁箍，免得他的心因为悲伤而破碎。当王子被公主唤醒，忠心耿耿的亨利扶着他的主人和王妃上了车厢，然后自己又站到了车后边去。他们上路后刚走了不远，突然听见噼里啪啦的响声，好像有什么东西断裂了。路上，噼里啪啦声响了一次又一次，每次王子和王妃听见响声，都以为是车上的什么东西坏了。其实，忠心耿耿的亨利见主人如此幸福而感到欣喜若狂，于是，那几个铁箍就从他的胸口上一个接一个地崩掉了。

此时此刻，我胸口的铁箍正因无限巨大的幸福而一个接一个爆裂，那些为了不再想起她而筑起的钢铁樊篱，都一一碎去。我是爱上公主而背叛王子的亨利，3650个自我逃避的日子过去，这一刻，我获得了新生。

"消防楼梯在大楼后面，慢慢爬，有些地方生出了青苔，有点儿滑。"她说。

"知道了。"

懊恼、疼痛、疲惫、失望、愤怒如初雪融化，心情瞬间平静得如同冬季月光下的密歇根湖。这种改变让我觉得奇怪，但又不纠结为何奇怪，仿佛知道任何不合理的事情都一定可以得到合理的解释，也就不再在意解释本身。心脏仍在激烈地跳动，但手指已不再颤抖。

我绕到大楼背后，在遍地垃圾中找到消防梯，小心地踏着滑腻腻的苔藓攀上二层。跨过一道门槛（也可能是一道窗棂），我见到了琉璃。

她穿着白色棉质T恤衫、蓝色背带裤，戴着白色耳机，头发短短的，明亮的眼中带着笑意。在这一刻，我突然发觉其实一直以来我都不记得琉璃的样子，就算刚看过她与我12岁夏日的合影，一转眼，她的脸孔就会变得模糊；但我如此确定现在站在眼前的人就是她，她并非泛黄照片上的空洞笑脸，而是温热的、活生生的、散发着水蜜桃香味的氤氲光影，就算闭上眼睛，也能感到她的存在，那个12岁女孩笑靥如花的灵魂。

一种名为"幸福"的甜蜜物质被心脏泵入四肢百骸，我感觉舒适的温暖与辛酸的疲惫，打量着对面的女人，不愿挪动视线一分。

"大熊,我以为你会变很多,没想到还是这副模样。"琉璃歪着脑袋打量我,露出尽力忍住笑的表情。她脸上擦着几道黑黑的机油痕迹,手上戴着脏兮兮的工装手套,看起来刚才还在工作。

"那个,全都弄脏了,还划破了几处……谁让你把信藏在那种地方的?"我有点儿尴尬地掸着衬衫上的泥土,鼓足勇气反过来质问道。

"我怕你的记忆不容易恢复,就想办法尽量帮帮你。看来你都想起来了,对吗?"琉璃的眼睛弯弯的,几道俏皮的鱼尾纹出现在眼角。

"想起了很多。"我回答道,"我居然会彻底忘掉乔的存在,真是太奇怪了……还有惨剧发生的那天晚上。乔是死于暴动的游行者手中吗?对不起,我不应该提起的。"

琉璃用黑色的眸子盯着我,"没关系。这么说,你还没完全想起来。或许只到这个程度就够了吧……大熊,你愿意为我做一件事情吗?"

"愿意。"我回答道。

"可我还没有说是什么事情。"琉璃惊讶道。

"那你说说看。"我说。

"是关于……"琉璃开口。

"愿意。"我再次回答道。

"让我说完!"琉璃怒道。

"好吧。"我说。

"我要你陪我去做一件事情,可能会死的——不,应该说一定会死的吧。"琉璃犹豫地说。

"愿意。"我说。

"为什么？"琉璃显得有些不解，"我知道你和乔的关系，如果你想起了最要好的兄弟的事情，应该会帮助我的，但你明明没有全想起来……"

"想起什么？你可以告诉我吗？"我问。

"不，别人告诉你的话，你会认为那是一个谎言。"琉璃指着自己的太阳穴，"只有相信这里。靠自己吧，大熊。在此之前，你还愿意帮我吗？"

"愿意。"我说。

"好吧。"她说。

她带着我穿过房间。房间乱糟糟堆满图纸，一台老旧的电脑显示着机械的复杂蓝图，墙角高高摞着罐头盒子和啤酒易拉罐，空气中有一种机油混合了烟草的熟悉味道。"啊，抽烟吗？"她掏出烟盒抛过来，"在大城市不太容易买到香烟吧。"

我很自然地吐出尼古丁凝胶，抽出一根烟衔在嘴里，"有火吗？"

"什么？"琉璃停下脚步转回头，"哦，抱歉。"她摘下耳机揉成一团塞进兜里，"正在听歌。喏，打火机。"

"谢谢。"我接过打火机，点燃香烟。在我所居住的城市，这一举动意味着高达50元的烟草税、环境税与健康税，还要加上体检报告上的鲜红图章。不过此时，我感觉到的只有醇厚的舒适感。让咀嚼片见鬼去吧！这才是真正的尼古丁！

琉璃在前面带路，我跟在后面。她的头顶只到我下巴的高度，从这个角度可以看到她如男孩一样的短短发梢、长长的脖颈和裹在T恤衫里纤细的背影。我今年32岁，那么她今年也32岁了。不再

| 超脑

交谈的20年、未曾见面的10年，她都经历了什么？她是否嫁人生子？为什么她还逗留在这座毫无希望的城市？她为何要给我写信？她要我帮忙的事情又是什么？

这些问题我一个都不想问。就这样一起行走，望着她的背影，就够了。

我们走出房间，穿过一条短短的回廊，推开一扇门，来到一个平台。

"喏，就是这个。"琉璃指指前方，倚在护栏上望着我，"希望你喜欢。"

我没有说话。

"吉姆－吉姆尼"机械修理公司的圆柱形大楼是中空的，房间呈环状附着在楼壁，中央是一个巨大的柱形空间。我先看到许多大口径不锈钢管被电缆、液压机构和油管缠绕着向上延伸，抬起头，就发现那其实只是一截小腿而已，膝部轴承关节以上是直径更粗的钢管和液压机构，在胯部与联动机构相接，具有应力结构的多节脊椎托起不锈钢栅板覆盖的胸腔和凯芙拉多层垂帘防护的腹腔，胸腔中装有动力核心，而腹腔则安放着变速器和传动装置，肩部轴承通过锁骨结构连接胸腔与上臂，手臂的液压结构更加复杂，能直接将动力输送到每一根手指末梢，脊椎顶端带有减震系统，上面安放着半球形的头颅，头颅处敞开一扇气密门，露出乘员舱的点点灯光。

巨大的机器人静静地站在大楼内，看起来像剥去皮肤与肌肉的金属巨人标本，又像放大千万倍的小学生劳动课手工模型。它的外形毫无美感可言，比例失调，管线外露，而结构设计更充满了幼稚可笑的缺陷，那是只有小学生才能想出的异想天开的设计语言。

但我对它是如此熟悉。

这是我和乔花费大量时间在秘密基地中设计出的巨大机器人，我们管它叫"阿丹"，那是伊斯兰教经典里全世界第一个男人的名字。我们画下无数图纸，对每一个数据详细推敲，激烈讨论着动力系统的配备，为乘员舱的位置伤透脑筋……这是我们最棒的作品，而那些日子是我们最好的时光。

如今，阿丹从少年涂鸦的稿纸走入现实，它是如此巨大，以至于我一直仰头观看，几乎弄伤了脖子。

"喜欢吗？"琉璃微笑问道。

02:58

"就连数据……都与图纸上的一样吗？"我望着巨大的机器人，声音在空洞的楼内回响。

"高 24 米，重 190 吨，臂展 17.4 米，步幅 9 米。"琉璃靠在护栏上点燃一根香烟，介绍着这个庞然大物。

"动力系统呢？"我努力回想着当时的设计，空想的世界里不需要什么逻辑性，我们完全可以给阿丹安装一台十万马力的核裂变发动机，再在它的全身装满火神机关炮、导弹、激光发射器和电磁炮，但当时，我与乔只是非常谨慎地设计了一台峰值输出 35000 马力的氢能源燃料电池发动机，使用传统的轴传动加液压系统方式，而不是更加方便的发电机——电动机结构。

这时，头顶有振翅声传来，几只乌鸦围绕着机器人盘旋几圈，

| 超脑

嘴里衔着亮晶晶的螺丝钉和铜线,穿过半透明太阳能天花板的破洞飞走。

"这些小偷很喜欢发光的东西,慢慢就越聚越多了。"琉璃吹了声口哨驱赶乌鸦,"抱歉啦,大熊,就算拼了老命我也找不到合适的动力核心,现在安装的是来自报废坦克车的两台罗尔斯·罗伊斯牌V12共轨增压柴油机,最大输出功率4200马力;变速器则来自海岸警卫队的德尔塔IV巡逻快艇残骸,是ZF公司出产的9挡液压变速箱,修复它花了我很大力气!胸口部分两台柴油机的输出功率经液力变矩器传递至腹部的变速箱,从变速器经万向传动装置输出至裆部的分动器,分动器再经万向传动装置送往各个驱动桥。轴输出提供轴向力,头颈、四肢一共有5个液压系统,液压系统提供径向力。"

"才四千多马力,这样的马力重量比只能让它勉强动起来而已吧。"我脱口道,同时心中默默计算着数据。

"喂喂,端正一下态度吧,老兄。"琉璃探出身子拍拍机器人的大腿,"在没有任何人帮助的情况下,我一个人做成了这么厉害的大家伙,你是要继续吹毛求疵下去,还是动脑子想想你面前的女人应该得到什么样的称赞?"

"这太棒了,琉璃。我不知道该怎么表达。"我说,"我小时候做过的无数梦里面最酷的一个,就是驾驶着巨大机器人与坏人展开殊死搏斗……但你做了一件毫无意义的事情,这样的机器人,一点价值都没有!"

对面的女人突然眉目弯弯地露出微笑,"好吧,反正还有一点时间,我们可以好好聊聊这个话题,你喝啤酒吗?虽然不冰,不过幸好还在保质期之内——我们有多久没见面了，十几年？"一边说着话，她一边从背带裤兜中掏出控制板，在上面点触几下，嗡嗡的电动机工作声传来，我们脚下的平台开始沿着大楼内壁的螺旋形轨道旋转上升。

"……10年整。"我回答道。随着平台的移动，我可以自下而上将巨大机器人的细节一览无余。所有的非标准件应该都是身边的女人用车床手工制造的，精度很差，也没有经过打磨抛光，焊接点显得非常粗糙，电路和油路走线混乱，应当由凯夫拉防弹材料覆盖的腹部其实只是挂上了几层破烂帆布而已，让机器人更像一具缠着裹尸布的骷髅。长期从事的职业让我不得不以挑剔的眼光审视这个作品，从设计师的角度来说，这简直是一个灾难。

但同时，我的心脏在剧烈跳动，仿佛童年的自己想要跃出胸膛，将这伟大的造物拥入怀中。我无法表达心中的激动，全身上下每一个细胞都在惊叹、战栗，就算故作镇静，说话还是会带上颤抖的尾音。乔当年制作的那个精美机器人模型正是按照"阿丹"的设计图完成的，如果他如今还在世，会不会同我一样，在这个巨大的机器人面前欣喜若狂？

平台升至轨道顶端，"咔哒"一声静止，从这个角度可以清楚看到机器人头部乘员舱的内部构造，同设计图一样，里面的空间非常狭小，一张座椅悬浮在两百支柔性液压支撑杆中间，星罗棋布的仪表和按钮布满座椅前的操作台，几盏绿灯亮着，象征机器人处于电路自检完毕、可以启动的状态。这一切都与我们当时的设计一模一样，甚至连指示灯的位置都没有改变。

"你没有对图纸做一点改进吗？12岁孩子画出的图纸？"我悄悄攥紧衬衣一角，以防自己发出激动的喊声，口中吐出的却是挑剔的言语。

"不用怀疑了,这就是你们的'阿丹',大熊。"琉璃轻轻抚摩着机器人的钢铁皮肤,"无论合理还是不合理的地方,我都完全重现了。"

"可是……'阿丹'它并不科学,从理性的角度……"我艰难地挤出几个字。

"那又怎么样呢?"秘密基地里的充电应急灯照亮乔的脸庞,12岁男孩扬起眉头,那种充满理想主义精神的天真表情并未死去,穿越漫长的时间,在20年后的黑发女人脸上重生。

02:30

我的工作是为罗斯巴特公司设计机器人。在机器人三定律的基础上,罗斯巴特集团生产的模拟神经元中枢处理器给机器人带来独立思考的能力,这种生物计算机具有两亿五千万个神经细胞,其工作原理与人脑相当类似——尽管与具有一千亿神经元的人脑相比,它在归纳、判断、联想与抽象化思考等方面远远不足。

在州议会修改宪法之后,机器人的生存权利得到了承认,与此同时,"制造"机器人转变为机器人的"生殖",之前罗斯巴特公司制造的两百万名具有人工智能中枢的机器人成为原始族群,它们开始竞争社会工作岗位、为自己的生存赚取金钱、自由结合为伴侣。有人担心这些由金属和集成电路组成的异类不具有繁衍后代的自然责任,但事实证明这种担心是多余的,即使不加以规定,机器公民也很愿意建立"家庭",并且共同抚育后代。两百万名原始机器人分为一千零二十五种型号,每种型号的外形与功能都完全不同,而同种型号间又由于批次、零配件和装配工艺等原因出现差异,这些差异成为了某种遗传基因,在"生殖"过程中被保留且放大,最终形成了家族的决定性特征。

两名机器公民伴侣联合提出生殖申请,经州立管理委员会通过后转交罗斯巴特集团高级定制部门办理,定制部门将根据机器人伴侣的主观意愿(在允许范围内对某种特征的强调)及客观因素(显著特征、付出的金钱)计算出下一代机器人各项数据的模糊边界,将关于外观设计的部分外包给控股子公司完成,最终由集团工业机械部门完成制造。

我的工作就是根据高级定制部门给出的数据边界,设计出崭新的机器人,从某个方面来看,这与上帝的工作并无不同。多年以来,成千上万的新时代机器人从我工作室电脑屏幕上的草图变为实体,遗传显示出恐怖的力量:崭新的机器人形态开始出现,旧式的机器人被社会淘汰,用尽最后一丝电力,变为阴暗小巷里生锈的废铁;结构更合理、效率更高、更美观的机器人走上工作岗位,用勤恳高效的态度赢得雇主欢心。由人类控制生育率和生殖过程,这是州政府锁在机器人脖颈上的最后一根锁链,没有人能否认机器人正在让这个世界变得越来越好,但直至今日之前,我都没有认真考虑过机器人存在的意义。归根结底,作为人类的创造物,它们的自然使命到底是什么?

这个问题的答案曾经非常简单。

琉璃坐在我身边,喝着一瓶温热的啤酒,她身上的气味没有丝毫变化,擦着两道油泥的侧脸被阳光照亮,尘粒在她鼻尖短短的绒毛上轻盈飞舞。"呸！真难喝。"她有些恼怒地放下瓶子，"明明还有几个小时才到保质期的，却已经酸成这个样子了！"

"我是说，人形机器人是最不科学的东西。"我说。我裸露在外的手肘不小心触到她的臂膀，感觉比二十年前更加强烈的电流透过皮肤、肌肉和骨骼，闪电般刺穿了我的心脏。

"为什么？说说看。"琉璃侧过头来，问。

我们肩并肩坐在一张双人床垫上，半透明天花板上站满了乌鸦，浑浊不清的阳光穿透雾气和太阳能玻璃照进室内，把这间起居室割成光暗分明的两半。阳光已经倾斜了，或许用不了多久就会天黑。床垫、衣柜、冰箱、水槽、电脑、工作台和电唱机，屋里的一切显得陈旧而凌乱，没有任何带有女性特质的物品，甚至没有一面化妆镜。只有靠近琉璃身边，那种淡而甜蜜的水蜜桃香味才会提醒我主人的身份，房间也因此变得温暖起来。

"还需要说明吗？一直以来，人形机器人都只是科技企业向社会展示技术的手段而已，双足行走是人类在进化过程中为了解放双手而必须承受的原罪，机器人没有任何理由花费大量资源重现这种不科学的行进方式，双足机器人能够胜任的工作，更廉价且可靠的履带或多足机器人可以完成得更好。而巨大的人形机器人，那只是动漫作品中不切实际的幻想吧……"我想了想，如此回答道。

"那你和乔当初为什么对巨大的人形机器人那么痴迷？"

琉璃的这句话问得我哑口无言。

我们一起沉默下来。琉璃抬手用遥控器打开电唱机，扬声器传出齐柏林飞艇的《十年飞逝》，我们静静地听吉米·佩吉令人心碎的吉他声在昏黄的阳光里回荡。一曲终了，下一首歌曲的前奏响起，手表上的鲜红数字不断跳动，提醒我必须得主动开口说些什么。"距离那天正好十年，真是个巧合呢。"我说，"你的父亲……他还好吗？"

"和他的老工友一起住在四百千米外的新移民城市，依靠遣散金生活，每天进行八小时的虚拟工作，赚取一点儿网络信用点。他挺后悔当初的选择，不过人一旦选择了放弃，就再也没有机会了。"琉璃淡淡地回答道，"有一次他在电话中说起他很羡慕你爸爸，'死在最好时候的幸运老杂种'——这是他的原话。"

我苦笑着摇摇头，"毕竟我们还活着，不是吗……我突然想起我与乔对巨型双足机器人着迷的原因了。"

"因为那很酷。"琉璃放下啤酒瓶哈哈大笑起来，"对吗？"

"没错。"我不由得随之露出笑容。

我想了很多。"机器人"一词由"苦役、奴隶"的词根变化而来，其存在的原始意义是为人类提供服务，但没有人会否认，这种人造物其实也是孤独人类自我欲望的表达，巨大双足机器人是对人类存在形态的极端夸张，是充满雄性特质的钢铁图腾柱。崇拜巨大机器人，实际上就是崇拜人类之存在本身。

然而，机器人的定义究竟是什么？现代文明将它定义为某种自动控制装置，具有在不确定情况下进行感知、决策、行动能力的活动机械，人工智能是这个定义的最佳表达。按照这个标准，我与乔设计出的"阿丹"根本就不是机器人，仅仅是一架人类手动操纵的大型机械而已，其本质与挖掘机并无不同。然而，自从见到这惊人的巨物之后，我未曾有一刻怀疑"阿丹"的身份，它不仅是机器人，而且是我所见过最纯粹、最粗糙与最美丽的机器人。

是的，12岁的我们认为所谓"机器人"，就是具有人类形态的机器，

| 超脑

它明明由钢铁制成,却拥有人的体形与灵活的手指,可以大步奔跑,每个关节都能够灵活转动。长大之后,形态为功能服务的古怪机器人充斥社会,我早已忘记了孩提时的想法——这真是可笑,还有什么能比巨大的人形机器人更酷?

01:59

我们像昨天刚见过面的老友一样毫不陌生,聊的却是阔别十年的遥远话题。我们听着枪花、黑色安息日、滚石、涅槃和皇后的老歌,谈着笑着,喝光了半打临近保质期的啤酒。阳光逐渐西斜,室内昏暗下来,我突然想起一个问题,"你给我的最后期限是什么意思?我的手表显示还有一个多小时就到了,会有什么事情发生吗?"

"啊,对不起。"琉璃不好意思地说,"我这个人不大容易做决定,所以喜欢定下一些期限帮助自己下定决心,那个期限只是这些啤酒的保质期到期时间而已,好在我们把它们喝光了。"

"帮助你下定什么决心?"我举起空啤酒瓶,借着暗淡的阳光瞧了瞧,果然马上就要过期了。我丢下酒瓶,问。

"下定决心启动'阿丹'。"她回答道。

"它还从来没有启动过吗?就算引擎试机也没有?"我问道。

琉璃点点头。暮色中看不太清她的脸孔,只有一双明亮的眼睛在发光。"维修公司关闭以后,每个人都离开了,只有我偷偷留了下来,如果被警察发现的话,一定会判非法入侵罪吧……幸好后面的解体厂还有很多零件留下来,而机器警察对低于55分贝的噪声没什么反应，我才能慢慢地建造这台机器人，就算这样，也才刚刚完成呢。"

"你独自在这里生活了十年？就为了这台人形机器人吗？你的生活来源是什么？"我惊讶地问。

女人露出了笑容，"废弃的城市可是一座金矿呢，你不知道那些黑市商人肯为一个小小的机床轴承花上多少钱……这并不重要，重要的是，你现在出现在这里，愿意帮助我一起启动机器人。十年前我决定独自完成这一切，可几个月前，'阿丹'即将竣工时我才发现，一个人根本没办法操纵这样复杂的机械，机器人的原始图纸上没有电脑控制的总线结构，'阿丹'没办法自动保持姿态，要改为程序控制的话，相当于将'阿丹'重新建造一遍，而且……那样做的话，'阿丹'又与那些杀人犯有什么差别呢？"

"杀人犯？你说那些机器人？"

"没错。造成惨案的人。住在白色高塔里的怪物。杀死乔和你父亲的元凶。毁掉这座城市的家伙。"琉璃平静地吐出带着深深仇恨的字眼，"那些能够思考的机械。"

"所以，你要做的是……"我脑中产生不祥的预感。

"为乔复仇。为你的父亲和我的父亲复仇。为这座城市复仇。"琉璃伸手指着窗外，透过积满尘埃的玻璃窗，在雾气沉沉的城市中央，罗斯巴特公司的白色高塔静静矗立在暮色中。

我不知该说些什么。自从见到"阿丹"的那一刻起，我就想到了这种可能性，但当可能性真的成为事实，这疯狂的想法还是令我震惊。"琉璃，在现在的法律框架里，机器公民与人类具有基本同等的权利，毁灭机器人的存储芯片等同于一级谋杀的重罪！就在前几天，一名专门向流浪机器人下手的零件贩子因三十五桩机器人谋

| 超脑

杀案件而被判处605年监禁,大陪审团全票宣判罪行成立!这些你知道吗?"我猛地站了起来,大声说道。

"那你还愿意帮我吗?"她露出了熟悉的表情,微微挑起眉毛,抿着嘴,用眼睛直直盯着我的双瞳,那种倔强而决绝的表情20年来未曾改变。一旦认定一件事情,就算上帝也不能迫使她改变意愿。

"……我愿意。"在大脑反应过来之前,一个声音脱口而出,替我做出回答。

在这一刻,我不知道自己在想些什么,只看到面前女人嘴角的曲线慢慢舒展,绽放出一个破冰的灿烂笑容。"从小就是这样,我一直搞不懂你,但不知道为什么,有事的时候又总想找你帮忙。"她伸手拍拍我的肩膀,"我与乔在一起的时候很多次想去找你,不过乔说你是要考上大学、走出这座城市的人物,不想耽误你前进的脚步……其实你一点都没变呢,大熊。"

这个时候,千百个念头突然涌进我的大脑。我的地位,我在另一座城市高尚而安逸的生活,我崭新的公寓,我的汽车,我的职业,我的狗,我的妻子——哦,我可爱的大狗。脑中的天平开始倾斜,理性的天使开始在托盘上迅速增加砝码。那些砝码,是我如今拥有的一切;而突然间,感性的恶魔浮现于脑海,用一句话就改变了微妙的平衡:别蠢了,自从接到信的那一刻起,你的命运就已经注定了,你奔波千里回到这座城市的原因,不就在于此吗?在你曾经被封锁、如今破茧而出的记忆里,不是藏着对这个你一手塑造出来的现实世界的深深仇恨吗?你以为已经彻底改头换面,可光鲜的外表下又藏了些什么?你躲得掉那些阴暗的回忆吗?戴上眼镜就看不到机器公民身上的鲜血了吗?你的灵魂,不正在死去的城市那郁郁不散的雾气中夜夜挣扎,想要找到一个彻底的解脱吗?

西装革履的我在脑中捂脸哭泣，满面纯真的12岁少年撕开考究的手工西服，从自己体内出生，接着幻化为22岁青年扭曲的脸。大火燃起，城市在呻吟，高大的机器人塑像"大卫"成为明亮的火炬。那一夜，我并非旁观者，我的喉咙很痛，因为整夜在嘶吼毫无意义的言语，我的手中握着沉重的不锈钢撬棍，撬棍上沾着鲜红的血，不知属于谁的鲜血。无论从城市的哪个角落抬头望去，都能看到那座白色的高塔，机器人警察消失无踪，撬棍落下，溅起腥臭的霓虹。

"要我做些什么？"我缓缓抬起头，"另外……那一夜到底发生了什么？"

"你马上就会知道。"两个问题，得到了一个答案。

01:35

她带着我走出房间，乘坐移动平台来到巨大机器人的头部，"乘员舱是为一名驾驶员设计的，所以会很挤，这得怪你，毕竟图纸是你画的。"琉璃抱怨一句，伸手抓住扶手，身体灵巧地荡进驾驶舱，陷进柔软的座椅中。"过来，坐在我后面。"她招手道。

"现在看来，这应该是很幼稚的设计吧……"我苦笑着上前，踩着横七竖八的液压支撑杆走入驾驶舱，勉强在她的身后挤下，我们俩的身体立刻紧紧地贴在一处，连一丝空隙都没有，我得努力扭转脖颈，才能避免把鼻子埋在她的发丝中。

"因为这是乔的心愿。"琉璃说，"他曾经无意中提起你们的秘密基地，所以当见他最后一面的时候，我完全明白他最后的遗言。

'进入秘密基地,拿到图纸,造出巨大的机器人,然后……复仇!'这是他的心愿,我没办法拒绝。"

她按下一个按钮,舱门缓缓下降,接着"砰"的一声完全闭合,换气扇嗡嗡启动,四周变得一片漆黑,唯有狭窄的瞭望窗有光线射入。

几秒钟后,星星点点的灯光从黑暗中亮起,无数萤火虫般的五彩指示灯将我们包围其中,仪表、按钮、旋钮、拨杆和手柄浮现四周,这一切都与我童年的梦想一模一样。而在那些羞于启齿的梦里,我并不是独自驾驶机器人奔驰于高楼之间,在我身边,就有着这样一个水蜜桃味道的女孩。

我甚至不用询问那些仪表和按钮的功能,这一切都太熟悉了。我拨动座椅右上方的开关,座椅传来微微的颤动。"这是开启液压减震的开关,对吗?"我确认道。

"没错,不过发动机还没有启动,现在油泵是没有动力输入的。"琉璃回答道,"头顶上有一个操纵杆,把它拉下来,那就是我要你负责的事情。"

我伸出双手,从天花板上拉下操纵杆,由于座位上挤了两个人,操纵杆很别扭地垂在琉璃胸前,我只能从她腋下伸出手去握住左右两个手柄。"抱歉。"我说。"没事。"她说。这个操纵杆是设计来控制武器系统的,不过,我没在"阿丹"身上看到任何武器。

"我用尽办法,都没能搞到重型武器,管制实在太严格了。"琉璃果然如此说道,"现在这个手柄是用来控制机器人的上半身动作的。人形机器人的平衡很难掌握,我只能尽量操纵双腿双足完成走路、小跑和跳跃的动作而已,没办法兼顾上肢,无数次模拟都失败了。当没有任何办法的时候……想起的就是你。"

我试着扭动一下左右手柄,手柄各分为三节,末端有五个小拨杆,不难理解它与手臂关节、手指的对应关系。"我懂了,当时我们设计由驾驶员的双脚负责脚步动作,双手通过这种手柄控制手部动作,但我们把双足机器人的下肢平衡看得太简单了,仅仅是慢走就要花费很大精力去控制,随时根据陀螺仪和角速度传感器的读数进行微小调整。真是幼稚的想法。"我感叹道。

"不仅如此,还要根据上半身的重量转移进行相应调整,注意脚下平面的坡度、高度差和障碍物高度,控制步幅和功率输出。"琉璃握着复杂的操纵杆摇摇头,短短的头发弄得我鼻子痒痒的,"真是让人手忙脚乱呀……"

"对了,油箱的续航力怎么样,以80%功率输出的话?"我在右侧找到油量表、功率表、转速表、水温表和油温表,由于没有启动,这些仪表都还没有读数。

琉璃想了想,"大约够运行一个小时吧,油箱再大的话,重心就不平衡了。"

我点点头,"那么我总结一下,你想用依照12岁儿童画的图纸、由一名女工程师独立建造、没有任何武器装备、管线全部裸露在外面、装甲薄得像纸片一样、续航时间只有一小时、机械传动、手动操纵、从来没有经过试机、连能不能发动起来都成问题的人形机器人,来对抗罗斯巴特集团成千上万的机器人,包括巨大的工业机器人、全副武装的警察,甚至自动推土机?"

"没错!"听到这些话,琉璃的情绪反而高涨了起来,"就是这样!我的目标是推倒那座高塔,把这个罗斯巴特集团的阳具狠狠地折断!而且是用乔留下的宝贵财富——这架真真正正的机器人来做,让他们瞧一瞧什么叫蓝领工人的真正力量!"

过于露骨的话听得我哭笑不得,"我们做不到的,琉璃,在走到白色高塔之前,我们就会被击倒在地,从七层楼的高度跌得粉身碎骨!"

"这么说,你还是没想起来。"琉璃突然冒出一句话。

"没想起什么?"我莫名其妙地问。

"算了。"她说,"总之,计划就是这个样子,还有什么问题吗?"

我知道无法劝阻她,只能答道:"没问题了,我们什么时候开始?如果现在开始熟悉操作,在你的模拟舱里试运行几次,我想三天后就可以正式启动。当然也要做好最坏的打算,万一出现水温过高、漏油、总线及冗余总线失效等状况,要有应急预案。另外,我可以回一趟家把事情安排好,然后帮你改进几个地方,其实油管可以藏在骨架内的,钢管本身预留了走线的空间,不过设计图上为了表现出油路与电路,没有做隐藏处理……"

"现在就干。"

"好的……什么?"我愣住了。

"我们现在就出发,大熊。"琉璃没有回头,"如果说这世界上有个我最对不起的人,那么一定就是你了。我知道你故意与我们疏远,这令我也很痛心,我不想把乔从你身边夺走,甚至跟你成为陌生人……可是我不后悔自己的选择,乔是我遇见过的最出色的男人,直到现在,我都记得我们肩并着肩坐在纪念广场观看烟花的情景,那是我这辈子心跳得最厉害的时刻。"

我没有作声。

"我知道你总在某个角落瞧着我。就算在台上唱歌的时候,我也能看到人群中的你。我什么都明白,大熊,我令你伤心了。过去那么多年之后,我又把你叫过来,害你抛下所有的一切,帮助我去做一件彻头彻尾的蠢事……我是个自私的坏女人，大熊。除了你之外，我想不到任何人可以依赖，而你……"

"真啰嗦。"我说，"现在就出发的话，我得先把手机关掉，以防一会儿有人打扰。"

琉璃的肩膀微微颤动着，透过紧紧依偎的身体，我能感觉到她细微的颤抖。甜蜜的桃子味道从她的领口传入我的鼻尖，穿过她腋下的双臂能感觉她肌肤的细腻与温暖，我忍受着苦涩的毒药随着血液传遍每一条血管，默默咬着牙关，装出一副满不在乎的样子。

过了好一会儿，她突然开口道："大熊，你结婚了吗？"

"结婚了，妻子是个不错的女人。我还有一条总是嚼遥控器的大狗，名叫布鲁托。"我回答道，"你呢？"

"当然，我的丈夫是个不怎么喜欢回家的男人，不过非常帅气。你们俩没准儿会很投缘。"她笑着说。

"我猜也是。"我说。我佯装没有看到她侧脸上滚落的液滴。

她笑道："不用给家里打个电话吗？"

我说："不用啦，都是大人了，狗也很乖。"

她说："那么我们数一、二、三，一起按下启动开关，好吗？"

我说："好啊，要踩离合器吗？"

她说："虽然是自动变速箱，启动时也是要踩离合器的。"

我说："那么是数到三的时候按，还是数完三以后才按呢？"

她说："干脆就数到二的时候按吧。"

这是我们小时候常有的对话。

"一，二。"

| 超脑 ──

我们的手指在红色启动按钮处汇合。这一瞬间忽然感觉非常安静，我几乎以为启动电机不会工作了，几秒钟之后，迟来的机件运转声传入耳鼓，两台罗尔斯·罗伊斯牌V12高压共轨涡轮增压柴油机的第一和第十二气缸活塞同时压缩，燃油被高压点燃，紧接着，所有的气缸依序燃起，雄浑有力的机械噪声从驾驶舱下方传来，两台V12发动机奏出令人心旌动摇的低沉鼓点，毫不掩饰的响亮排气声从机器人背部的四个排气管爆裂而出。琉璃松开离合器，缓缓提升转速，来自装甲车的大功率柴油机如同群狮咆哮，排气管响起一连串急促如马蹄落地的爆鸣声。

在这一刻，我几乎能想象整座城市的机器人警察同时放下手中的工作，转动摄像头向这个方向望来，一万只乌鸦轰然飞起，数不清的传感器纷纷传递异常数据，白色高塔里开始出现不安悸动的场景。

两百支柔性液压支撑杆温柔地托起座椅，让我们悬浮在驾驶舱中央。我与琉璃分别握紧操纵杆，以非常别扭的姿势相视一笑。

她说："第一步。"

00:40

我按下左手边的按钮，八块悬浮在座椅周围的液晶屏幕将八个方向的画面投射在座舱内部，简单的摄像头算是机器人身上最高科技的玩意儿了吧。随着琉璃拉起手柄，油门传感器将提速信号发送给柴油机的ECU（电子控制单元），两台巨兽的鼓点噪声逐渐变得密集起来。

"转速700、800、900……990rpm，水温60℃，机油温度80℃。"我报出头顶仪表的读数，"达到最大扭矩点了，释放固定机构吧。"

"你说那些挂钩、钢索和管线?"我怀中的女人回答道,"那不是可活动机构,直接破坏掉就好了。"

"我猜你也没有设计一扇大门。"我叹道。

"就像鸡蛋壳里的小鸡一样,我们就自己啄个口子出去吧!"琉璃的声音颤抖着,我不知那代表着恐惧、激动还是喜悦。

我身上的肌肉从未如此僵硬。全身的力气都集中在指尖,以最轻柔的动作拉起左手手柄。液力变矩器将扭矩输出给分动器,位于肩部、肘部、腕部和指部的万象传动装置获得了力量,轴承转动,油压升高,双足机器人的指尖微微收缩,完成了自己诞生以来的第一个微小动作。

紧接着,噼里啪啦的断裂声连珠响起,扯断的电线在支撑架间四处乱甩,爆出金色的电火花,高压软管喷出雪白蒸汽,数不清的固定钢索一一崩断,在齿轮、传动轴和液压系统的共同作用下,由25吨钢铁构成的巨大手臂缓缓抬高,又缓缓放下。

透过观察窗,我着迷地望着机器人的手指一次次屈伸,如同初生婴儿第一次发现自己身体般充满好奇。

"太棒了!"语言已经不能表达我内心的情绪,"这太棒了,琉璃!"我语速轮次地说道,试着控制那只巨大的手臂伸向楼壁,只是指尖的轻轻一触,整扇钢化玻璃窗就碎成颗粒纷纷坠落,金黄色的夕照从窗口洒进大楼,给这惊人的庞大造物镀上圣洁的颜色。

"冲吧,大熊!"琉璃喊道。

"好,我们上!"

我挥舞双拳。我的拳头由钢铁铸造,却比钢铁更加坚硬,一拳,

| 超脑 ——

两拳，钢筋水泥的大楼如同黏土模型般不堪一击，墙壁崩塌，天顶坠落，旋转楼梯像抽去骨头的蛇一样跌落尘埃。我用双手分开钢制支撑架，将"吉姆－吉姆尼"机械维修公司的橙红色大楼剖成两半。在这一刻，我就是这世界上所有的神祇，我在如雨坠落的玻璃和沙尘中昂然站立，迎接普照天地的明亮夕阳。

城市出现在我们面前。透过瞭望窗望出去，这雾霭弥漫的城市变得低矮可笑，街道显得如此狭窄，车辆显得如此微渺，高楼大厦不过是触手可及的障碍物，远方延绵的废弃厂房则变为匍匐于地的墓碑。

"好，第一步！"琉璃拉起手柄，机器人左腿的髋关节、膝关节与踝关节依次运动，"轰隆！"巨大的脚掌从楼宇的废墟中拔出，横跨八米距离，稳稳地落在水泥路面上，发出惊人的金属撞击声。沥青路面立刻塌陷了，碎石从机器人脚掌边缘如喷泉一样涌出，紧接着，"阿丹"的右腿也迈出断壁残垣，在十米外沉重地落地，机器人前进三步之后停了下来，留下四个深陷于地面五十公分的巨大脚印。

我能感觉机器人行走时的姿态，不过，冲击和倾斜被柔性液压支撑杆抵消掉了，没想到琉璃如此完美地实现了空想中的减震结构，这可以说是巨大机器人最重要的组成部分，若没有这个结构，"阿丹"简单的行走动作都会使驾驶者受到强烈冲击，令我们的大脑在颅腔内震荡引起脑出血导致死亡。

"没问题吧？"我问。

"没问题，状态正好！"琉璃抹去额头的汗珠，大声回答。

我们站在铜矿路中央，这条宽阔道路的尽头就是罗斯巴特公司的白色高塔，雾气遮住高塔的基座，让这栋建筑看起来像是悬浮在空中的海市蜃楼。夕阳把一切染成金红色，一大群乌鸦盘旋在机器人头顶，发出刺耳的聒噪声。四五名机器人警察出现在机器人脚下，头顶闪烁着红蓝色警灯，履带底盘上的众多摄像头上下打量着"阿丹"，显得有些犹豫不定。

"有一首琼·贝兹的歌，你介意听听吗？"琉璃突然说道。

"当然不介意。"我没有拒绝。

她掏出播放器，戴上一只耳塞，反手摸索着帮我戴上另一只。民谣女歌手平静的声音在耳边响起："昨夜我梦到乔，他如同你我一般活着。"

"没有比这更合适的歌了吧。有空，我也会唱给你听。"琉璃说。

柴油发动机发出怒吼，排气管冒出浓烟，机器人的左脚高高抬起，遮蔽了机器警察头顶的最后一丝阳光。刺耳的警笛声刚刚响起就化为蜂鸣器破碎的电流噪声，受惊的机器警察立刻四散逃走，全然不顾被踩扁变成电子垃圾的同伴。几乎立刻，城市的每一个角落都响起警报，城市的死寂被砰然打碎，每一个留在这里苟延残喘的人类与机器人都竖起耳朵，倾听10年未曾出现的混乱之声。

琉璃迈出第二步，接着是第三步、第四步。她很小心地维持着机器人的平衡，我也试着摆动手臂配合她的动作，刚开始，"阿丹"的动作还像一个笨拙的提线木偶，可才走完一个街区，它就成为灵巧的匹诺曹了。我们是如此默契，以至于有时忘掉了是谁在操控，感觉是"阿丹"自己在大踏步前进。

琼·贝兹质朴而高亢地唱道：

昨夜我梦到乔，他如同你我一般活着。
可是乔，你已经死去10年了，我说；
我从未死去，乔说，

| 超脑 ——

　　我从未死去。

　　那些铜矿主杀死了你,乔,
　　他们开枪射中了你,我说;
　　仅仅用枪是杀不死一个男人的,
　　我从未死去,乔说,
　　我从未死去。

　　前方的雾气中冲出大量机器警察,它们形状不同、装备各异,看得出来基本都是缺乏保养的前几代机器公民,或许它们之中还有我一手设计的独特个体,但那又怎样呢?如今它们只是前进道路上不起眼的阻碍罢了。橡胶子弹噼里啪啦打在阿丹的胸部装甲板上,对付人类暴徒的震撼弹和凝胶弹一个接一个爆炸开来,在阿丹身上留下五颜六色的涂鸦。
　　我随手折断一根通讯信号塔,像打高尔夫球一样将这些警察击飞出去,它们发出凄厉的警笛声旋转飞远,带着红蓝相间的尾迹坠落于雾气当中。
　　"右臂的油压不太稳定,不要超过液压系统负荷。"琉璃提醒道,"你的动作太剧烈了,柴油机的水温也会升高得太快的。"
　　我举起大拇指做出回应。

　　他站在那里高大如昔,
　　眼带笑意。

乔说：他们杀不死的那些东西，

组织起来，

在此聚集！

踩过机器警察的残骸，前方暂时没有阻碍，距离罗斯巴特公司的高塔还有两个街区的距离，对"阿丹"来说，这只是几分钟的路程。

听着琼·贝兹歌声中那个熟悉的名字，突然，一阵突如其来的剧痛击穿了我的大脑，冰山彻底融化，回忆的最后一丝迷雾被风吹走，十年前那个夜晚的记忆瞬间清晰。

我终于想起了一切。

"等等……是我……杀死了乔？"

我终于想起了一切。

00:25

长久以来主宰机器人行为的是阿西莫夫的机器人三定律，但就是在那场旷日持久的工人运动中，罗斯巴特集团意识到了三原则的不足：人类将机器人狠狠砸毁，而第一原则阻止机器人出手反抗。随着新公民阶层的形成，定律得到了多方面的扩展，比如第四定律"在不违背以上原则的前提下，机器人必须参加劳动以维持自己的存在"，第五定律"在不违背以上原则的前提下，机器人拥有生殖的权利及义务"，当然最关键的是第零定律"机器人须保护人类的整体利益不被伤害"。这条置于一切原则之上的模糊原则赋予了机器公民很大的自由度，最直观的体现，是机器人警察现在可以攻击破坏社会秩序、违背法律的人类公民。

10年前的那个夜晚，工人运动达到了最高潮，人们心底的怪物被唤醒了，情绪激动的工人将"大卫"塑像浇满汽油点燃，掀翻汽车，砸碎玻璃，冲进每一家店铺，用钢管和扳手将所有没有系红色头巾的人狠狠击倒……

这些人踏着机器人警察的碎片，高举火把拥向市中心，每一条街道都陷入混乱，流动的火焰从四面八方向城市中央集中，罗斯巴特集团的白色高塔成为暴动者的聚集点。几台大型机器警察立刻被人流冲毁，工人们开始冲击罗斯巴特大楼的正门，人群像旋涡一样暴躁不安地转动，石块如雨点般砸向玻璃幕墙，火焰燃烧声、玻璃碎裂声、咒骂声、吼叫声、爆炸声纠缠成末日的交响曲。

我本来只是这场运动的旁观者，但不知为何，当暴力成为主旋律，我也不由自主地抓起武器，融入暴乱的洪流。

这时，乔在人群中出现了。他费力地爬上一只空油桶，用扩音喇叭大声喊道："停下！这不是我们该做的事情！暴力是不能解决问题的！你们正在伤害无辜的人！"

人们暂时停下动作，广场安静下来，脸上沾着油污和血迹的工人表情木然地望着他，望着曾经被众人拥戴、却因观点不够激进而遭遇冷落的运动领袖。这场运动已经持续得太久，州政府、工业企业集团大财阀们与罗斯巴特集团的态度暧昧不清，尽管一个又一个补偿方案出台，遣散金不断提高，有人也对新移民城市养老安置的远景抱有希望，可大多数人的情绪却在失望中不断发酵，最终酿成绝望的风暴。

乔一把扯下红色头巾，用尽全身力气喊叫着，导致声音支离破碎：

"瞧瞧你们自己的手,兄弟们!你们的手上沾满了血!那是你们父亲的血!你们妻子的血!你们孩子的血!睁开眼睛看清楚!"

无数支火把熊熊燃烧,不安的气氛在人群中传递,我茫然环视四周,每个人脸上都带着和我一样的迷茫表情。我的手中握着撬棍,撬棍上沾着不知属于谁的血迹,我记不清刚才做了些什么,只知道有种罪恶的快感在心底升高、升高……透过层层叠叠的人影,我看到琉璃站在那里,尽量扶稳那只红色的空油桶,她的身边还有许多熟悉的面孔,我的父亲也在其中。

这时,另一个方向传来呼叫声:"现在我们是不可能停下的,你这个懦弱的投降者!这场运动的最高潮正在到来,如果不随着我们前进,你会连同罗斯巴特集团一起被革命的大潮完全淹没!"

乔摇摇头,"这是一条完全错误的道路,停下吧,趁现在还来得及!只要放下手中的武器……"

他的话没有说完,我偷偷拾起一块石头,用力砸了过去!

石块划过他的额头,砸在油桶上发出惊人的巨响。

我从未如此憎恨过一个人,现在愤怒的毒药烧红了我的眼睛。永远高高在上的他,永远道貌岸然的他,永远讲着大道理的他,优秀的他,光明的他,拥有一切的他……被琉璃深情注视的他。琉璃的眸子映射着火炬的光芒,视线中载满刻骨的柔情,只要这一个眼神,就能让我的灵魂冰冻成铁,粉碎成沙。

乔伸手捂住额头,一丝鲜血从指缝中流下,他带着诧异的表情望向这边,我立刻低下头,将自己藏在人群之中。"放下武器,永远不会太迟……还要多少死亡,才能意识到已有太多人死去,我的兄弟们?"他没有理会流血的伤口,俯下身接过木吉他,拨出一个熟悉的 G 和弦，那是鲍勃·迪伦《答案在风中飘扬》的歌词与旋律。

"打倒他！"另一个声音叫道。

歌声响起，人群变得稍微平静，扩音喇叭传出并不清晰的扫弦声和歌声。

"打倒他！"我突然大喊一声，高高举起手中的撬棍。

"……打倒他！"安定了一瞬间的旋涡开始转动，不知是谁抛出一块大石头，准确地砸在乔的胸口。他痛楚地屈起身体，口中却仍吟唱着沙哑的民谣。在这一刻，这个站在油桶上面对一万名暴徒执着歌唱的男人显得如此幼稚，如此渺小。

第三块石头呼啸而去，我看到琉璃奋力伸出手想要挡住这次攻击，但石头还是砸中了乔的肩膀。他一个趔趄跌倒下来，接着立刻被人潮淹没，最后一个和弦还在夜空中回响，音符的主人已不见影踪。

就这样，我杀死了乔。

反对的声音消失了，人流席卷了整座城市。那个夜晚的细节，我记不清楚了，只知道夜越来越深，城市被大火笼罩，每个人都累了，丢下沾血的武器坐倒在路边。工人运动领袖从燃烧街道的彼端走来，身后带着一群穿白衣的男人，还有几台怪模怪样的履带式机械。

"你们是真正的英雄，历史必将因你们而改写。"一个白衣男人的脸上带着笑意，"这是你们争取来的东西——罗斯巴特集团与州政府提供的福利。只要接受一个简单的测试，服下蓝色药丸，你们这段不太美好的记忆将会与身上的指控一起烟消云散，明天，在接受联邦政府的测谎检查之后，你们将作为斗争胜利的工人代表接受州长、工业企业集团代表与罗斯巴特集团总裁的接见，带着优厚的遣散金，在其他城市得到良好的教育机会与梦寐以求的工作。当然，这颗药丸还附带一个美妙的能力,它能消除你最想要忘掉的事情,不要浪费,兄弟们,享受无罪的胜利果实吧!"

当时,我没理解他说的是什么意思,也没有思考他与支持机器人的大人物之间的关系,甚至对他身后那台会自己行动、抽血、传递药丸和水杯的机械毫无反应。我已经累得没有力气动一动手指,更别说思考这么复杂的问题。

"老兄,那是机器人吗?"身边有人问。

"谁知道,管他呢。"另一个人回答。

机器走过来,用细小针头抽走我的血液,片刻之后将蓝色药丸递了过来。

我勉强抬起右手接过托盘,"这里面是什么玩意儿?"

"五百个非常原始的纳米机器人,先生。它们解冻之后的生命周期只有一百秒钟,在烧灼您的大脑海马体、封锁24小时之内记忆之后,就会自动分解,完全无副作用。当然,它也可以同时探测记忆区域中最活跃的信号,将相关的记忆链冻结起来,帮助您忘记现在脑中想到的最强烈的一系列回忆。"机器回答道。

"……随便吧。"我吞下药丸。

这时,愤怒已经消退,恐惧、悲伤、悔恨的情绪开始蚕食我的灵魂,我仰面朝天躺在马路上,望着被火焰映得通红的夜空……

我都干了些什么?乔还活着吗?琉璃……她还好吗?至于我的父亲……

乔,我亲手杀死了他,我的兄弟。

不!我只是报复了那个抢走琉璃的人而已……

我有错吗？能是我的错吗？

乔……

第二天，一片狼藉的城市和遍地的尸骸让所有人震惊欲绝，作为城市象征的"大卫"塑像被烧成了黑色的骷髅骨架，罗斯巴特集团的白色高塔找不出一块完整的玻璃。穿过冒着青烟的汽车残骸，我们找到亲人的尸体，也找到了乔。

没有人知道昨夜究竟发生了什么。事件升级了，罢工运动变为集团暴力行为，州政府很快以武力接管了城市，全副武装的国民警卫队开进城市，将丧失斗志的工人们狠狠镇压。重压之下，运动领袖无法再保持立场，只得向州政府与工业企业集团财阀们做出让步，大部分人接受了新移民城市的提案，搬迁到 400 千米以外的居住区，过着衣食无忧的生活，享受无报酬工作的美好幻象。

埋葬父亲之后，我拿到一笔数额惊人的遣散金，头也不回地离开这座城市，从此再未回来。

原来，那被抹去的二十四小时的回忆与有关乔的记忆链，就是十年来无数个噩梦的起因。

我终于想起了一切。

00:10

"我杀死了乔。"我说。

"不，是他们。"琉璃目视前方，透过颜色愈发沉暗的雾霭，白色高塔在静静等待。

"对不起。"我说。

"应该说对不起的是他们。"琉璃平静地回答。

金属的脚掌降落在十年前浸透鲜血的地面，巨大的机器人昂然前进，用十米步幅丈量着宽阔长街。在前面一个街角，我看到邮电大楼的绿色轮廓，在那里有着我们的秘密基地，埋葬我纯真童年梦想和乔生命的地方。

雾中传来震耳欲聋的噪声，高大的工程机器人被第零定律驱使而来，挥舞着摇臂、铅锤和铁铲发动攻击，无数微小的清洁机器人从履带和车轮底下钻出，像潮水一样涌来，纷纷爬上"阿丹"的双腿，开始啃噬着电缆和油管。

砰！沉重的吊锤击中胸部装甲，巨大机器人的身形歪斜了，观察窗里出现深蓝色的天空。琉璃咒骂一声，用一连串操作让机器人恢复平衡。

"阿丹"抬起左腿，狠狠地踩扁一台吊车机器人，同时将小小的钢铁寄生虫们震掉。我用手中的信号发射塔击打着敌人，把载重卡车掀翻在路旁，用吊锤把一辆又一辆工程机械砸成铁饼。两台柴油发动机发出不安的抖动，燃烧不良的黑烟从背后排气管喷出。"阿丹"腿部开始泄漏油液，右腿液压系统油压正在下降，但我们还在前进，机器人的残骸在身后燃起火焰，抵达目的地只剩下一个街区的距离。

"当时在乔身边的人，反对暴行的人，活下来的……"手中的信号铁塔与最后一台工程机械同时粉碎，我长长地做了几个深呼吸，开口道。

"一个都没有。"琉璃回答道，"当时我的心跳停止了，但在

| 超脑 |

送往停尸房的路上奇迹般醒了过来。我想，是乔给予了我力量吧。"

"我曾四处找你。"我说。

"我藏了起来，直到所有人都离开。"琉璃说。

"我杀死了乔。"我说，"是我掷出了第一块石头。"

"你是他最好的朋友。"琉璃说。

"对不起。"我说。

"也是我最好的朋友。"琉璃说。

远方的天幕出现几个小小的黑点，我知道那是受雇于国民警卫队的飞行机器人，这种类型的机器人是近期才出现的，我肯定自己参与过它们其中几位的设计过程。尽管没有常规武器，它们却多数携带着 EMP 电磁脉冲导弹，这东西对机器人和人类驾驶的机械来说都是致命的威胁。愈来愈多的机器人出现在前方的道路上，更多的阴影潜藏在雾气当中，没人知道这座死去的城市里究竟藏着多少机器人，就像尸骸中暗藏的蛆虫因骚动而现身。

无数盏灯光亮起，无数个声音响起，前方密密麻麻的机器人将宽阔的铜矿路牢牢堵死。清洁机器人沿着两侧高楼的外壁爬行而来，蠕虫形状的管道机器人在雾气中扭曲不定，服务机器人点亮照明灯，零售机器人喷出热水与液氮……每个机器公民都在用自己的方式表达对巨大机器人的愤怒以及对生存的渴望。我相信在其中看到了 T00485LL 的影子，脱离了轨道的单轨机器人笨拙地跳跃着，欢快地叫嚷着："立刻停下来！否则你们会受到制裁！"

这时我突然想到，若换个角度来看，这些会思考的机器何尝不是人类原罪的受害者？它们并没有选择来到这个世界，若不是人类这万恶的父轻率地赋予钢铁以灵魂，它们何以要承受漫长的苦刑？

它们前仆后继地扑上来，试图在"阿丹"身上留下一点伤痕。一台清洁机器人灵巧地跃上驾驶舱，开始用旋转刀片切割瞭望窗，我奋力甩开许多敌人的纠缠，用左手拍打阿丹的头部。啪！破碎的躯体无力坠落，龟裂的玻璃上留下深红色的油液，就像真实的鲜血。

轰！脚掌碾过机器人组成的地毯，元件横飞，火花四溅。每一个仪表上的指针都开始进入红色区域，两台老旧的柴油机已经不堪重负，胸部装甲板整个破裂了，露出冒着黑烟的机械，腹部的帆布被撕成褴褛的布条。"阿丹"浑身上下每一根破损的油管都在喷出液体，每一个关节都在发出润滑不良的摩擦噪声，巨大机器人的步伐变得越来越缓慢，但距离白色高塔只剩下100米、90米、80米，我们能够清楚看到罗斯巴特集团的盾形标志，看到那些关闭着的、藏着怯懦无助的人类的玻璃窗。

或许我们能在飞行机器人到达前抵达目的地，倾尽全力将高塔的支撑柱一根一根折断。或许我们在那之前就会被机器人所淹没，化作第零定律下的飞灰。或许琉璃能够原谅我。或许她真的没有恨过我。或许……乔此时正在天上看着我们。

"就算真的将高塔折断，又能怎样呢？十年前，他们……不，我们冲进了那座高楼，将里面的一切都砸得稀巴烂，但最后什么都没有改变。"我说。

"不，我们一定能改变什么的。"她说，"此时会有无数人望着我们，听着我们的声音，责备着我们，讽刺着我们，可有一天，他们会找到事情的真相，就像你一样；然后做出一点改变，即使只是一点点，就像我们一样。这个世界会变得不同的。乔这样告诉我，我也想这样告诉全世界。"

"只能用这种方法吗?"我说。

"这是我唯一能做到的。"她说。

"我是个罪人。"我说。

"谁不是呢?"她说。

"我们会死的。"我说。

"谁不会呢?"她说。

00:01

我紧紧拥着此生最爱的女人,用每一寸肌肤感觉她的温度,贪婪地嗅着那蜜桃般甜蜜的滋味,带着最深刻的恐惧和最战栗的满足,就像20年前那个温暖的夏日,我们在卧室的床上如此紧紧依偎,以"二人羽织"的方式面对整个世界。我藏在她的背后,被棉被保护着,隐藏着自己的懦弱和自卑,希望这一刻延长到时间的尽头;而她,勇敢地直视卧室窗外的甲壳虫汽车残骸,直视机器人大会中的数千名观众,直视铺天盖地冲来的机器人大潮。

"对不起,琉璃。"我说。

"谢谢你,大熊。"她说。

乔在天国抱着吉他微笑。

"阿丹"伸出残破的双手,穿过无数阻拦,去拥抱那座沉默无言的白色高塔。

夕阳中,飞行机器人的影子升起,火光闪烁,烟花灿烂。

机器人大会上的夜空升起灿烂花火,照亮三个孩子的身影,亲密的两个,孤独的一个,那是我此生看过最美的焰火。

00:00

不知从何处而来的风,吹散了这座城市浓厚的烟尘。
即使只是一瞬。

后记

每个男孩的梦里都有机器人、摇滚乐和带着甜蜜水蜜桃气味的女孩。仅以此篇幼稚童话向浦泽直树、木城雪户等大神致敬。另外,每章节标题的倒数时间其实是与 Bon Jovi 的《Dry County》对应的,不妨找来当背景音乐听,即使是流行摇滚乐队,也应该因这首歌而被永远敬仰。

刘维佳 ● 使命：拯救人类
——一个机器人的"自述"

| 超脑 ——

出现在我视频光感受器中的第一个人是个身着飞行夏装的男人。

这个男人站在我面前,脸色发红,双眼布满血丝,使劲冲我摇晃着一个长颈透明塑料瓶,那里面的液体因此发出稀里哗啦的响声。"去找水,快去给我找水来!"他用很大的声音冲我喊。

"是,我去找水。"主电脑告诉我必须完全服从人类的命令。我接过了他递来的一个手提式金属水箱。我环顾了一下四周,认出我和这个人是在一架鸵鸟式小型高速运输机的机舱里,这货舱里气温偏高,明显高于标准正常值。

"该死!全都是该死的军火!不能吃,也不能喝……"他一脚又一脚地踢着身边码放得几乎挨着舱顶的货箱,破口大骂。

骂了一阵,他突然一屁股坐到地板上,捂着脸大声哭起来:"偏偏在这沙漠上空出了机械故障……"

哭了一阵,他站起来抓住我的双肩:"幸好货物里有你……你听着,是我把你组装好的,是我给了你生命,你得救我!没水我就会死!你要救救我!"他的声音差不多到了人类声带振动的极限。

"是!我要拯救你!"我牢牢记住了这一使命。

出得机舱，我看见天空是一望无际的蓝色，地面上是一望无际的黄色，二者相交于地平线。风吹来，黄沙随之扬起。黄沙打在我的身上，发出了密集的细小响声。光线很强，我的视频光感受器的灵敏度进行了相应的调整。

我迈开双脚向前走去。开始体内平衡系统有些不适应，但很快就调整过来了。黄色的沙子一踩就陷，我的速度只能达到设计正常步行速度的百分之六十，但我还是一步一步向前走去，同时动用视频传感系统搜索水源。我得找到水，因为我得要救人，这是我的使命。

我已经看见了 3238 次日落了，但我仍然没有看见水。

我花了很多日子才克服了迷路这个难题。最初 400 多天，我都是毫无目的地盲目行进，直到我终于发现我多次重复搜索某一地区我才意识到我迷路了。于是我开始寻找怎么才能保证不致重复搜索同一地区的办法，我的记忆库中没有这方面的信息资料。

观察了很久我发现天上星辰的位置可以用来进行比较精确的定位，于是每次日落之后我都认真观测，对比星辰的位置，渐渐学会了结合计算步数有目的地向各个区域搜索前进，再不会做无用功。

311 天前，我体内的能量贮藏消耗过半，于是我开始按程序采取相应措施。白天，我在光照强烈的时候展开腹腔中娇贵的高效率太阳能转换面板，吸取太阳能贮存进微型可充式高能电池中。当太阳光开始减弱之时，我就收起面板，依靠刚吸收的太阳能维持系统运行，维持我的找水行动。

在这 3238 个日子里，我一直在不停息地找水。我的身体构造在设计时显然考虑过沙漠环境因素，无孔不入的砂粒无法进入我的体

| 超脑 ───

内,静电除尘装置几乎就没怎么用过;身体表层外壳的材料绝热性能极好,尽管万里无云的天空中一个摄氏 6000 度的大火球一直在曝晒但电路却从未过热,夜间的阴寒就更不在话下了;而视频传感器也受到了重重保护,应付各种波长的光线绰绰有余。良好的身体状况使我认定总有那么一天我肯定能找到水,肯定的,这沙漠不会无边无际。星辰指引之下我在黑暗冰凉的沙地上继续探索、前进。

第 3238 次日出之后不久,我的视频传感器发现了一个与往日千篇一律的景物不同的异物。我立刻以它为目标,一边提高视频分辨率辨认一边加速向其接近。

渐渐地我辨认出那是一些高大的植物。我的资料库中没有多少有关植物的信息,但我知道有植物生长就有水存在,大功就要告成了!

这是一片不怎么大的绿洲,四周围绕着矮小但枝叶茂密的灌木,它们后面就是那些高大的树木了。往里走,我看见了一汪清亮亮的液体,我终于找到水了。

水边的树荫下,有一顶耐用型军用沙漠专用营帐。

帐篷门一抖,一个人钻了出来。这个人的体型与将使命交付于我的那个人很不一样,我判断此人属另一种人类——女人类。

"你,你要干什么?"那个女人望着我,双手握着拳急促地说。

"我要水。"我说。

这时帐篷门又一动,一个小女孩轻轻从帐篷里探出头来,向我张望。

"回去!"那个女人转身冲小女孩大喊。

于是帐篷门又合拢了。

"我要水。"我又说了一遍,"我要用它去救人。"我举起了那个被砂子磨得闪闪发亮的金属水箱。

"水……就在这儿。"她一指那一汪池水,但目光却仍紧盯着我。

于是我将那金属水箱按进池中,巨大的气泡和咕咕的声音从池中升起。

水箱很快灌满了,我拧好密封盖,提起它转身返回,我的使命已完成了一半。

回去就不用那么多时间了。我已掌握了定向的方法,只是我已弄不清当时的出发地点,不过由于我可以将自从掌握了定向法后我所搜索过的区域排除开,这比来时容易多了。

二百一十六天之后,我终于找到了那架鸵鸟式运输机,它已被沙埋住大半。

货舱里一切依旧,那些货箱都没怎么动过,只是不见他的踪影。

于是我走向了驾驶舱的门。

舱门基本完好,我轻松地打开了它。

驾驶员座椅上的物体似乎是个人,有四肢,有头颅,只是全身干枯萎缩体积明显偏小,皮肤呈灰黑色裹在骨骼上,龇牙咧嘴,身上的飞行夏装也残破不堪。我仔细核对了一阵,认定这是他。我没有从他身上发现任何生命的痕迹,倒是在他头颅两侧发现了两个孔洞。他垂着的右手下方的地板上,躺着一支海星式轻型全塑军用自卫手枪。

超脑

我将水缓缓倒在他的身上,这是他要的。清澈透明的水哗哗地淌过他的全身,淌过座椅,淌到了地上。我希望他能知道我已完成使命,可他已经死了,死了就没有感觉了,他不会知道的,也不会再需要这水了。

我完成使命了吗?没有。是的,没有。我没能拯救他,他死了,主电脑不断输出"使命尚未完成"这一信息。我得完成使命,我得去救人。可人在哪里?他已经死了,这里已没有人了,我得找人,这是现在最重要的。对了,我得找人去!我确定了下一步的行动方案。

但我还是想看着他到底会不会知道我已找到了水,毕竟我做到了这一点,此刻水就在他的身上。我站在他身边等着。

太阳的光芒从窗外射进来,色彩一点点地变红,可他一直一点动静也没有。

当水全部蒸发干了之后,我就决定离开他。

在动身之前,我在机舱里四处搜寻了一番,利用到手的零件和工具将我自己检修了一遍,尽可能地排除了不利因素。

我离开了这架早已死亡的小运输机,再次踏上旅程。这一次不是去找水,而是找人。我知道哪儿有人。

我又一次踏上那绿洲的地面是在 27 个日出之后,因为目标明确,这回我省下了不少时间。

住在绿洲里的那个女人依然目不转睛地防备着我,小女孩依然悄悄从帐篷里向外张望。

我一遍又一遍地向她解释说我的使命是救人,我想知道该怎么做才能拯救她们,但她始终一言不发地望着我根本没有反应。

等我解释完第九遍时她才开了口:"那……你去浇一浇那些甜瓜苗吧。"她伸手一指我身后。

"为什么给瓜苗浇水就能救你呢?"我不能将浇水和我背负的使命联系起来,这两者之间有什么逻辑联系呢?

"这个嘛……你如果不给瓜苗浇水,瓜苗就会旱死,它们旱死了,我们就没有瓜吃了,那样我们就会饿死……所以,你给瓜苗浇水就是救我们。"她一边说一边忍住笑声。

"对,是这样的。"我恍然大悟,是这个理,人类毕竟是人类,一下子就把这两者联系上了,消除了我的困惑。我接过她递来的塑料桶,打了一桶水向瓜地走去。

就这样我留在这里又一次开始了我的拯救行动。我按她的指示给植物浇水,还将果树上的果实摇落给她们食用,挖掘地洞贮藏晾干了的果实,收集干透了的枯枝供她们充做燃料,修补那顶军用帐篷上的破损之处,在绿洲四周栽种防风沙的灌木……要干的工作真不少,人类的生存可真是件很复杂的事,她们不像我定时吸取一次太阳能就行了,她们要活着就要干很多事。她们确实需要我的拯救。

没过几天我将有关我和他的情况在她的询问之下告诉了她。于是她知道了我的第一次拯救行动以失败而告终。

"这不是你的错,你已尽了全力,别伤心。"她对我说。

"什么是伤心?"我问她。

"伤心么?就是心里面难受,想哭。"她说。

"我知道什么是哭。"我说。我的资料库中有关于哭的信息。

她笑了:"可哭并不等于伤心,伤心是只有在所爱的东西离你而去的时候才会出现的,尤其是你所爱的人……"她的声音低了下去,

| 超脑

侧头望向遥远的地平线。

我不知道我所爱的人是谁,我也不知道"爱"是什么意思,人类实在是种复杂的生物,我对他们的了解实在不够。通过清澈池水的反射我看见了我的模样,我的外形与人类差不多,也有四肢和一个头颅,我的面部也有着与人类相似的五官特征。然而人类远比我复杂,究竟是什么令人类如此难以理解?

那个小女孩一直谨慎地与我保持一定的距离,在我干活时,她就小心地站在不远的地方盯着我看。如果我停下手中的活计望她,她就发出一阵格格的笑声跑开了。

这个小姑娘实在是个好动的生物。她就爱做她妈妈不许她做的事,不是爬到最高的果树上啃完果子,把核儿什么的扔下来打在我身上,就是在那并不算浅的池里游泳,经常扎到池底半天不露头。她还有点爱往外面跑。于是有一天她母亲叫我想点办法吸引住她,免得她有朝一日折腾出事来。

于是我利用资料库里的信息教了那小姑娘几种用石子、小木棍来玩的智力游戏,教她的时候我才第一次接近了她,她果然被我那些智力游戏迷住了,经常趴在树荫下支着头琢磨个没完,两条小腿一上一下不停地拍打地面。她再也不长时间盯着我看和发出莫名其妙的笑声了。

然而她一遇上解不开的难题就跑来问我,我只好放下手中的活计去给她解答。可一解答完她就冲我"大笨蛋大笨蛋"地叫,然后格格笑着跑开了。

我不明白她为什么称我为大笨蛋。这不符合事实,笨蛋是愚蠢的意思,可据我统计,72%的智力题她都解不出,而我全都能解,我不是笨蛋,她才是笨蛋。于是我就去追她,一边追一边纠正:"我不是笨蛋,你才是笨蛋,你百分之……"

当我追上不停躲藏的她时,她已经喘得把舌头都伸出来了。"好了好了,我是笨蛋我是笨蛋,你不是笨蛋……"她哈哈大笑着瘫软在地上,脸上的皮肤因充血而红得不得了。

有一天我发现了个问题,我知道人类必须一男一女才能拥有后代,可那男的在哪儿呢?于是我向小姑娘的母亲提出了这个问题。

她告诉我说他早就死了,在沙漠的外面被人打死了。

"沙漠外面也有人?"我问。这可是个重要的发现。

"有,据说曾有几十亿之众。"她说,"后来人们之间爆发了一场剧烈的战争,大部分人都因此而死,可幸存的人们仍在互相杀伐……孩子的爸爸就是这么被打死的,所以我才带上她来到了这绿洲……"

我陷入了混乱状态,因而她后面说了些什么我不得而知。人在杀人,可人怎么能杀自己呢?我无法理解这条信息,因而陷入了混乱状态。等我的主电脑强行搁置这一问题从而摆脱混乱时,她已离开了我。

在我的耕种下,绿洲的面积正在扩大,因而小型动物、昆虫、飞鸟的数量比以前多了,她们的食物来源得到更充分的保障。每天傍晚,她们都要在水边燃起一堆火,将被我捕获的各种小型动物和飞鸟拔了毛剥了皮架在火上烤得吱吱响。小姑娘经常在这时围着火堆又跳又唱。火红的夕阳照在树叶上,照在水面上,照在沙地上,照在帐篷上,照在她们身上,于是一切都染上了火红颜色。我站在一边看着这一切。

| 超脑 ___.

　　小姑娘经常会把啃了几口的食物伸到我面前:"你也吃一点吧。吃吧……"

　　"不。"我说。

　　"它不能吃这个。"这时她的母亲就会这么说,"它要吃太阳光,它不吃这个。"

　　"哦……"小姑娘惋惜地叹息,"你真好。"她望着我的脸说。

　　"谢谢。"我知道她这是在夸我,所以我进行了答谢。

　　"你真好你真好你真好……"小姑娘不歇气地说了七遍,然后格格笑了起来。

　　"谢谢谢谢谢谢……"我一一做了答谢。

　　在我来到这绿洲的第486天,小姑娘的母亲死了。

　　绿洲的面积扩大了,因而各种动物都多了起来,可她们对这一点缺乏足够的重视,结果她终于遭到了毒蛇的袭击。

　　她捂着手臂上的伤口走到我的面前,请求我救她。然而我没有办法救她,我不是医用机器人,我的资料库中没有医学方面的信息,我不知道该做些什么?我把这些情况告诉了她。

　　她的眼眶中一下子涌出了泪水,这泪水快速地向着地面滴落。"这么说我就要死了。"她的声音颤抖得厉害。

　　"我看是这样的。"我说。

　　她哭出了声:"我就要死了……我死了,她怎么办?"

　　哭了一会儿,她盯住我说:"你答应我,照顾她一辈子,她一个人是不可能在这沙漠中生存下去的,她不能没有你。"

"我答应你。"我接受了这个指令。

"你发誓。"她说。

"我发誓。"我说,我知道誓言是什么含义。

她满是泪水的脸上透出一丝丝微笑:"还有件事你也要答应我,那就是等她成年之后,你得带她离开这个沙漠,到外面去,去为她寻觅一个真心诚意爱她的丈夫……外面虽然很糟,但她还是只有在那里才能真正地生活……"她吃力地说。

"具体什么时候带她走?"我吃不准"成年"究竟应在何时?

"3……不,5年后吧,5年后的今年,你带她走,记住了吗?"

"记住了。"我说。

"好,这我就放心了。"她使劲点了点头。

剩下的时间里,小姑娘跪在母亲身边,肩头抽动不停地倾听她的讲话。弥留之际的母亲惟恐浪费一秒钟,但她的口齿渐渐不清了,体温也渐渐下降,她的双眼不再闭合。

天,全黑了,小姑娘跪在那儿一直没动。她哭个不停,泪水浸湿了她膝前的地面。她在哭,因而我知道她很伤心。

我站在那儿没动。我在这一天目睹了一个人的死亡过程,目睹了生命是怎么从人类的身上消失的。我懂得了死。我认为我又一次未能完成使命。

后来小姑娘支持不住了,就倒在了她母亲身边。我将她抱进帐篷,以免沙漠夜间的严寒伤害到她。我得好好照顾她一辈子。

第二天上午,小姑娘要我将她母亲的遗体掩埋了。她告诉我说要像小时候她们掩埋她父亲一样,在地上挖一个坑,将遗体放进去,然后再用沙土填埋上。于是我就在灌木丛中挖了个很深的坑,将遗体放了进去。在沙土将她的脸掩盖上之前,她那不肯合上的双眼仍然在盯着我。

干完这一切,小姑娘对我说:"我很饿,我要吃烤沙鼠。"于是我马上去为她寻觅猎物。

太阳在绿洲上空一次次升起又落下。小姑娘在夜间哭泣的次数越来越少。然而她也不再像从前那样经常大声笑个没完,不再要我分享她烤好的食物,也不再爬到树上向我身上扔果核了。她变了。

生活也变了,没有了笑声,少了一个人,我的空闲时间变多了。可她却不像从前那样缠着我要下棋了,我只得主动去找她玩。我发现下各种棋我都不能老是不让她赢,于是我就故意输给她。开头她果然高兴了一阵,但玩了几次就没兴致了。于是我发现老是让她赢也不行。所以我就赢几次、输几次,输输赢赢,尽全力让她的笑声恢复起来。尽管我竭尽全力,可效果大不如前。人类太复杂了,我掌握不了分寸。

尽管缺乏笑声,可我们的生活仍然一天天在这绿洲里继续。我已明白生活不可能回复到从前那样了,于是我接受了这些变化。

然而另一个变化悄悄出现了。我发现她在一点点长高,体形越来越接近她的母亲。她经常在太阳落山之前脱掉衣服到水池中游泳,当她尽兴后上岸来用她母亲的梳子整理头发时,落日的光芒照在她闪亮的身体上,这情景与从前她母亲游完泳时几乎完全一样。我认为可以和她探讨探讨她母亲临终前的那个指令了。

"再过 866 天,我就要带你离开这沙漠,到外面的世界去给你找个丈夫了,这是你母亲要我发誓做到的。"我对她说。

"丈夫?"她歪着头看着我。

"就是你未来的孩子的父亲。"我向她解释。

她终于笑出了声。"丈夫?……让我想想吧。"她说完咯咯直笑,竟笑得喘不过气来,她已经很久没这样笑过了。

这天夜里,我像从前一样站在帐篷外守护着她。这一夜月光亮极了,地面上树影清晰可见。

我听见身后的响动,转身一看她已走了出来。她走到水池边坐下。"你也坐到这儿来吧。"她招呼我。

于是我坐到她身边,水池之中也有一轮明月。"你怎么还不睡觉?"我问她。

"我在想……"她说。

"在想什么?"见她半天不往下说我就问。

"你打算给我找个什么样的丈夫?"她没回答提问反而问我。

"你妈妈说,他得真心诚意地爱你。"

"可我觉得,首先得我爱她才行。"她往水池中扔了块石子,打碎了那轮明月。

"那什么样的人你才会爱呢?"这问题我可得好好弄清楚。

"我想,首先他得好看才行吧。"她歪着头望着我说。

我不知道好看是个什么概念,于是我就在她的描述下以我记忆库中的全部形象为参考用手指在沙地上描画男人的面部形象。

"不好看。"她用脚抹去沙上的形象。

于是我又画了一个。

"还是不好看。"她的脚一挥又否定了。

就这么我陪着呵欠连连的她展望她的未来,她却倚着我的肩膀睡着了。我小心地将她抱起来走进帐篷,轻轻将她放到床上,为她盖好毡毯。"不好看……"她迷迷糊糊地说。

我退出帐篷,继续在我脑中按她的要求描绘她未来丈夫的形象。

我每天依旧提水浇灌植物,采摘果实,捕捉小动物,将她侍候得每餐之后直打饱嗝,还陪她玩……绿洲外面黄沙天天随风起舞,而我们在平静中等待离去之日的来临。她越来越喜欢遥望远方,然后总要大声问我还剩下几天?我马上准确地告诉她。

就在还剩392天时,一切全落空了,她病倒了。

我最不愿发生的事就是她生病,因为我一点办法也没有,每回她身体不适,我都认为我的使命受到了威胁,这一回,大病终于落在了她身上。确实是大病,她的情况很不好。她已不能起床,经常抽搐抖动,体温在四十度上下浮动,面部、颈部和上胸部皮肤发红,双眼充血,有些部位的皮肤上出现了小血点。我认为她的情况很危险,但我不知该做些什么,我甚至不明白她是怎么染上这病的。我只能依她的指示为她服务:她渴了,我为她端水;她想吃点什么,我就为她弄来;她冷了或热了,我就采取相应的措施。我只能做这些事了。

她的情况越来越坏,已经开始咯血了,陷入谵妄状态的时间也越来越长,大声喊着彼此间毫无逻辑联系的话语。我认为她的主要内部脏器的功能正在慢慢衰竭下去,如果形势得不到逆转,我认为她将会死去。然而我无能为力,她就在我的身边一点点走向死亡。我认为我很可能又将经历一次失败。

她卧床不起的第7天下午,她是清醒的,她将我叫到了身边。"我是不是会死?"她笑了一下,艰难地说。

"有这个可能。"我说。

她又笑了,但眼泪却流了出来:"我还没见有到我的丈夫呢。"

"我也很遗憾。"主电脑为我选择了这么一句话。

"天哪,我不想死。"她哭着说。

这一次我不知该说些什么了,只好看着她哭泣。

6分钟之后她抬起头对我说:"我要你说你爱我。"

"你爱我。"我说。

她笑了:"不……说'我爱你'。"

"我爱你。"我说。

"我好看吗?"她问。

我不知该怎么回答,我不知道"好看"是个什么概念,于是电脑随机选择了一个答案:"好看。"

她再一次笑了:"那吻吻我吧。"

我见过她亲吻她母亲的脸颊,于是我照那样子在她脸颊上吻了一下。

"谢谢。"她轻声说。

"我死后,你要想着我。"她说。

"具体我该怎么做?"我问她。

"就是回忆从前和我度过的时光,只要一想到这边还有人惦念着我,我在那边就不会伤心了。"她说。

超脑

"可我不是人。"我说。

她微微摇了摇头:"这不重要……你能做到吗?"

"完全可以。"我说。

"这我就放心了,我的爱人。"她说。

"什么是'爱人'?"我问。

她闭上双眼不再说话。

87个小时后,她死了。

我在她母亲的坟墓边挖了个深坑,把她埋了。然后我站在这新坟旁,按她的要求从记忆库中调出和她共同生活的记录,于是我又看见了她,听见了她的欢笑和果核打在我身上的声音。

我结束回忆之时,已是58个小时之后,在已开始落山的太阳的光芒下,我看见不久前开辟的一片瓜地里的瓜苗已开始枯萎。我认为这绿洲将会萎缩下去,直到恢复到从前无人到此时的模样。多少个日夜我工作不息,绿洲才成了现在这个样子,可要不了几天,我的努力便将土崩瓦解,我不会再工作下去了,因为这里已无人存在。我全力工作让人类生活得尽可能幸福,可到头来死亡却轻易地抹去了一切。植物也好,人类也好,都是那么的脆弱,我认为我已尽了全力,可她们仍然全都死了,最终留给我一个失败的结局。是不是我的使命根本就无法完成?它是不是一个错误?这些问题令我陷于混乱之中,于是主电脑搁置了这些问题,于是我又回到了使命上来,我仍然要去寻找人类,仍然要去履行使命。

我选了一个方向昂首阔步向前迈进,我要走出这沙漠,到有人的地方去。我曾答应一个女人离去之时将带着另一个女人离去,但现在我只能自己孤单单离去。原谅我吧……主电脑为我选择了这么一句话。

走了一阵我回头望去,绿洲依稀可见,它上空的晚霞红得像水边那堆天天傍晚便燃起的篝火一样。我继续前行。

我再次回头之时,绿洲已看不见了,晚霞也暗淡了下去。于是我不再回头,稳步向着黑暗的远方走去。

我体内的平衡系统早已适应了脚下的硬实地面,我的视频光感受器也早已习惯了这片绿光朦胧的大地,我认为我已走出了沙漠,但我还是没有看见人。然而我认为见到人只不过是时间的迟早问题,人类告诉我沙漠外有人,而我已走出了沙漠。

果不其然,地平线上终于出现了一些人造物体。我提高视频分辨率,初步认定那是一些高大的楼群。对照记忆库中的资料,我认为那是一座城市。城市是人类的聚居之地,里面应当有很多的人。我加快了速度。

然而随着距离拉近,我发现那些高楼均已残破不堪,有的全身都是破洞,有的似乎失去了一些楼层。这是不是一座已然衰亡了的城市?信息不足我尚不能下定论。

真是走运,没过多久我就看见了人。这些人有男有女,在各楼之间进进出出,忙着些什么,他们还没看见我。我认为流浪结束了,又将有人给我发号施令了,我将和他们一起生活,为他们而工作。

等他们发现我时,他们立刻聚在了一起,向我张望。不一会儿,五个男人冲出人群向我跑过来,他们手中都端着很旧但擦拭得很干净的步枪和滑膛枪。

他们冲我大喊:"站住!"于是我站住了。他们马上围住我,用枪指着我。

我已经知道该向他们说些什么了。"要我做些什么?"经验已使我确立了为人类而工作便是拯救人类这一逻辑。

他们互相看了几眼,但却都不给我下达指令。于是我继续问:"我要为你们而工作,要我做些什么?"

"跟我来吧。"一个人说。随后他对另一个人说:"去告诉头儿。"

我在他们的看护下走进了这座城市。大风吹过那些满身破洞的楼宇,呜呜的响声飘荡在城市的上空。人们放下手中的活计向我投来目光。我认为这些男女老幼的营养健康状况都不太好,他们需要足够的食物、保暖用品以及充裕的休息时间,我将尽我之力为他们提供这一切,他们会需要我的。然而我只发现了为数很少的十来个机器人和一些机械设备在为人类而工作。

在城市中央的一片空地上,站着一些人,其中就有先前走掉的那个人,他的身边,站着一个高大的疤脸男人。此人脸上的伤疤从额头一直延伸到左脸颊,脸部因此而扭曲。疤脸男人打量了我一会儿,将一支短小的步枪递给我:"拿着。"

我接过枪,认出这是一支式样老旧的"法玛斯"自动步枪。

"向它射击!"疤脸下了命令,他手指着楼墙脚下的一只破铁罐,距离52米远,目标面积约0.04平方米。

我打开法玛斯步枪的保险,端起枪扣动扳机。铁罐随着枪声崩起,在空中翻了好多跟头然后落下。

"不错。"疤脸点了点头,然后他对身边那人说:"去。"

10分钟后,那人推着另一个男人回来了。新来者上身被铁丝紧紧缠着,双眼被一块黑布蒙着。他被推着站到了墙脚。这个人在发抖,却一言不发。

"向他射击。"疤脸指着那人又下令。

我合上枪上的保险，松开手指让枪落在地上。"不行，我不能杀人。"我说。

疤脸叹息了一声："见鬼，又是他妈一个废物……"

废物就是没有用处的意思，莫非他们不要我为他们工作？为什么我不能杀人就是废物？我不明白。我还能干其他许多事。

"它懂得不能杀人，它似乎是他妈个高级货。"疤脸身边一个人说，"让我来看看能不能用它派点什么用场？"

"你跟他去吧。"疤脸对我说。

于是我随他而去。

我跟着他走了22分钟，在一幢宽阔的仓库前止住了脚步。

打开库门，我看见这仓库里横七竖八到处堆着各式各样的机器人和机械设备，还有工具和零部件，我一一认出了它们的型号和规格，我的资料库中全是这方面的信息。阳光从宽大的窗口射进来照在满是油渍的地面。

"你试试能不能把它修好。"带我来的人指着他身边的一个人形机器人，"它的毛病好像还不大。"

我跪在这个半旧机器人身边看了看，认出了它的型号，于是我从资料库中调出了它的构造图，对照资料将它检查了一遍。很快我发现它不过是内部电路出了点小毛病，于是我用了7分钟，让它重新站了起来。

带我来的那人睁大眼睛看着我，嘴张了几下，终于笑出了声……

他们都不再认为我是废物了，我能让令他们束手无策的坏机器重重新运转起来，因为我有维护程序和大量的资料信息。我这独一无二的本事为我赢得了这里人们的重视。

23 天之后，这仓库里的大部分机器人和机器设备以及一些散落全城各处的机动车辆都已被我修好。机器的毛病我全然不在话下，可我对人类的疾病却无可奈何，人类实在是种复杂的生物。

疤脸和来这儿的所有人都对我夸赞不已。我对他们说由于缺乏必需的零部件，剩下的部分我无法修复。疤脸拍着我的肩部说不用着急，都会有的。

修好的机器人全被疤脸带走了，机器设备也被运走了，偌大的仓库只剩下了我和那些修复不了的废品。一天过去了，两天过去了……没有一个人来。每天我伫立在寂静的仓库中，注视着这仓库中唯一会动的东西——地上阳光的图案。这光影每天都在地上缓慢地爬行，但总是无法爬到对面的墙根。从前我每天都要为人类的生存而操劳，可现在我只能目送时间一小时一小时地空流。没有人向我扔果核，没有人缠着我下棋，没有人冲着我笑，甚至没有人和我说话……我等待着这无所事事的时光的结束。

第 15 天，疤脸带人进了仓库。他们果然带来了不少机械零部件，用得上用不上的都有，还有一些损坏了的机器人，其中大多是我不久前刚修好的。这些机器人大都是被高速弹丸多次撞击损坏的，损伤颇为严重，修起来很麻烦。我尽量利用了新到手的零部件，又让一些机器人走了出去。

此后陆续又有一些零部件和损坏了的机器人送来，我工作不息，尽力让它们恢复活力以服务于人类。我修好它们，它们就会去帮助人类,从而人类的生存状态便能得到改善,所以我正是在拯救人类。这个道理我懂,只是我不明白他们既然有零部件,为什么不一次全给我,而要一次次地给?如果一次全给我,我的效率会提高不少。

来到这座城市的第 105 天时,一辆大型货车开到了仓库旁,开车的人叫我挑出常用的零部件搬到车厢里。我干完之后,他叫我也上车。

货车驶过城市的街道,我看到被我修好的机器人正在为人类而工作,但数量不多,其余的上哪儿去了?

货车穿城而出来到了绿色的草原上。我看见了一支庞大的队伍。这支队伍由约 1000 名男人和近 200 个机器人以及数十辆车辆组成。我才知道大部分机器人都在这儿。等我所乘的这辆货车汇入队伍中之后,疤脸站在一辆越野车上下达了出发命令。于是这支队伍迎着太阳向前开进。

除我以外所有的机器人均依靠自身动力行进,因而不多久就会有个把出些这这那那的毛病,这时就用得上我了。毛病小的,我三两下修好了就让它去追赶队伍;毛病大的,则搬到车上继续赶路。

晚上宿营时,人们点起一堆堆篝火,吱吱作响地烧烤食物。我能帮他们干这活儿,从前我经常干,但我现在的工作是修理白天出了故障的机器人和检修维护其他机器人,所以我不能像从前那样为人类烧烤食物了,不过我还是可以在太阳将要没入地平线之前观看这场景一段时间。

就这样走了 10 天,我看到了另一座城市,另一群残破的高楼。

队伍停下了,人们在等待,我不知道他们在等待什么。一小时

| 超脑

后我看见几十个人从数辆货车上抬下成捆的各式步枪,一支一支分发给了站在队伍最前面的那些机器人。

太阳开始落山之时,对面的高楼在火红阳光的斜照下清晰无比,疤脸向天空发射了一发红色信号弹,于是那些机器人列队向前缓缓走去。

机器人们走到距最近的高楼约500米处时,一些机器人手中的武器喷出了火舌。随即高楼和其脚下的一些低矮建筑的窗口也闪出了点点火花。空气中立刻充满武器的射击声。

我启动红外视频系统,看见了那些建筑物里面的人类。我看见他们在机器人的精确射击之下一个又一个倒了下去。于是我知道了这些我修好的机器人是在杀害人类。不到一秒钟我就知道若要拯救人类应当怎么做了。这一次不用人类的点拨,我自己就知道该怎么做了。

对面楼群的火花闪现频率渐渐减弱,很快就只剩下了一些枪弹摧毁不了的坚固火力点。这时车队中仅有的一辆鲨鱼式步兵战车开了出来,战车上的那门35毫米速射高平两用炮在一名机器人的操纵下一炮一个将那些火力点准确地摧毁了。

炮击停止了,沉寂重临大地。半分钟后,疤脸向天发射了一发绿色信号弹,于是早已严阵以待的那些武装男人开始了奔跑。很快他们越过了已完成任务呆立在原地的机器人们,接着冲入了那座城市,不一会儿,空气中又响起了枪声,只是比较稀疏。

我已明确了自己此刻的使命,所以我马上迈开步跳下货车走向那些机器人。

已有不少机器人被对方反击的枪弹打坏。我立即开始履行我的使命。我一个接一个地破坏这些机器人的内部电路和电脑中枢。我破坏了它们，它们就不能再去杀人了，因而人类就能得救了。这个道理我懂。

我认真仔细地干着，这事事关重大。绝大多数人都已冲进了城，看来城里有什么东西很吸引人。剩下的四五十个人守护着车辆，没谁来干扰我，他们看来不知道我在干什么，也不知道我所肩负的使命。

夜幕降临之时，我履行完了使命。但我知道还有一件最重要的事没干，那就是毁了我自己。这事最重要，只要我还在，人类就有可能修复这些机器人，而没有了我，他们就无可奈何了。明白了这个道理，主电脑同意启动自毁程序，一分钟后，我就将死去。

我知道我就要死了，我知道死是怎么一回事，我知道死了之后我将不必再背负使命，不必再为人类而操劳，也不必再经历失败。我不知道我死后会不会有人想着我，回忆和我度过的时光，但这没有关系，我不会伤心的，我不会哭，所以我一直不知道伤心的真正的含义是什么。所以这不重要了，重要的是这一次我肯定将不辱使命。这一次我终于明确地认识到我胜利完成了拯救人类的使命。只是我不明白为什么自我毁灭就是拯救人类，这真奇怪。我的使命是帮助人类拯救人类，可为什么我自我毁灭了，人类反而能得到拯救？这不合逻辑，我又陷入了混乱之中。

在浓浓的黑夜中，我全身上下喷出了明亮的电火花。我死了。

刘维佳 ● 来看天堂
　　　失去了一半生存价值的世界

| 超脑

　　血红的太阳无可挽回地一点点向着地平线坠落,就仿佛地球的引力它无法抗拒一般。光明也跟随着它一点点离我而去。而黑暗则如同地下水一样悄无声息但势不可挡地从地层深处涌出,开始淹没这天堂。

　　街上的路灯还没有亮,下面的街景就已看不清了,于是我将目光移向了空中,追捕大气中残存的光粒子,徒然地尝试逃避黑夜的必然到来。

　　我所居住的楼层实在不低,所以视界还算开阔,目光可以从如林的高楼间挤过去,观看到日落的全过程。这使观看日落成了我人生的一项重要内容,我已经在这个窗口这个角度观看了好多年日落了,我不明白我怎么总是看不厌?

　　"皮特,要开灯吗?"柔美的声音犹如温泉一般淌入我耳中,我的听觉神经因之产生了一阵愉快的共振,情绪也不得不向良性方向靠近了一点。那是伊琳,我的天使。她的声音真是太好听了,一年前我还以为珍妮的声音是世界上最好听的呢……

　　我完全可以不必回答的,因为她知道我一向的选择,她这样问我只是为了表达对我的关心和爱意,这是她的使命,不然她就没有存在的必要了。虽则如此，我还是像从前一样不由自主地用我最温柔的声调回答："不用，亲爱的，不用开灯，我想就这么再坐会儿。"她的声音总是能激起我的爱意，而我的声音于她如何呢？我一直不得而知。

屋子里已经暗到让我眯起双眼才能勉强看清室内陈设的地步，对面大楼的众多窗口大多已被灯光填满，可我仍然不想开灯。因为我总觉得一开灯世界就仿佛缩小为就这么两间斗室似的，而窗外则是宇宙的尽头，无意义的虚无……这种感觉令我害怕。

所以我一向不开灯，毫不设防地任凭外界的一切光芒涌进我这狭小的蜗牛壳。不论什么光，月光也好居室照明灯光也好云层反射的全息广告也好高楼之顶的装饰灯也好，都来者不拒。只有这样，我才能获得世界尚还存在的感觉。

伊琳在厨房忙碌的声音传入我的耳中。对她而言黑夜与白天没有多大区别。凭着那双微光夜视眼，你把她扔在芬兰荒原上她也能顺利应付那六个月的黑暗。

紧接着饭菜的香味轻轻飘了过来。一时间我体内的电化学反应又有些不平衡了。说不清为什么，反正我在苍茫暮色之中一闻到饭菜尚未做熟的香味，心绪就莫名其妙地激动起来，就好像小时候常去的那个幻想世界的影子依稀重现一般。也许这种香味就是生活本身的气息吧。所以我从来不吃那种统一定制的快餐，而要伊琳给我做饭，尽管这给我增添了一笔额外的开支，占用了不少我的政府年度福利补贴。

"皮特，吃饭吧，凉了再热菜就不好吃了呀。"伊琳轻盈盈走到我身边，将她那温软的小手放在我的肩上，用她那对我而言有魔力的柔美声音对我说。

超脑

三秒钟后我顺从地站了起来。夕阳终将落山，逝去的时光已永远不会回来了，我总不能在此永远坐下去。伊琳打开了灯。

饭菜一如往常一样可口……不，应该说是胜过往常。看来伊琳已尽了最大的努力，她显然动用了她在烹饪方面的全部潜力。她知道明天对我有多么重要。

我吃饭时伊琳的嘴也没闲着。她用不着吃饭，不然我还真有点负担不起，她在陪我。她表情丰富地用她好听的嗓音给我讲述各种各样的信息，大至太阳系的最新变化，小至社区居民的鸡毛蒜皮，无奇不有。她们每天只须抽出几分钟从网上吸取信息，就足够陪我们聊上一天了，不管我们何时有兴致，她们随时可以奉陪。她们就是这样竭力为我们构织生活的幻象。

我心不在焉地似听非听，时而不置可否地"唔"一声，最多回一句"是吗？"那些信息与我并没有多大关系，虽然伊琳尽可能地挑发生在我附近的事讲，可对我而言它们与发生在火星上的事又有何不同呢？那些信息中不乏奇妙之事，它们编织出了一幅看上去五彩缤纷的图画，但并不能真正吸引我，这并不是生活，这我知道。

突然，我发觉伊琳动听的声音消失了。我有些愕然地抬起头，看见她目不转睛地注视着我，水汪汪的大眼睛里失望、不解和伤心的神色在荡漾闪烁。"皮特，你怎么啦？我的饭做得不好吃吗？"她声音发颤，听上去真有点像风铃的声音。

"没有啊……你做得比以前更好吃。"我如实回答。事实确实如此。

"那你为什么不高兴？肯定是我做错了什么……"她的眼中流出哀怨之色。

凭以往的经验，我知道自己得配合她，不要自找烦恼。顺着她的引导往下走，我的情绪定能向着良性方向发展。她就有这本事，现在我如果没有她，都不知道该怎么调整自己的情绪和心态了。

于是我顺着她往下走："不，你没有做错什么。是我，我明天……"我欲言又止。

"不会有事的。"她认真地说，"我相信你一定可以通过测试的，一定！我相信……"这时她的双眼垂了下去，似乎有什么很沉重的东西压在了她的……中枢电脑上。

我知道那是什么东西。我认真盯着她看。她这时的样子真是楚楚可怜。我突然很可怜她，心中清晰地感觉到一股发热的液体在涌动。于是我伸出双手握住了她温软的右手。

这时她的手在颤抖，我的心也在颤抖，我们不说话，但心在交流，至少我感觉在交流。她总是能有效地调动我心中连我自己也不能自如运用的情感，总是能将我一潭死水般的心灵掀起波澜，就好像永动机模型背后的那只看不见的手一样。我的心因而被不断注入了活力，没有归于死寂的怀抱。究竟是什么在起作用呢？我不知道。

眼下我心中的情感浪潮越来越猛烈。我有些吃惊，今天确实与往日不同。我的双手越来越用力，火热的情感使我不能再沉默下去了。"你不要担心。"我对她说，"如果我通过了，我就有机会变得很有钱的，而我有钱后的第一件事，就是买下你的所有权，这样谁也不能让你离开我了。"我凑近她的脸，望着她的眼睛轻声说："相信我。"

她的手指在我的脸上缓缓游动，我只觉得她的手指比嘴唇还要柔软。少顷她轻轻依入我的怀抱，却什么也不说。难道她真的被我的誓言所感动？我心中感到一阵尖锐的刺痛。她是世界上最单纯的存在，我要她相信我她就一定会相信的，可我却不能相信我自己……

| 超脑 ——．

她柔软温暖且在微微颤抖的身体令我想起了小时候与我相伴了两年的那只小猫。我是那么的爱它，可我最终失去了它，从此我不再相信任何我所爱的东西能永远为我所拥有。我下意识地搂紧了怀中的她。

"皮特，"她在我耳边轻声说，"等你……老了的时候，我也要永久性地切断我的电源，陪着你走……"

我觉得我的心脏里正在发生着剧烈的化学反应，我不知道那些情感具体都有些什么成分，反正它们之间的反应释放出可怕的高热，令我五内俱焚。我用脸颊使劲摩擦她的长发，克制着不让自己哭泣。

她那姣好的鼻尖在我的耳下探来探去，轻轻地吻着我的脖颈。真是恰到好处。我现在正需要这个。她总是能非常及时地提供我所需要的东西，这正是她们美妙的地方，也是她们存在的理由。

这一次伊琳的动作非常轻缓非常温柔，但其中充盈着近乎于激情般的高度浓缩的柔情蜜意，如同一台高级吸尘器一般，将我体内的一切妨碍我情绪良性发展的不利因素统统吸吮掉了。黑暗中，在窗口飘进来的稀薄的人间光芒下，我安静地躺着，任凭她一点点地掏空我的身体和心灵，将我引入一个没有烦恼没有忧愁没有苦闷的极乐温泉，摇起层层柔波细浪抚慰我的身心，给予我置身天国的感觉，将我推上欢愉的顶点。然后她又恰如其分地逐步收敛，小心翼翼地将安宁送还给我，丝毫未触动损伤她刚刚在我身上达成的理想效果。

她是怎么知道我的各种需要，又是怎么恰如其分地把握的呢？我对她体内的复杂结构一无所知，而我这辈子怕也不可能了解了，她复杂到根本不需要我了解的地步。她用不着我去适应，她就像烟，她就像水，可以任意包容我，从容将我引导至至少心平气和的状态。

眼下我就进入了这种状态，心中一片宁静清明，没有了烦恼和杂念。这正是我目前必须达到的状态,她真好。尽管她根本不需要睡眠,但她还是在我的怀里甜甜地睡着。怀抱着熟睡的她实在惬意。她香甜的呼吸使我的脸颊变得温暖而湿润,我全身酥软,意识就在这有节奏的催眠曲中不知不觉地被温润的睡意所淹没……

清晨的阳光显得比往日更为明媚,从窗口射进来的阳光将室内的一切都罩上了一层光晕,就好像太阳的聚变速度一夜之间加快了似的,空气似乎都因此变得热乎乎的了。这是我所发现的外部世界的变化。

而我自己身体的变化也不小。伊琳做的早餐绝对是上乘之作,但我却几乎什么也塞不进胃里;我的腿部肌肉的张弛也出现了障碍,搞得我迈步都很困难,呼吸也很不自然。我的心情在伊琳的帮助下好歹还算保持住了稳定,但我实在无法控制生理上的这些本能反应,即使出门前伊琳给予我的人类的现实世界中几乎不可能存在的微笑和吻也无能为力。

当公寓门合上时的轻微咔嚓声消失之际,我猛然地感到心中一阵虚弱和恐慌涌起,空荡荡的走廊里我意识到自己是何等的孤弱无依。我倚在墙上,喘息着。也许应该让伊琳陪我去接受上帝的挑选,我对自己说。我想不到她对我竟这么重要,以至于离开她我自己竟支持不住了……

然而最终我还是决定独自前往。她也并不能帮助我成功通过测试,至多只能帮助我稳定情绪。可测试与情绪并无什么关系。我努力理顺呼吸,终于迈开了发僵的双腿。孤独的脚步声于是在走廊里响起。她帮不了我,谁也帮不了我……

从我所居住的楼层往下走一层就有空中巴士站,所以我就依靠

| 超脑

此刻已不太灵便的双腿顺楼梯走了下去，来到了颇似老式科幻片中宇宙航天港船坞的巴士站。

明暗分明的巴士站站台已有五六个人等在那儿了，我在其中还发现了一个熟人，就住在我楼上的莱切尔。

她也看见了我，随即向我投来一个甜美但并非完美无缺的微笑。和伊琳相处久了，我变得可以轻易将人类女性的缺陷信手拈出。我至今还没有遇见一个可以与伊琳相媲的人类女性。莱切尔的鼻子有点欠完美，眼角也稍稍有点斜吊，个子也似乎高了一点。不过总体上来说仍不失为一个好看的女人。我和她是一年前在顶楼的大舞厅里相识的，总共三次同床云雨。总的说来我没有多大感觉，完全不能和伊琳共枕时的感觉相提并论，和我睡过的人类女性没有一个能像伊琳那样随意摆布我的三魂七魄，轻易牵引我的心情到达理想之境界。

相互打过招呼，我们相距半米，顺理成章地开始聊了起来。她显得有点拘谨，我的表现也不自然。不要太紧张，我对自己说。

没过一会儿，我们之间就又归于沉寂。我们彼此的人生皆空空如也，又能交换多少信息呢？她沉默地注视着我的脸，那目光似乎欲将我的头颅穿透一般。在我印象中她从未这样看过我，因此我颇有些诧异和不自在，她想要看见什么呢？我看到她的眸子如两泓秋水，但并非如伊琳那样澄明得令人不敢触及。我不知道她想对我说什么，但我知道她有话要说，这我看得出来。

巴士到了。

"快上去吧。"她握住我的手捏了捏，"祝你好运，皮特。"她轻声说。我感觉到她的手在微微抖动。

当她在我的视线里消失之时,她一直在注视着我和这辆巴士。我认为她想要说的不是我所听到的话。她到底想说什么呢?琢磨了十五秒钟未得其解,我就将它扔在一边不去想了。

她祝我好运……祝我什么好运?看来她知道此刻我将要去干什么。一丝不快透上我的心头。接受测试在我们这儿是个忌讳,大家一般都回避此事,这女子……人的毛病就是多啊,伊琳就从不会让我产生不快的感觉。

窗外的景致在不断变换,我的肉体在林立的高楼间飞鸟一般穿行,可我的思维却完全置身事外,毫不理会近百千米的时速,我在沉思。

难道非这样不可吗?为什么每年都必须经历这么一天?这问题我知道答案,可我仍然要问。因为我的内心深处有一股怨气在冲撞,平常我可以忽视它的存在,但今天不行。除非今天我成功通过测试,这样的日子和已经延续了九年的空空如也的人生才会离我而去,我才能从天堂里走出来。

我一直生活在天堂之中。真的是天堂。我从未为社会创造过一丁点财富,也从未付出过劳动时间,可我从来衣食无忧,公寓虽小但还过得去,更重要的是我拥有极其美妙的伊琳……据我所知从前人们坚信这样的生活只应天上有。

可如今世界上大多数人都在这么生活。我并非什么不凡之辈,所过的只是普通的生活。过去的人们总认为天堂不会降临人间,他们错了。任何社会都有弱势群体,事实上人类文明之所以能出现,某种程度上就是得益于对弱势群体的剥削,那种时代弱势群体等同鱼肉,自然无人相信天堂的存在,强者弱者都不信。而我们的时代非常文明,它已进化到了不费多大力气便可令天堂为我们而降临人间。也没什么奇怪的，人类手中掌握的资源多了而已，用在我们这些无所事事的弱势群体身上的资源已算不了什么了；并且文明的发展早已过了依赖剥削弱者的阶段——不过这也就是说经济的发展已不再需要弱势群体的存在。当然不能不理弱者的死活，人道主义是一方面，更大程度上仍是出于对利与弊的理性权衡：与其置之不理最终闹出事来，还不如供其生存无忧以保社会稳定。于是天堂就这么出现了。由于天堂里流动的资源和能量只占人类手中资源与能量总数微乎其微的一小部分，因而人类容忍了天堂的存在。从前的圣哲认定人之道与天道相悖。他们太悲观了。现在事实证明天人可以合一。现在损不足而奉有余已没有必要，损有余而补不足以保持社会稳定显得更加重要，因为这"有余"所被损的程度相对而言微乎其微。从前掌握生产资料者是消费者，这是个错误，现在改正了，有生产资料者才是生产者，没有它的人成了纯粹的消费者。令人感动的世界。

不过现在与从前仍有相同之处，即社会的资源和能源仍都掌握在少数人的手里。天堂的外面，世界在疯狂地高速运转，人类之中最优秀的成员控制着绝大部分的资源与能量，忙得天旋地转。那个世界里的人们的思想与行为，非我辈所能想象，其生产和消费的含义与目的，也变得面目全非、匪夷所思。目前他们已在太阳系确立了某种秩序，而他们仍在孜孜不倦地向整个宇宙推广这种秩序，世界因之变得日益莫名其妙。

很早以前人类中的一些成员就提出为了保持进化的势头，人必须在生理、智力等各方面都更上一层楼。这个观点后来成为了主流。个体人的素质确实有高下之分，这是真的，而且差异相当大，以至于后天的努力也难以弥补。进化的本质就是去掉差的留下好的，所以天堂里的人们已不再肩负进化的使命。是的，我们都已不再进化了。因为我们已被淘汰。我们都没有通过测试，因而被认为是不合格产品，没有资格支配资源和能量，没有资格承担进化的使命。他们说我们不能以最高效率运用资源和能量，因而不适合进入主流经济结构，为了以最快速度进化，我们这样的人必须生活在天堂之中。于是我每天除了在窗口呆望日出日落外无事可做。其实这也不是什么新鲜事，从前人们以出身来决定由谁掌握社会主要资源，后来则进化为了由手中的金钱数量来决定，现在则换成了由自身素质来决定。似乎是越来越进步了，下一步也许就是不用再决定了。不过那和我已没有什么关系了，我的生命只有一次，这我知道。

任何事情都要付出代价，天堂亦不例外。胜者得到一切，这一点仍与从前一样，不同之处只是败者不再失去一切。但败者所能保留的也不过只是生存的权利而已，失去的依然很多，据说不如此人类便不能进步。天堂的创建者认为天堂的存在有可能使人类进化的势头日益减弱，因为促进人类进化的压力在减小，一般说来优胜者与劣汰者间的差别越大，压力也就越大，所以理所当然地不能让天堂里的人们得到太多。首先我们不能进入主流经济圈，不能工作，这是法律；其次不能有孩子，以免传播不利基因，影响人类整体素质的提高，也免得增添新的受害者，这也是法律；再次我们只能享受到部分公民权，只有选举权，没有被选举权；另外不可以继承财产……这些都是法律。听起来似乎并非世界的末日，应该还有比这更糟糕的……

也有选择的余地。在天堂过腻了你还有个去处，你可以申请到纯太阳能农业保留地去，在那儿可以自食其力，但也仅限于此，而那就将永远失去参加年度测试的资格，从而永远地失去走出天堂的

| 超脑

最后一丝机会……

　　就是这样,世界已经进化成了如此这般的模样。进化这玩艺儿又不能后退,所以回想从前没有半点意义。不知将来的人们怎么看待我们的时代,反正我无话可说。现在人类自己已经确认人不过只是物质世界中的一种物理现象,并没有什么了不得的特殊之处,人的存在应该无条件为进化和发展服务。这种世界观是否正确是否必要,可不是我说了算的事,人类的智慧和选择哪是我能说三道四的?所以我不说。

　　我很想在热乎乎的车座上坐得久一点,眼下我舒服得动都不想动一下,这种感觉平常可没有。但这空中巴士以很高的精确度准时到达了目的地,不早不晚。

　　看着大厦中部有如怪兽影片中巨兽血盆大口般越变越大的巴士站,我清晰地感到我脑中血压正越升越高。

　　参加这样的测试,个人的主观努力完全无济于事。不知不觉间,你已被测试完毕,被决定了是否能走出天堂。对系统表示怀疑也是毫无意义的事。它已进化了许多个年头,耗费了无数的资源和能量,目前虽不能说已经完美无缺,但也无懈可击了,人完全没有资格与它较劲。

　　踏上这座大厦的地板,我就感到双腿沉重,似乎这里并非地球的一部分。每天这里都有天堂的来客前来应试,试图走出伊甸园。有人成功了,但绝大多数人都不得不返回了天堂。今天轮到了我。

　　我吸了吸气,鼓起勇气向上帝走去。

　　现在我该上哪儿去呢?我倚靠着走廊的墙壁,茫然地想。这一想就是整整五分钟。其实这不能叫作想，因为我脑子里一片空白，就好像昏迷了似的。这样的状态我并不陌生，它在我生命中所占据的时间实在太多了，多不胜数……

后来我知道该上哪儿去了。我找到一处公用可视电话，给杰里米发送信息。

杰里米是我的哥哥，总共大我 20 分钟，但从小很少有人会认错我们。他头一年就通过了测试，如今正在天堂的门外大展拳脚。鉴于我们之间的距离，我一般不和他来往，我已记不清上次和他通音讯是多久以前的事了。但在这时，我太想和一个人谈谈话了，只有在这时候，伊琳才会显得无能为力，我现在需要和人交流。

我的信息顺利抵达了杰里米的眼前，这小子总算没有忘了我。

"皮特，怎么是你呀？需要什么帮助吗？"他脸色好不诧异，但惊讶根本没有让他多付出一点时间。

"没事，就是想到你那儿和你聊聊。"我知道他时间宝贵，所以也就开门见山。

"唔……等一会儿成吗？"他微皱了一下眉头说。

"可以，多久以后？"

"70 分钟吧，那会儿我有空。"

"就这么说定了。"我瞟了一眼头上的计时器。我还没有将目光收回来显示屏就黑了。自他成年之后，他就一直这么行色匆匆。

小意思，70 分钟对我而言根本就不算个数。不过对他就不同了，70 分钟内他所动用的能量比我一年所动用的能量还要多得多。这就是我和他之间的分别。

| 超脑

天堂外面的世界变得越来越莫名其妙了。我站在杰里米办公室外的大厅里向窗外张望。许多建筑许多设施我完全说不出是干什么用的。这时一丝悲戚、一丝绝望涌上心头：世界正离我越来越远，在我不知道的时间里，它变得越来越难以理喻。我将头抵在墙上，慢慢闭上了双眼。

在通话后的第 73 分钟，杰里米办公室的大门为我而开启。

"噢，皮特，你怎么有空来我这儿？"他微笑着冲我说。从他的神色我看出他在这个世界里生活得一帆风顺、游刃有余。

我怀着强烈的嫉妒坐在了他办公桌前的皮椅上。是的，我就是嫉妒。杰里米和他的同类的人生中拥有许多我没有的东西，首先就是工作和事业所带给他们的尊严与充实。没有劳动，人就不成其为全人，我刻骨铭心地赞同这一观点。他的人生目的明确，而我的人生则是一团混沌，这不能不使我觉得自己是一个彻头彻尾的……无能之辈，也就是废物。我来到这个世界上，世界却不需要我，那么我为什么要来？他们还拥有许许多多我说不上来的东西。我真的说不上来，因为我很少愿意就这方面的问题进行思考，那只会使我感到痛苦，他们的幸福就是我们的痛苦。

"呃……没什么，就是想和你聊聊。"我轻声说。

他的眼光闪动了一下，旋即垂下了眼皮，不说话。

"凯茜还好吧？"我随口找了个话题。嫂子和杰里米是同类，但对我很好，她真是个好人，从不歧视我，在我面前从不以贵族自居，所以我对她的印象很好。然而我却不愿意接受她的关怀。我害怕这种关怀。

"她很好。就是没耐心安心在家相夫教子，整天忙得不可开交，小乔治完全扔给电子保姆了,这对他可不好啊……"杰里米颇有些犯愁地说。

"那你可以在我们那儿挑个满意的,她可除了相夫教子外别无选择。"我笑了一下调侃说。

杰里米如我所料地板着脸坚决否定了这一提议。按法律规定智者除可拥有一名同类配偶外,还可拥有一名天堂中的配偶,若不与同类通婚,则可拥有三名配偶,以利优秀基因的延续和传播。然而在杰里米的社会中,真这么做的人却不多。因为与天堂里的人通婚被认为是该受歧视的行为,夫妻双方都有可能被社会所不容。杰里米在这方面有童年阴影。我们的母亲就是父亲的第二个妻子,所以父亲分给我们的父爱也就勉为其难地有些不够了。由此之故,父亲虽有三个妻子和四个子女,到老却落得个形单影只地幽居于数百万千米之遥的太空城里。配偶与子女对他爱不起来,社会又不能容他,他也就只有这个去处了。杰里米万不肯重蹈其覆辙,他发誓要做个好丈夫好父亲。他做到了。他得到了极聪明的凯茜和小乔治。我注视着桌上小乔治的全息立体图像。那孩子显出了比他父亲更浓郁的灵气。看来杰里米肯定将拥有一个幸福的晚年。

冷场了片刻,杰里米把谈话又继续了下去:"珍妮怎么样?还满意吧?"

"没有珍妮啦,"我轻叹了一口气,说:"现在是伊琳。"

"伊琳……哦,好女孩!"杰里米打了个响指。"真正的好女孩!又漂亮,又善解人意。非常优秀的产品。我想你该满意吧?"

"很满意。"我点了点头。"她是我所见过的唯一完美无缺的存在。"

> 超脑

"近于完美无缺。"杰里米纠正说:"还有胜过她的。我就和他们有些业务往来。新产品好像是叫……梅格?……对,梅格!"他又打了个响指。"你想试试吗?我可以在她投放市场前就给你弄一个。"

我摇了摇头。我对伊琳目前还能满意,何必急不可耐地提高胃口呢?我必须珍惜我对她的兴趣,这样我就还有生存下去的理由。"想不到还有人这么关心我们,伊琳上市才两年嘛。"我说。

"政府有这笔财政拨款么……有钱事就好办。"他随口说。

此后我们又就彼此的情况聊了一阵子,我这边是于他而言无关痛痒的鸡毛小事,他那边是于我而言不着边际的宏伟壮举,我们确实已不是同一个世界的人。

很快,我们之间就只剩下了沉寂。干净清新的空气中时间在稳步行走。我对时间不感兴趣,可他不能不理会时间的流逝。他的眼中流出急切之色。我有点想知道他能忍受我多久。

过了一阵,我开口对他说:"唔……知道我在想什么吗?猜猜。"

他摇了摇头,不说话。

"我在想……小时候的事。"我望着他。"小的时候,我们也没什么朋友,就我们俩一起玩,整天整天地泡在虚拟游戏里……现在想想这种童年可够灰暗。"我苦笑了一下。

他轻轻点了点头,依然不说话。

"可我觉得还是那时候好啊,至少那时我们自己不觉得灰暗……那时我们玩得可真来劲,遇上个喜欢的好游戏就好像过节一样,我还记得当时自己心跳的感觉。"我觉得这时候我的声音有点陌生。"说也奇怪,我们从来都是并肩作战,从来没有相互对抗过,我们的刀口一直是对外的,是这样吧?"

"没错,我们一向同生死共患难。"他点头说。

"哎,我们最喜爱的游戏是什么?你还记得吗?"

"我想应该是《千钧一发》,对吧?"

我笑了:"你还记得呀……"

他也笑了:"我不会忘的,你救过我很多次命。"

"你救我的次数更多。"

他的笑容一下子加深了:"我还记得你老是使用无赖秘技,把狙击步枪的弹药改成无限,当机枪使。"

"那有什么办法?我老是打不过那些狙击手嘛。"我的笑容变得有些勉强。"可你总是能打败他们……"我注视着他的眼睛。

他垂下眼皮,又不说话了。刚刚拉近的距离又变大了。

过了一阵我找到了将谈话继续下去的话题:"这游戏现在很难找到了吧?"

"是的,早绝版了。不过你要的话我能给你弄来,能弄到的。你要吗?"他抬起了眼皮。

"不要了。要来又有什么用呢?我们都已不是小孩子了。"我说。

他点了点头:"对,我们都长大了,那些都过去了。每个人都会长大的,没办法。"

我们又沉默了。还和他说些什么呢?我不知道。过去是我和他唯一的共同之处。可过去已经过去了。

突然间我不明白我干嘛要到他这里来了。难道就是想像小老鼠一样挤在一起取暖吗?可他不是我的同类,他只是我的哥哥。我觉

| 超脑

得今天我好像犯了个错误。

　　于是我起身告辞："杰里米，来你这儿瞎扯了半天，也不知误了你什么事没有？如果耽误了你什么，那我很抱歉……"一边说，我一边转身离去。

　　"弟弟……"杰里米的呼唤传入我耳中，但我还是走出了大门，任凭大门无声地将我们隔开。正如他所说的那样，都过去了。

　　窗外的景致与半小时前一模一样，但此时我已没有了什么感想，只是呆呆地凝视着它们，脑子里一片真空。

　　过了一会儿我问自己：此刻是不是应该哭啊？

　　不知道……我回答说。

　　我望着窗外耀眼眩目的世界，渐渐感到它似乎在变得模糊。真的模糊了吗？好像吧。说不好……

　　帕梅拉的身影终于出现了。我没料到她还抱着她的孩子。她看见了我，快步向我走来。负责递送食品的自动餐车灵巧地躲避着她。

　　帕梅拉是我父亲和他的第一个妻子所生的女儿，我也拥有从前和她共同度过的许多欢乐时光的记忆。我和杰里米之间她更关心我，至少我感觉如此。她和我是同类，所以我认为我们俩可以挤在一起取暖。杰里米已离我太远了，他竭力掩饰也没有用，而她离我应该比较近些吧。

　　她小心翼翼地落座于我的对面，看样子生怕惊醒了怀里的孩子。"皮特，你约我出来，有什么事吗？"她小声问我。

　　"没什么天塌地陷的灾难。"我苦苦地笑了一下，"只是想见见你，姐姐。我心里有点难受,想和你说说话。今年……我又落得一场空。"我心里直到这一刻才感到很委屈,才有了想哭的感觉。

虽然这是我的痛苦,但她的脸上也透出了伤心和痛苦。我有些后悔将她拖了来。我不一定能取到暖,可她今天注定将感到寒冷。她和我是同类,所以她的回忆也只能令她痛苦。

"我很难过……皮特。"她垂下了眼皮,"可就像你所说的,这并不是天塌地陷的灾难,也不是世界的末日,你还有明年、后年……只要还活着,就有希望。"

我没有回答她。她只能这么安慰我了,尽管差不多等于没说,我也只能这么去想。在坚不可摧的现实面前我们也只剩下了一点正随着时间不断消逝的希望。

沉默了片刻,她对我说:"皮特,其实你又何必这么执着?你可以和这里的某个姑娘结婚,这样你至少可以将一只脚踏出天堂……"法律面前人人平等,智者的世界里男人可以拥有三名来自天堂的妻子,那女人当然可以拥有三名来自天堂的丈夫。"最重要的,是你可以有一个孩子……"她将目光移向了她熟睡中的儿子,那神情就仿佛她怀中怀抱着的是她人生中的全部希望。

我缓缓摇了摇头。我和她不一样。我的这个极为温柔的姐姐在连续经历了五年的失败之后就死了心,不再将希望放在自己身上。努力了几年,她终于嫁给了一位天堂之外的大她十一岁的男人,做了他的第三位妻子,从而得到了她梦寐以求的孩子。也许对她而言人生因此而得救了,可我不行。我不可能适应那种生活的,这我知道;孩子也拯救不了我的人生,这我也知道。

"他对你好吗?"我轻声问她。

| 超脑

她的目光闪动了一下:"他是爱我的……最重要的是,他给了我一个儿子。"

我看着那个还不足一岁的小婴儿。他似乎没有小乔治的那种灵气,也许这世界又多了一个时代的受害者。

"下一代……"我喃喃轻语,"我没想过下一代……干嘛要让他们来受苦呢?……知道孩子一生下来为什么要哭吗?因为他们在抗议我们将他们抛入这个冰冷的世界,使他们遍尝人生的诸般不幸……将来他也要和我们一样接受生活的挑选,你能承受吗?"

"我根本就不希望他被挑中。"她说。"这样他就能陪伴我一生了。如果他被选中了,那才是不幸,我将失去他。"她下意识地将孩子抱得紧了一些。

我点了点头。她这么想有道理。但他要是通过了呢?她拯救自己人生的方法并不保险。不过希望至少比我大。我现在是一点也不知道什么可以拯救我的人生。

在以后的一段时间里,我们慢慢吃着饭,不时逗逗她的儿子。到我对这种消磨时间的方式的兴趣一点也不剩地耗光了之后,我就和她告别了。离去之时,我问自己:取到暖了吗?

这次的答案依然是:不知道。

顶层大舞厅里,节奏感极强的刺激性音乐震得我五脏发颤,那感觉就好像我和厅里的其他人是坐一头洪荒巨兽的胸腔里倾听它那沉甸甸的心脏在努力跳动一般。疯狂的音乐和酒精饮料使得这里的人一个个都呈现非正常状态,手脚无法闲住,不是脚在弹动不停,就是手在叩击桌面。

我不是经常来这种地方消遣，但今天我需要刺激，我都已经快要失去感觉了。

海浪般的音乐声中不时冒出两声怪叫。这是这种地方的特色。人们就是冲着能比较自由地发泄心中的郁闷和痛苦才把整块整块的时间扔在了这怪兽的肚子里的。没事，叫吧，谁也不会在意的，只要你不像从前那几个家伙那样在发了一阵狂之后从窗口跳下去就成了。我慢慢吸着杯中热乎乎的酒精饮料。

又有人跳出来发表演讲了。他先是大骂这种社会制度及发明它的人，然后就抱怨说我们简直在等死，再后就控诉"他们"在谋杀我们……标准的程序。

还没等他的演讲发展到呼唤大家都起来革命的阶段，就有人跳出来叫那革命家闭嘴。通常大家都不会理会这种演讲的，因为这没有意义，我们两手空空，凭什么跟人家较劲？开玩笑。可今儿个可能是喝多了，有人要先跟这革命家较较劲。他叫革命家闭嘴，说他吵了大家听音乐的雅兴，扫了大家的酒兴，还说如果对这个世界不满不妨请马上从窗口跳下去，这样大家都好受……

凭以往的经验，我知道今儿晚上这里铁定要干上一仗，于是我马上起身走出了这疯狂的地方，我不想受这样的刺激。

舞厅外的小花园真是令人神清气爽。由于刚从那种乌烟瘴气的场所出来，我觉得外面的空气清新得不可思议。脚下，缤纷的花朵铺满地面。灯光下朵朵花儿似乎都罩在薄雾之中，它们摇曳身躯，告诉我它们为我而盛放。

童话……我在花园中的长椅上坐下来，静观美景，对自己说：你已进入童话。城市夜空清冽的空气中，我闭上双眼，想象我正在

| 超脑

天空飞翔。

"皮特。"就在我的意识渐次朦胧之际,一声女人的轻声呼唤将我惊醒。我扭头一看,是莱切尔。

"一个人在这儿享清福哪?"她笑嘻嘻地说。

夜风穿过她的发际将她身上的香味拂到我的脸上,我的心猛力一跳,血液往脑门一冲,不由得一阵头晕。这是怎么啦?灯光下她的身影确有点像天使,可天天与天使生活在一起的我怎么还会有感觉呢?

"你……"我目不转睛地望着她,有点不知该说什么。

她也看着我,也不说话。

最后我笨拙地说:"那你也来吧。"我向身边一扬手。我这会儿很希望身边能有女孩儿温暖的体温和香味,那将使此刻的童话气息更为浓郁。

她大大方方坐在了我的身边。

"怎么样?这花园好吗?"她说。

"很好,挺漂亮的,就像你一样漂亮。"我大着胆子这么说道。据我判断,今晚我有机会将事态发展到最后。

"就是小了点。"她说。

"确实小了点。"我顺着她说,其实是大是小我这会儿并不关心。

"可以握握你的手吗?"我向她发出这样的请求。也许过分了一点……我对自己说。

可她似乎不这么认为。于是我得到了她的手。

她的手也在颤抖,可我心跳的感觉却没有想象的那么强烈。毕竟她只是人类。我提醒自己此刻应该放低标准。于是我排除杂念，认真感受，希望这个小小的童话能得到一个完美的结局。

"皮特，我们结婚吧。"

我一口气噎住，险些从椅子上摔了下去。这、这是从何说起？！我肯定听错了。

"皮特，我们走吧。"她用力握着我的手。"这个世界没有什么意思，我早就想离它而去了。但是我不愿意一个人孤单单地走，我要和自己所爱的人走。那就是你，皮特。在我接触过的人中间，我最喜欢你。和我一起走吧……"她在期待。我从她的双眼虹膜中看到了期待和信心。

"上哪儿去？"我咽了一下口水。这一刻我发现女人这东西比我想象的要复杂得多。

"到农业保留地去。"她马上回答。

我呆呆地望着她。

"那儿和这里不一样。"她的眼中闪现着热情的光芒。"在那里每个人都得干活，可劳动的目的很单纯，就是自食其力，不像这里这么莫名其妙。在那里我们的人生将拥有目的拥有方向拥有价值，我想在那儿我们会过得很幸福很充实的……这个世界已经不属于我们了，它属于那些能以最高效率从世界榨取资源和能量的毫无节制的……人。可地球注定会是我们的。因为地球作为一个封闭系统，它最终只能容许存在一种有节制的低熵的生活方式。那些'趋能动物'只能将爪子伸向无边的宇宙，只有那儿才有无限的能量。地球已经不被他们所看重了，所以我们有机会。农业保留地的面积正在扩大，其中的居民正在一天天增加，我看地球最终会成为一颗纯太阳能农业星球，那就是我们的未来。"

停顿了一下她说："皮特，走吧。难道在这儿生活你不感到痛苦吗？一次又一次地被拒绝你不绝望吗？你还留恋此地什么？我知道今天你又失败了，否则你此刻就不会在此出现了。走吧，别再撑下去了。那儿不会拒绝你的，你只需要去，就行了。很简单。"她的手一直在用力握着我的手，话音消失后也未放松。

原来她信奉这个。很早以前就有这理论，核心内容就是将做个农民视作拯救自己人生和回归生命本真的最后一次机会。这理论正确与否，我说不好。我沉思着，归纳，分析，判断。

最终的结局是我摇了摇头："不，很抱歉，我不能走。"

"为什么？"她盯着我的脸追问。

"因为……我已经没力气了。当个农民会有何感受我不知道，但我想那儿也不会就是个完美的世界，那里有那里的缺陷……我想我已经没有力量来从头适应一个陌生的不完美的世界了。很遗憾，你来晚了。刚才我已经决定从此以后不再去接受测试了，我不想再尝试下去了，也不想再接受任何形式的挑战，我想就此安静地度完余生。对不起，我累了……"我的语气令我害怕。

我们之间的沉默持续了很久很久。

"你决定了？"她终于开了口。

我点了点头。

"那么，皮特，永别了。"她站起身来，轻轻松开我的手，任其如风中落叶一般缓缓垂落。她头也不回地消失在了黑暗之中。

我的目光追随着她的背影，心中忽觉一阵隐隐的钝痛，我有些想站起身来，但我没有力气。

我的视野中只剩下了黑暗。我垂下头，独自静坐。没什么可说的，我相信我的选择。人是一种不完美的生物，我不能想象两个不完美的生物在一起能获得相安无事的人生，这就好比两个不同规格的齿轮难以协调运转一样。女人……我哪里能够应付这么复杂的生物？我没有信心，亦无勇气。真的没有了。只有一种完美的生物才能适合我，给予我的心想要的一切，以如水的完美包容我的不完美。我已不知道没有这种生物我该怎么生活。这就是天堂的威力。

　　我无力地坐着，不想动，此刻连呼吸我都觉得费劲。但不一会儿我就冷得有些受不了了，风之刃似乎已在寒星万点的粗砺夜空上磨利。我站起身，打着抖，往回走去。

　　回到我那小巧的温柔之乡，伊琳依入我怀中抱着我久久不肯松手，告诉我她很为我着急，问我为什么现在才回来。

　　我抱着这完美的生物，深深吸嗅着她身上的香气。片刻后我发现我的泪在流淌。泪水一连串地往下落着，快速，汹涌，完全不能控制。可是我的肺叶和喉咙却没有什么变化，呼吸平稳，就好像正在流淌的不是泪水而是汗珠一般。这能叫哭吗？伊琳极为善解人意地抱紧了我。黑暗中，我们紧紧相拥着一动不动。

　　她的身体柔软温暖，我觉得我已被天使的双翼所包裹。暖意渐渐渗入我的身体，她在给我温暖。我的身体一点点放松下来，一切都暂时烟消云散了，剩下的只有天堂的极乐。

透明脑

王晋康

请为心灵留下一片不容窥探的私密空间

| 超脑

前总统卡米·吉特为首的七人团到达关塔那摩监狱后,先在监狱长的陪同下匆匆参观了一番。他们此番并非冲着虐囚丑闻来的,而是应军方邀请,来对一项重大技术做出裁决。不是技术上的,而是道德上的裁决。所以七人团成员都是社会上重量级的人物,除了一位前总统,还有一位前国务卿舒尔茨,两位参议员布雷德利和麦克莱恩,一位众议员兼众院道德委员会主席佐利克,一位获诺贝尔奖的作家贝尔和一位同样获诺贝尔奖的物理学家钱德尔曼。

这座所谓的"临时"监狱至今仍关押着650名囚犯,大多已经关押数年了,都是在伊斯兰国家(阿富汗、巴基斯坦等)逮捕的恐怖分子嫌犯。他们被关押在单人牢房中,牢房中只有简单的床具,而且与墙壁紧紧相连(以免犯人用作武器)。囚犯中显然有不少死硬分子,看见参观团时脸色阴沉,满怀敌意,有人怒气冲冲地向外面啐着。七人团还看见了两个正在押解途中的犯人,据监狱长说一会儿的裁决会要用上他俩。押运工作戒备森严,犯人平躺在特制的两轮小推车上,用铁链锁得紧紧的,小车由两位高大雄壮的军人前后推拉。

吉特看见这一幕,与团员们相视苦笑。他是关塔那摩监狱坚定的反对者,一直呼吁关闭它。"如果我还是总统,我肯定会把它关掉,不是明天,而是今天早上。"但吉特也知道,为了对付席卷全球的恐怖浪潮,美国政府有很多难言的苦衷,干了很多不得不干的事,备受舆论攻击的这座监狱即是一例。

参观之后,裁决会开始了。军方的主持人是怀特将军,满头白发,精明强干。他笑着说:"开会之前,首先请各位先生忘掉菲利普·迪克的科幻小说,忘掉心灵感应、思维传输之类的玩意儿。那是科幻,而今天你们将听到的是实实在在的技术,虽然这种技术比较超前,多少带着点科幻性质。各位做好心理准备了吗?"

吉特微笑着回答:"做好了。你们可以开始了。"

主讲人罗森鲍姆走上讲台。他是一位神经生理学家,40岁左右,穿便服,亚麻色头发,中等个子,长着一副娃娃脸,笑容明朗灿烂。他借助于投影仪,简略清晰地介绍了这项被称为"透明脑"的技术。

他说,这项研究原先并非军事项目,也不是美国科学家搞成的。率先做出突破的是德国伯恩斯坦计算神经学中心,项目领导人是约翰-迪伦·海恩斯。这些德国人通过一台个人电脑、一台核磁共振成像仪和一套思维解读软件,可以把人或动物的大脑变得透明。因为当一个人去"想"某种具体的事物时,大脑不同区域就会发亮,核磁共振成像仪可以"读出"大脑各区域的活动状况,再通过解读软件的解读,就能判断出这个人(或动物)想的是什么。"这项技术成就简直不可思议,所谓眼见为实,下面我会为各位先生做几个简单实验,使你们有一个直观的印象。"

他的助手已经准备好了第一个实验。3只小白鼠头上戴着与成像仪相连的头盔,囚在一个笼子里。笼子周围是等距离的7个小洞,洞口的颜色各自不同。罗森鲍姆解释说:7个洞口中只有1个通向美味的奶酪，但究竟是哪一个则是随机的。所以，小白鼠已经学会随机地选取一个洞口进去，而我们借助透明脑技术，可以在它们行动之前就探知它们的选择。

囚笼打开了，三只小白鼠闻着美味的奶酪，在几个洞口前犹豫着，逡巡着。片刻后，屏幕上打出了它们的选择：一号白鼠将要进黄门，二号——红门，三号——紫门。果然，几乎在屏幕显示的同时，三只白鼠准确地走进各自在"大脑"中选定的洞口。

七位仲裁员赞赏地点头，两位参议员多少有些怀疑。罗森鲍姆笑着说："这项技术是不是很神奇？也许还有某一位心存怀疑，不要紧，下面你们将亲身参加实验。"

助手们为七个人都戴上那种与成像仪连通的特制头盔。然后在大家面前摆上一个双色旋转盘，盘上有涡状的蓝黑相间的条纹。罗森鲍姆解释说，当这种双色盘高速旋转时，由于人类视觉上的错觉，每人只能看到一种颜色，究竟表现为哪一种是完全随机的，外人不可能知晓，这就排除了任何作弊或心理暗示的可能。但利用透明脑技术，仪器能读出每个人大脑中的特定认知。

旋转盘开始旋转，蓝黑相间的条纹在观察者视野中破碎，很奇妙地转换成一种单色，比如在吉特眼里，它变成了黑色。这时，成像仪的打印口吐出一张纸条，上面列着七个人在"意识深处"所认定的颜色。七个人依次传看后，都微笑点头，承认那个结果完全正确。这次，连两个参议员也信服了。

罗森鲍姆得意地说："怎么样，确实很神奇吧？不过我不想贪天之功，我刚才说过，以上进展完全是伯恩斯坦计算神经学中心做出的。该成果于2007年6月份发表，有关资料可以通过公开渠道查询，没有任何秘密性。我想,你们中肯定有人看过相关的报道吧?"

物理学家钱德尔曼点点头:"嗯,我详细读过有关报道。其实海恩斯是我的老友,我曾特意打电话向他祝贺。"另外有4个人也点了头,说他们浏览过,但看得比较粗略,细节回忆不起来了。罗森鲍姆说:

"不过,下面我要讲的进展,就完全是我们小组的功劳了。不错,伯恩斯坦中心发明了神奇的透明脑技术,但毕竟它还非常初步,非常粗糙,尤其是,这项技术中最关键的因素——大脑思维解读软件——不是普适的,只能适用于特定对象和特定场合,要想准确,必须针对特定对象反复校正。由于这些局限,这项技术估计在一百年内无法投入使用。毕竟,我们的世界太复杂,千姿百态,光怪陆离,不能简化为单纯的两色,你们说对不对?但——坦率地说,我很佩服怀特将军,他的目光比业内专家更敏锐。他看到那份德国资料后立即给我打电话,说透明脑技术至少有一个实用的用途,而且是非常重要的用途,足以改变世界的政治生态。他希望我能对它做延伸研究。那就是——用于反恐战争。"

他略作停顿,扫视着7个人。吉特他们这才明白,为什么军方把仲裁会会址选在关塔那摩监狱。吉特说:

"我们对此很有兴趣,请往下讲。"

"今天的反恐战争有一个很显著的特点,那就是它的高度符号化。请看以下几幅经典画面,我想,世界上至少有一半人很熟悉它们吧?"

投影屏幕上显示着:

两架飞机撞进纽约世贸大楼,浓烟烈火从大楼中部冒出来;

| 超脑

　　领导反恐战争的一对铁哥儿们，布什和布莱尔，意气风发，并肩站在讲坛上（应该是反恐战初期的照片）；

　　被伊拉克的路边炸弹炸毁的悍马军车；

　　……

　　罗森鲍姆的画外音："诸位看到这些画面是什么心情？我相信，你们一定会激起强烈的情绪反应。同样，如果让狂热的恐怖分子观看这些画面，肯定也会激起强烈的情绪反应，当然是完全相反的情绪。有一点情况对'透明脑'技术实用化更为有利，那就是，全世界所有狂热的恐怖分子们都按同一种模式被洗了脑，因此他们对上述符号会做出非常雷同的反应。这就使得解读软件大为简化，简化到可以投入使用的水平。下面我们再做一个实验。"

　　他把屏幕切换到审讯室，那儿靠墙坐着10个人，每人头上都戴着与成像仪相连的头盔。其中两名正是刚才用手推车押来的犯人，此时仍带着重镣、重铐，其他人是做对比试验的工作人员。10个人都漠然地看着审讯室的屏幕，罗森鲍姆向那些人依次展示了刚才那些经典画面，10个人默默地观看着，虽然都没有明显的表情，但他们大脑皮层的活动区域被成像仪读出，再通过解读软件的转换，转为截然不同的色彩：正常人是明亮的金黄色，而两名恐怖分子则是邪恶的黑色。

　　实验结束，罗森鲍姆关了那边的影像，回头说：

　　"这只是一个简单实验，让你们对这项技术有一点直观的了解。至于对这项技术的质疑和验证，军方已经做得非常严格，你们不必怀疑。我可以负责任地说，以透明脑技术目前所能达到的水平，完全有能力从10万人中把一个恐怖分子准确地拣出来。我们请诸位来，只是想对这项'读脑术'做出道德上的裁决。"

他加重念出了"读脑术"这3个字,然后认真察看7个人的表情。如他所料,七个人乍然听到他换了名称,都是先有点吃惊,继而默默无语,交换着复杂的目光。透明脑技术这个名称比较中性,比较顺耳,如果称之为读脑术就比较犯忌,容易引起一些不愉快的联想。罗森鲍姆苦笑着说:

"看来,这个名词确实带着撒旦的气味儿,是不是?但我说得不错,透明脑技术其实就是读脑术。作为这项研究的首席科学家,我今天想坦率地披露我的矛盾心理。首先,我高度评价这项技术,它能以相对低的费用,彻底改变我们在反恐战中的被动局面,挽救成千上万条宝贵的生命;另一方面,我对它心存忌惮,因为它很容易被滥用,侵犯公民的隐私权,毁坏'思想自由'这个神圣原则。但它在反恐战中的好处太大了!我无法战胜它的诱惑。诸位先生,我是一个业务型的科学家,不是政治家、伦理学家或哲人。我无法在这个两难问题上做出明晰判断。今天我把这个责任完全推给你们,希望以你们的睿智做出裁决。如果裁决结果是'是',我将带领手下完善这项技术,尽快用到反恐战中去;如果裁决结果是'否',我将毫不留恋地退出研究小组,远离撒旦的诱惑。所以　请你们裁决吧!"

这番话语中的沉重感染了七人团的成员。相当长一段时间内,7个人都没有说话。

怀特将军没料到他竟在会场上说出"读脑术"这个名称,颇为不满。这次会议是罗森鲍姆竭力促成的,原因正如他刚才所说。最近一段时间,随着研究的进展,罗森鲍姆对这项技术越来越忌惮,最后干脆停下来,说一定要"先通过社会的批准",然后他再进行下一步研究。怀特将军觉得他过于迂腐，过于死脑筋。当然，个人的隐私权非常重要，但如果局势迫使民众在"放弃隐私权"和"死于自杀炸弹"之间做出选择的话，人们肯定会选择前者吧？现在国家处于非常时期，反恐战局势严峻。一味沉迷于知识分子的高尚，是会害死人的。

他迅速接过罗森鲍姆的话头，但悄悄扭转了方向：

"其实，'透明脑技术'已经有过一次成功的实践了！是用到关塔那摩的在押犯人身上。众所周知，这些犯人历来是美国政府手中的烫手山芋。我们明知道，650名囚犯中大部分是死硬分子，如果轻率地放虎归山，势将贻害无穷。但这些家伙一直拒不招供，没有充分的证据来起诉他们。你们都知道，为了撬开他们的嘴巴，早期狱方曾经使用过所谓'进攻性审讯'，结果被新闻界披露，弄成虐囚丑闻，搞得政府狼狈不堪。这就是反恐战争的困境啊！"怀特感叹道，"它是典型的不对称战争：弱小的一方完全没有任何道德约束，可以肆意屠杀最无辜的民众；强大的一方则被法制、道德和新闻监督重重约束，有力使不出来。我今天并非在为关塔那摩的虐囚和长期非法监押辩解，但有些事我们是明知挨骂也不得不干的。"怀特将军话锋一转，"但透明脑技术将从根本上改变我们的被动局面。我想宣布一个好消息：不久前，我们用透明脑技术对650名在押犯做了全面甄别。他们中有32人被甄别出是冤枉的，我们准备向他们道歉并马上释放；有43人属于一般性的恐怖分子，我们也准备随后用某种方式释放；其余575人确属狂热的恐怖分子，如果今天被释放，明天就会带上炸弹腰带到纽约地铁站去杀人。所以我们仍要长期监押这些人，不管舆论界如何鼓噪也罢！"

吉特看看罗森鲍姆，后者点点头："嗯，怀特将军说的情况是属实的。我的读脑术首先洗雪了32人的冤屈，这对我是一个很大的安慰。"

怀特将军继续说："在关塔那摩试验成功后，我们非常盼望把它推到全美国。到那时，对入境的外国人，或者被疑为恐怖分子的飞机乘客，或是地铁站中形迹可疑者……诸如此类的人吧，只需做一个透明脑检查，他们的思想倾向就会暴露无遗。从此恐怖分子在美国将没有遁身之地，而美国人可以不在刀口上过日子。"他笑着说，"干脆我再透露点内幕消息吧！其实，罗森鲍姆先生甚至能基本做到下一步——对嫌犯进行更细致的'读脑'，然后能大致确定他们大脑中有无袭击计划，如果有，是撞机、纵火还是自杀炸弹。这样，就能把恐怖袭击扼杀在他们的大脑中！所以，透明脑技术的重要性是无与伦比的。可惜，罗森鲍姆走到这儿就不敢往前走了，执意要先通过'道德的裁决'。"怀特将军说，"诸位的裁决有多么重要，我想这会儿你们已经很清楚了。它虽然没有法律效力，但对今后最高法院的裁决，或参众院的立法，肯定有重大影响。所以，我请诸位在投票时慎重考虑，要以天下苍生为念！"

吉特前总统先开了口。他有意轻松地笑着说：

"不，我对你们的技术还没有完全信服呢！我有个请求：能不能在我们7位身上再做一次计划之外的试验？比如，检查我们7人的性心理，看看我们如果处在特定的环境下——眼前有一位漂亮可人的、很容易得手的女秘书，各人会做出什么举动。"他笑着对其他6人说，"只是一个纯粹的小试验，试验结果绝对保密。如何？"

他的提议似乎颇为孟浪，而且牵涉到各人的隐私，所以众人的第一反应是有点迟疑。前国务卿舒尔茨素知吉特为人持重，这个孟浪的提议一定含有深意，便率先表示赞同。其他5个人也都同意了。

罗森鲍姆轻松地说：

"这件事可难不倒我。要知道，性欲、食欲和暴力倾向是人类最原始的冲动，它们在大脑电活动图像上非常明显，而且各有独特的印记，科学家已经研究得很透彻了。你们先休息半个小时，等我做点准备。"

他很快做好了试验的准备工作。7个人再次带上头盔，罗森鲍姆在他们面前放映着富有暗示意义的图像：一位漂亮可人、衣着暴露的女秘书；她俯在上司身边轻言曼语，发丝拂着上司的面颊，显出清晰的乳沟和浑圆的臀部；她迷人地笑着，笑容中含着挑逗的意味……在放映图片时，7个人都如老僧入定，表情上不起一丝涟漪。但他们大脑的电活动被成像仪读出，经解读软件解读，得出了结果。罗森鲍姆大笑着宣布测试结果——他有意以玩笑来冲淡其严肃性：

"我遗憾地宣布，你们中有三位不怎么坚定，很可能屈服于美色的诱惑，与这位女秘书共度良宵。"他顿了一下，又说，"干脆我把所有测试结果都捅出来吧！有两位的大脑电活动图像显示，他俩与配偶之外的某两位年轻女性，很可能是女秘书，早就有了情人关系。吉特先生，为了验证透明脑技术的准确性，你是否需要向当事人私下求证？"

吉特笑了："不，用不着。我请你对结果保密。"

"当然，我会绝对保密的。现在我就把有关记录销毁。"

他当着众人的面，在屏幕上执行了删除程序，7人对这个涉及隐私的实验一笑置之。吉特说：

"这只算是一个小游戏，其实我对透明脑技术的能力是深信不疑的。好了，开始正题吧。咱们该如何从道德层面上裁决，大家讨论一下。"

大家开始发言。

作家贝尔毫不犹豫地说:"我坚决反对这项技术,不管它在反恐战中有多大的好处!如果我们生活在一个人人能被读脑,而且被强迫读脑的社会,那——太可怕了!我们素来珍爱的权利,像个人隐私、思想自由,都会被肆意强奸。依我看,这是一项非常邪恶的技术。"

参议员麦克莱恩温和地反驳:"贝尔先生过于偏激了。我有个建议,你不要把它看作读脑术,而是看作一种经过改进的、更高效的测谎仪,如何?毕竟,美国法律一直允许测谎仪的使用,而美国的人权并未被它扼杀。"

众议员佐利克:"麦克莱恩先生其实不必否认这项技术内含的邪恶性。它很有可能被滥用,这点没有疑问。世上所有东西都有两面性,但它在反恐战争中的巨大作用足以抵消它潜在的害处。我建议:在严格控制下使用它,就像我们现在严格限制测谎、窃听和秘密摄像头的使用一样。"

物理学家钱德尔曼:"潘多拉魔盒一旦打开就关不上了。我同意贝尔的意见,应该将这项读脑术在襁褓期间就扼死它。"

前国务卿舒尔茨:"我基本同意佐利克先生的意见,严格立法限制之后用于反恐,也算是以恶制恶吧!"

……

一轮发言过后,基本意见是"严格控制下使用"。罗森鲍姆认真听着,没有什么表情,怀特将军则明显露出喜色。吉特在这轮发言中基本没开口,最后大家把目光聚到他的身上。吉特笑着说:

"我在表达意见之前,先说点题外话吧!我历来认为:做总统

| 超脑

并非一定要做道德上的完人，比如克林顿总统，虽然任内有莱温斯基风波，但他仍然是非常成功的总统，至少比我成功吧？我一向敬重他。不过话说回来，那件丑闻的确对美国社会有相当的杀伤力：它造成了政府执行力的长期瘫痪，政府公信力的下降，尤其造成了社会性阈值的降低——相当长时间内，美国报刊电视网络成了世界上最污秽的媒体，到处充斥着'精斑''性交''偷情'这类字眼，想想它对少男少女们会有什么影响吧？所以，总的说，那个事件对美国社会的软性杀伤力不亚于一次恐怖袭击。我希望今后的美国总统再不要出类似的丑闻了。而且，这点其实很容易做到的，是不是？"他突然把话头转回本题上，"记得咱们刚才补做的那个小实验吗？它完全可以用到未来的美国总统身上，也就是说，对总统候选人事先进行道德甄别，以杜绝类似丑闻再次发生。"

吉特又轻声补充一句："而且，对平民和总统都同样使用思想甄别，这才符合美国社会的平等原则。"

他多少有点突兀地推出了这种前景——把读脑术用到总统身上——众人都有点不寒而栗。此后的讨论基本中断了，他们默默思索着，有时与邻座低声交谈几句，这样一直到开始投票。投票结果与第一轮发言的倾向不同，基本是一边倒的反对：五票反对继续发展这项技术，两票弃权。

怀特和罗森鲍姆事先就猜到了投票结果。吉特前总统巧妙地运用"归谬法"，把透明脑技术的发展归结到人们不能接受的一种极端的远景上。偏偏这个远景又是"合理"的，并非危言耸听，因而有内在的逻辑力量。对这个结果，怀特将军颇有些恼火，罗森鲍姆也说不上喜悦。吉特温和地说：

"咱们事先都说过，这次只是民间裁决，并没有法律效力。怀特将军。你仍然可以把这件事拿到参众两院和最高法院去。"

怀特坦率地说:"我会继续争取的。我不能眼看这样有用的技术被束之高阁。"

怀特和罗森鲍姆送7人离开关塔那摩基地。途中他们又看到了那两个犯人,这次是从审讯室押回牢房。犯人仍平躺在小推车上,身体被锁链锁得紧紧的,两个高大雄壮的军人一前一后推拉着他。犯人的表情麻木而阴郁。吉特心情复杂地目送犯人远去,回头问怀特:

"怀特将军,如果透明脑技术最终未能被法律认可,那么此前用它甄别出的32个无辜者会不会仍被关押?"

怀特想了想,说:"我会努力促成释放他们。当然,不能以透明脑技术的鉴定为法律依据,我看能否找到其他变通办法。我尽量努力吧!"

"谢谢你,真的谢谢你。这句话是代表我们7个人说的。"

"不必客气。我这样做的原因是:我坚信透明脑技术的鉴定非常准确。"

吉特叹息一声,歉然说:"从技术上说,我对它同样坚信不疑,也相信它在反恐战中能起非常重要的作用。可惜,为了坚守一些神圣的原则,我们不得不拒绝某些诱惑,哪怕是非常强烈的诱惑。说到底,这正是美国社会和恐怖分子的区别啊!怀特将军,希望你能理解我们。"

"不必客气,我能理解的。"

罗森鲍姆看看吉特,对他的那番话颇有感触,到这会儿,他也做出了最后决定。他说:

"吉特先生,虽然我不忍心放弃自己的研究,但我已经决定撤手不干了,因为你们的裁决与我内心的裁决是一致的,"他对怀特说,"请你尽快指定这项研究的继任者,我要与他办理交接。"

怀特虽然满腹不快,但没让它流露出来,平静地说:"好的。罗森鲍姆,其实我很羡慕你的。你的地位比较超脱,闻到臭味后可以一走了之,免得鞋上溅到粪便。我不行啊,世上有些肮脏事总得有人干。我这辈子被拴死在这儿了。"他半开玩笑地说,但语调中有浓浓的怆然。

已经到了基地门口,主人客人握手告别。7个人在与满头白发的怀特握手时,手下都加大了力度,像是以此表示对他的歉疚。

版权专有　侵权必究

图书在版编目（CIP）数据

拯救人类/王晋康等著.—北京：北京理工大学出版社，2017.6
（2019.4重印）
（虫·科幻中国）
ISBN 978-7-5682-3960-8

Ⅰ.①拯… Ⅱ.①王… Ⅲ.①科学幻想小说-中国-当代 Ⅳ.①I247.5

中国版本图书馆CIP数据核字(2017)第081695号

出版发行 /	北京理工大学出版社有限责任公司
社　　址 /	北京市海淀区中关村南大街5号
邮　　编 /	100081
电　　话 /	（010）68914775（总编室）
	（010）82562903（教材售后服务热线）
	（010）68948351（其他图书服务热线）
网　　址 /	http://www.bitpress.com.cn
经　　销 /	全国各地新华书店
印　　刷 /	北京欣睿虹彩印刷有限公司
开　　本 /	880毫米×1230毫米　1/32
印　　张 /	8.5
字　　数 /	173千字
版　　次 /	2017年6月第1版　2019年4月第4次印刷
定　　价 /	39.80元

责任编辑 / 李慧智
文案编辑 / 李慧智
责任校对 / 孟祥敬
责任印制 / 李志强

图书出现印装质量问题，请拨打售后服务热线，本社负责调换